Georges Menelaos
Nassos

Das Blau vom Himmel

*Meiner Frau Daniela,
genannt „Oustiti"
und den wunderbaren Töchtern
Veronika und Sofia gewidmet*

Georges Menelaos

Nassos

Das Blau vom Himmel
oder das unbeabsichtigte Leben mit der Kunst

ORLANDA

INHALT

Prolog 6

   Kleiner Brief an Georges
   (Emi v. Gemmingen) 8

1952 bis heute: Familiengeschichten 10

   Papier ist geduldig. Farbe auch
   Lebenskünstler 21

   Kamarádi z bezdružického podzámčí
   Eine Freundschaft am Schlossberg
   (Jaroslav Šváb) 34

   Landschaft mit Heinemanns 39

1966-1967: Von Montag zu Montag,
von Stuttgart nach Stuttgart 45

   Der ursprüngliche Blick
   (Mihai Tropa) 56

   Gestohlene Bilder 62

1972 bis heute: Das Dorf
in der Provence 66

   Spickzettel
   (Thomas Warnecke) 78

1968: London Calling 80

   Das Blau vom Himmel 94

   G.M. Nassos und die Welt
   des Wunderbaren
   (Irmgard Sedler) 100

1969: Fulda oder der Mann mit
dem Koffer am Seil 106

   Panta rhei 124

1969 bis heute: Das unbeabsichtigte
Leben mit der Kunst 130

   Marion: Vom Zapata nach
   Montezuma Bay 140

   Die kleinsten Radierungen
   der Welt 154

1970 bis heute: Wohnen und Leben
als Kunstmaler 162

   Ein Künstler auf der Suche
   (Beate Domdey Fehlau) 174

   Der Zodiak 182

   Das Cabanon 197

   Marokko 221

   Des signes en couleur à l'infini /
   Unendliche Zeichen in Farbe
   (Philippe Mengue) 227

   D.U.M.B.O. Brooklyn NY 232

   Heimat: ein Ort, ein Gefühl?
   (Anna Koktsidou) 240

Nachwort 242

Danksagung 244

Vita und Ausstellungen 246

Impressum 254

Restaurierung,
50 cm x 60 cm,
Öl auf Leinwand,
1985/86

PROLOG

Noch einer, der ein Buch schreiben will. Aber was bleibt mir übrig? „Schreib es auf, das musst du aufschreiben!", hieß es immer wieder, wenn ich meinen Freunden und Bekannten Geschichten aus meiner Vergangenheit und von meinem Weg zur Malerei erzählte.

Lange zögerte ich. Ich male Bilder – Schreiben aber, nein, das ist nicht meine Sache. Ich bewundere Menschen, die schreiben können, doch diese Gabe ist mir nicht gegeben. Lange habe ich hin- und herüberlegt, bis ich mich entschlossen habe: Doch, ich schreibe – in der Hoffnung, mit diesen Zeilen bei Ihnen, sehr verehrte Leserinnen und Leser, Aufmerksamkeit zu finden und Freude zu erregen.

Ein Kunstkatalog mit kurzen Geschichten und Anekdoten soll entstehen. Der eine mag die Bilder betrachten und den Text überblättern, der andere die Geschichten lesen und die Bilder ignorieren. Wenn aber beides, Lesen und Schauen zusammenkommt, sind meine Wünsche an dieses Buch erfüllt. Auf die Neugier meiner zwei Töchter und zwei Enkel hoffe ich am meisten.

Den Ehrgeiz, ein Schriftsteller zu sein, habe ich nicht. Und dennoch wird nicht ausbleiben, dass ich in diesen Zeilen meine Biographie vorstelle.

Der Werdegang, den mein Leben genommen hat, war mir nicht in die Wiege gelegt. Doch wie viel Einfluss haben wir überhaupt, unser Leben wirklich zu bestimmen? Wo komme ich her? Wie wurde ich zu dem, der ich bin? Was hat mich geprägt? Je älter man wird, umso mehr solcher Fragen stehen im eigenen Leben herum wie sperrige Möbel.

Natürlich liegt vieles an Herkunft und Familiengeschichte. Aber hauptsächlich hat Europa im Guten wie im Schlechten die Brüche meines Lebens bestimmt. Ich bin emigriert, obwohl ich die Gegenrichtung einschlagen wollte, zurück in die damalige Tschechoslowakei, das Land meiner Geburt und „Paradies" meiner Kindheit. Ich wurde Gastarbeiter, ohne es je angestrebt zu haben. Dass ich Kunstmaler wurde, war kein Lebensplan – es hat sich „so ergeben".

Manchmal wundere ich mich selbst, welch geringe Rolle Pläne in meinem Leben spielten. Fast alles geschah intuitiv; die Entscheidungen, welcher Weg zu gehen sei, fielen spontan. Meistens waren es die richtigen. Auch dieses Buch gehört dazu.

Es gibt auf diesem Planeten Abermilliarden Schicksale, die dramatischer, trauriger, tragischer, glücklicher sind – und es eher verdienen, aufgeschrieben zu werden.

Nicht jeder kann von sich behaupten, dass er sein Leben so gestaltet, wie er will. Die meisten Menschen um mich herum sind in ihrem Dasein eingeschränkt und fremdbestimmt. Sie gehen einer Arbeit nach, die ihnen nicht behagt, leben in einer Welt des Konsums, ertrinken in Schulden.

Ein solches Leben zu vermeiden, war nicht leicht. Es bedeutete harte Arbeit, Entbehrungen und eine ökonomische Unsicherheit, die mich als Maler bis heute begleitet. Seit dem 14. Lebensjahr war ich in Deutschland allein auf mich gestellt, während meine Familie in Athen lebte. Es war niemand da, der mir eine Richtung, einen Weg in die Zukunft zeigen konnte. Alles musste ich selbst herausfinden.

Es war hart, es war spannend. Ich bereue es nicht.

Wer also bin ich? Offiziell heiße ich Georges Nassos – Jorgos Nazos auf Griechisch. Aber der bin ich ja gar nicht. Ich fühle mich wohler als Jiři Trdlička, unter dem Namen, den mir mein leiblicher Vater gab, der Tscheche war. Zwischendurch war ich Jiři Nozar, nachdem Mutter in der ČSSR 1951 meinen Adoptivvater geheiratet hatte. Nozar haben die Tschechen aus Nazos gemacht. Aus Menelaos Milan.

Ja wer bin ich nun? Der Name Georges Menelaos Nassos ist wie gemacht für einen Künstler. Warum bin ich bloß nicht früher darauf gekommen? So viele Umwege bin ich gegangen, bis ich als Maler diesen Namen verwendete! Manchmal muss ich zweimal überlegen, wenn man mich so ruft. Bin wirklich ich gemeint? Wenn die Stimmung im Keller ist, bin ich der Böhme Jiri mit der Smetanischen Melancholie. Und wenn die unerträgliche Leichtigkeit des Seins jubiliert, die Lebenslust überschäumt, ist die Mutation von Jorgos zum El Greco perfekt, Zorbasfolklore und „Parea" – die griechische „Clique" – sind angesagt.

Ein Mensch mit diesen Launen, diesen Facetten, diesen Widersprüchen ist an einer festen Arbeitsstelle, im Büro oder in der Fabrik fehl am Platz. Der ganze Betriebsablauf kann durcheinander kommen. Arme Chefs! Nein, da bin ich in der Kunst besser aufgehoben. Mein Zwiespalt, meine „ambiguïté" sorgt hier für die Inspiration.

Wird sie mir auch beim Schreiben helfen? Wir werden sehen.

„Bizarre Erscheinungen", 120 cm x 100 cm, Öl auf Leinwand, 2008

Kleiner Brief an Georges

Wie lange kennen wir uns jetzt? Über zwanzig Jahre müssen es sein. Ich erinnere mich an unsere erste Begegnung. Es war ein Abend mit Freunden, gutem Essen und gutem Wein. Zuerst dein Name, Georges Menelaos Nassos, wohlklingend und mächtig; dann deine zunächst scheue, aber doch so spürbare Präsenz. Die Neugierde in dir. Dein Erzählen. Deine Kunst kannte ich zu diesem Zeitpunkt noch nicht. Als ich dann deine Werke sah und betrachtete, dachte ich: Es passt. Das ist Georges. Kraftvoll und lebendig, bunt und warm, bewegt, phantasiereich und sehr präsent.

Immer falle ich in deine Bilder und Objekte hinein; sie haben mich stets zum Suchen und Finden angeregt, und ich glaube, dass deine Malerei das Ergebnis deines eigenen Suchens und Findens ist. Deine Kunst macht mich froh. Mir ist, als ob die Kompositionen der Farben und der Figuren mit mir tanzen. Sie bewegen mich.

Du bist ein Künstler, der nicht dem Klischee entspricht, nur im Leiden werde echte Kunst geschaffen. Nein, deine Kunst ist geprägt von Lebensfreude. Eine Ode an das Leben. Auch die Geschichten, die dein Leben schrieb, bewegen mich.

Deine Stationen: Als Sohn einer Griechin und eines Tschechen geboren. Kindheit in Prag und Athen. Die Enge, die dich nach Deutschland geführt hat. In Stuttgart Fabrikarbeit, Fließband. Trost, Ausgleich und Zuflucht in der Malerei. Sie wird zur heimlichen Sucht und schließlich zur Profession. Mit 24 beginnst du dein Kunststudium an der Stuttgarter Kunstakademie.

Du bist ein Weltenbummler. Du warst auf der Suche nach dir. Einige deiner vielen Lebensstationen waren Paris und London, Mexiko und die USA; deine Ausstellungen in New York waren viel beachtet und erfolgreich. Heute lebst du in Stuttgart und in der Provence. Und in den Herzen ganz vieler Menschen.

Spurensuche. Du liebst das Draußensein, die Natur; sie ist eine deiner Kraftquellen. Die Natur schenkt dir Fundstücke; auf deinen Wanderungen und Streifzügen sammelst du Holzstücke und herrenloses Gut aus der menschlichen Zivilisation. Du belebst sie wieder. So findest du dich in deinen Objekten und Skulpturen, deinen Radierungen und Bildern. Du liebst die Freiheit. Du liebst das Leben. Georges, du bist ein Menschenfreund, ein Menschenfänger im guten Sinn. Kompromisslos. Ein Nomade bist du. Aber auch ein Vogel, der ein Nest braucht und hat.

Immer wieder, nach jedem Zusammensein, wenn wir zu später Stunde an deinen Lippen hingen, deinen Lebensgeschichten lauschten, habe ich zu dir gesagt: „Schreib deine Geschichten auf, mach ein Buch daraus". Und jetzt ist es fertig. Es ist schön geworden. Ich freue mich. Und vor allem freue ich mich auf die zahlreichen kommenden Tage, Abende und Nächte mit dir und unseren Freunden. Auf die vielen Geschichten, die dir, die uns das Leben schrieb und schreiben wird.

Und ich freue mich unbändig über unsere Freundschaft.

Emi v. Gemmingen

oben: „Holzobjekt", 23 cm x 37 cm, Öl auf Holz, 2013
rechte Seite: „Stele", Holzbalken, 14 cm x 174 cm, 2015 Privatbesitz

„Stele", Holzbalken,
14 cm x 174 cm, 2015,
Privatbesitz

Familien Geschichten

Fast jedes Kind kritzelt, zeichnet oder malt schon im zarten Alter ein Konvolut an Bildern zusammen. Bei mir war das nicht anders. In meiner Kindheit in der damaligen ČSSR war das Malen meine Passion. In der Schule waren die notwendigen Utensilien in großen Mengen vorhanden. Farben, Papier und Stifte gab es umsonst.

Dass die Malerei zum Beruf wird, geschieht schon seltener. Als ich mich dazu entschloss, war ich 23 Jahre jung.

Jede andere Arbeit wurde mir nach kurzer Zeit langweilig – reiner Broterwerb.

Im Haushalt meiner Eltern in Athen, wo ich nach unserem Umzug aus der Tschechoslowakei vom elften bis zum dreizehnten Lebensjahr wohnte, war von Kunst nicht viel zu sehen. Was als „Kunst" galt und unsere Wände zierte, war purer Kitsch. Besonders plastisch ist mir das Bild eines aufgeplusterten Gockels in Erinnerung, der, umzingelt von etlichen Hennen, im prächtigen Rahmen eine Küchenwand schmückte. An einer anderen Stelle hingen drei kleine ovale Holzbrettchen, bemalt mit schneebedeckten Gipfeln, noch mehr Hühnern und sonstigem Getier.

Das war's, was die Kunst im Haus betraf. Keine Musik. Keine Bücher. Die Unterhaltungen beschränkten sich auf das Notwendige – Stillsein war die höchste Tugend. Ich hatte kein eigenes Zimmer, mein Schlafplatz war im Flur. Zum Malen gab es weder Platz noch Zeit. Stattdessen musste ich schon mit zwölfeinhalb meine Tage als Handlanger bei einem Elektriker totschlagen. Etliche Stromschläge später lernte ich, was Plus und Minus in der Elektrik bedeutet. Das Schönste bei dieser Arbeit war, als Sozius und Kabelträger hinter dem Meister auf der Vespa durch Athen zu fahren.

Abends saß ich von acht bis halb elf im Abendgymnasium. Müde vom Tagwerk, war ich kaum in der Lage, den Stoff aufzunehmen. Gegen 23 Uhr sank ich völlig erschöpft in den Schlaf. Der einzige Tag zum Ausruhen war der Sonntag, an dem ich mit einem gemieteten Fahrrad Athen auskundschaftete.

Im Schlafzimmer der Eltern stand ein kleiner abgeschlossener Glasschrank mit einigen schönen dicken Büchern. Ohne Erlaubnis des Vaters Menelaos durfte ihn keiner öffnen. Mutter konnte gar nicht, meine kleine Schwester noch nicht lesen, also blieben die Bücher für Herrn Menelaos hinter Schloss und Riegel. Selbst das Transistorradio in der Küche durfte ich nicht anrühren. In heutigen Worten: Wir lebten in einem bildungsfernen Haushalt.

Mutter Marika, in Kreta 1924 geboren, wurde von meinem Opa mit sieben Jahren aus der Schule geholt und als Haushaltshilfe

Mit Vater Vaclav Trdlička 1949 in Pilsen

nach Athen „vermittelt", wie es damals üblich war. Sie hatte gerade in Kreta das erste Grundschuljahr hinter sich gebracht. Die wenigen Drachmen, die sie verdiente, nahm sich der Opa. Lesen und Schreiben hat sie nie gelernt.

Sicherlich wollte sie das Beste für meine Schwester und mich. Aber dieses Beste war für mich nicht gut genug. Ich wollte mehr – und vor allem raus aus dieser Enge.

Mit dreizehneinhalb gelang es mir. Zunächst kam ich nach Deutschland, genauer: nach Stuttgart. Trotz der vielen Versuche der ersten Jahrzehnte, dieser Stadt zu entkommen, lebe ich hier noch heute, verheiratet mit einer Stuttgarterin, deren Zwillingsschwester ebenfalls einen Griechen heiratete. Beide sind Lehrerinnen an derselben Schule im Stuttgarter Westen. Wir erfreuen uns eines großen Freundeskreises und bis jetzt bester Gesundheit. Bis hierher war es ein langer, spannender, manchmal harter Weg mit vielen Umwegen, Herausforderungen und einer riesengroßen Portion Glück. Und da ich diese Zeilen in der Provence schreibe, muss ich hinzusetzen: Ja, auch dorthin hat mich das Schicksal in seiner Kombination aus Glück und Zufall verschlagen.

Zurück ins Kreta der 20er Jahre. Dort lebte der Klan der Gounalakis. Es war eine weitverzweigte Familie. Opa Georgios stammte aus Festos im Tal von Messara. Oma kam von der winzigen Insel Gavdos, dem südlichsten Punkt Europas mit achtzig Einwohnern. Sie bekamen (zur Sicherung der Altersvorsorge) neun Kinder, von denen sechs überlebten: die Onkel Manolis und Jiannis, die Tanten Ioanna, Katina und Angeliki sowie meine Mutter Marika.

Natürlich hatten auch Oma und Opa viele Geschwister sowie Vettern und Cousinen ersten, zweiten und dritten Grades. Hinzu kamen Patenonkel und Patentanten, Trauzeugen (Koumbari) und so weiter. Als wir in den 80er Jahren mit meiner großen Tochter Veronika das Dorf auf Kreta zum ersten Mal besuchten, zählten wir unter den hundertfünfzig Einwohnern, die das Dorf besaß, eine Hundertschaft an Verwandten, deren physiognomische Ähnlichkeiten mit uns nicht zu übersehen waren.

Die junge Marika arbeitete seit Anfang des Jahres 1938 als Krankenschwester in einem Athener Krankenhaus. Während des Krieges, als auch Griechenland von der deutschen Wehrmacht besetzt war, wurde sie

Geburtstag mit Mutter und Vater 1947

FAMILIEN GESCHICHTEN

Mutter Marika 1942

nach Děčin (Tetschen) an der Elbe im sogenannten „Protektorat Böhmen und Mähren" verschleppt.

Das war im Jahr 1942. Wie immer ging sie morgens zur Arbeit, als die Wehrmacht das Viertel, in das sie kam, abriegelte und willkürlich einige Griechen, vor allem junge Leute, aus den Passanten herausgriff. Sie wurden in einem Zug verfrachtet, der nach Norden fuhr. Wozu? Zum Arbeiten. Genauer: zur Zwangsarbeit.

In einem Keller musste Marika tonnenweise Kartoffeln für die Komandantur der Wehrmacht in Tetschen schälen. Einige Zeit später wurde sie wegen „Arbeitsverweigerung" in ein KZ geschickt. Der Grund: Sie hatte sich schwer an der Hand verletzt und konnte die Kartoffelschälerei nicht mehr bewältigen.

Nach der Befreiung durch die Alliierten lernte sie meinen leiblichen Vater Václav Trdlička kennen. Im Juli 1946 erblickte ich in Pilsen als Jiři Trdlička das Licht der Welt. Das war mein erster Name.

Doch die Ehe mit Vacläv war nur von kurzer Dauer: Nach drei Jahren wurden meine Eltern geschieden. Mutter erzählte mir, er habe zu viel getrunken und sei ein Schürzenjäger gewesen. Von da an sah ich meinen Vater nie mehr. Mutter verhinderte es. Die Versuche, die er unternahm, mich zu sehen, blieben vergebens: Mutter sperrte Türen und Fenster zu.

Ein Omen? Noch heute erinnere ich mich an seine Stimme, die von der Straße aus meinen Namen rief: „Jiřiko, Jiřiko, ich bin's!" Mutter zerrte mich von Fenster weg. Auf meine Frage, wer das sei, antwortete sie: „Ein böser Mensch."

Jahrzehnte später, als der Eiserne Vorhang fiel, reiste ich in meine erste Heimat, um meinen Vater zu suchen. Zuerst sah ich Jaroslav wieder, mein Freund aus Kindertagen. Mit seiner Hilfe fand ich zu der Frau, die mein Vater nach der ersten Ehe geheiratet hatte und die auf mich wie ein Ebenbild meiner Mutter wirkte. Sie führte mich in die Wohnung und holte Fotos aus einer Schublade, die meinen Vater zeigten: Er war vor sechs Wochen gestorben. Was sie von ihm erzählte, klang genauso wie das, was meine Mutter erzählt hatte. Dann lud sie mich zum Kaffee ein und setzte mir meinen Lieblingskuchen vor: Mohnkuchen.

Woher sie das wusste? Mein Vater hatte oft von mir gesprochen. Ich habe seine Liebe

Mutter Marika 1958 in Athen

immer gespürt. In diesem Moment aber war ich kalt, meine Gefühle wie gelähmt. Erst viel später hat mich der Moment gepackt und durchgerüttelt ...

Als ich drei Jahre alt war, lernte meine Mutter den Griechen Menelaos Nassos kennen, den ein ähnliches Schicksal in die ČSSR gespült hatte: Er war Kriegsgefangener. Anfang der 50er Jahre heirateten sie. Im Juni 1952 kam in Bezdružice meine Schwester Sini zur Welt.

Der neue Vater adoptierte mich, und so hieß ich mit einem Mal Georgios Nassos. Die Tschechen in Bezdružice nannten uns jetzt Nozar: Menelaos war Milan, ich Jirka Nozar (ausgesprochen „Nossar").

Als ich zur Schule kam, kümmerten sich die Lehrerinnen rührend um mich: Schließlich besaßen wir den Naziopfer-Bonus. Bis 1957 verbrachte ich in Bezdružice eine wunderbare Schulzeit. Im Winter erreichten wir die Schule bisweilen nur auf Skiern. Zwei Lehrerinnen behandelten die vierzehn Kinder liebevoll und widmeten uns viel Zeit. Bis hin zur gut bestückten Bibliothek war die Schule reich ausgestattet.

Wir wohnten in einem Haus am Rande des Dorfes, das vermutlich früher im Besitz von Sudetendeutschen gewesen war. Dazu gehörten ein großer Garten, Obstbäume, Hühner, Gänse, Enten, Kaninchen und zwei Schweine. Eine Idylle!

Milan Nozar arbeitete als Schreiner in Stříbro (deutsch „Mies"). Als den einzigen Ausländern im Dorf ging es uns prima. Die Einheimischen waren uns wohlgesonnen. Zudem hielt sich das Heimweh der Eltern nach Griechenland in Grenzen, da dort immer noch ein brutaler Bürgerkrieg herrschte.

Meine erste Muttersprache war Tschechisch. Zuhause wurde griechisch gesprochen, was mir gar nicht recht war. Doch die Worte, die sich mir einprägten, halfen mir später, die Sprache leichter zu erlernen.

Die ersten deutschen Worte brachte mir unser Nachbar bei, der Landarzt Dr. Schuldes, ein übriggebliebener Sudetendeutscher. Wer hätte damals ahnen können, dass ich Jahrzehnte später diese Zeilen auf Deutsch schreiben würde?

Im Sommer 1957, ich war gerade elf geworden, war es soweit. Über Prag, Wien, Budapest, Belgrad und Saloniki fuhren wir mit dem Zug nach Athen. Die Fahrt dauerte eine Ewigkeit. Die gesamte Verwandtschaft meiner Mutter wohnte in Athen, mit einer Ausnahme: Tante Ioanna war in Kalifornien mit einem älteren Millionär verheiratet. Alle erwarteten uns am Bahnhof, fünfundzwanzig an der Zahl. Auch Oma und Opa mütterlicherseits lebten noch.

Es folgten mehrere Wohnprovisorien. Auch die Suche nach Arbeit gestaltete sich für Mutter und Menelaos schwierig. Alle winkten ab. Der Grund: Wir kamen aus einem kommunistischen Land. Die Angst, einen Kommunisten, ja einen kommunistischen Spion im Betrieb aufzunehmen, hielt in diesen paranoiden Zeiten die Arbeitgeber davon ab, meine Eltern einzustellen.

Die große Stadt Athen faszinierte mich sehr. Da uns die vielen Vettern und ihre Familien mütterlicherseits herzlich aufnahmen, lernte ich schnell Griechisch. Die vielen neuen Eindrücke am Anfang unseres Daseins in der Stadt mit ihren immensen Ausmaßen verdrängten bald meine Erinnerungen an die sorglose Kindheit in Bezdružice.

Eine Ironie des Schicksals sorgte dafür, dass es die Deutschen waren, die uns das Überleben in Athen ermöglichten. Damals sprachen nur wenige Griechen Deutsch, ein Glück für meine Mutter, die als Folge ihrer Haft im Krieg ein wenig Deutsch sprach – mit böhmischem Akzent. Wer das Deutsche beherrschte, musste keine Putzarbeit verrichten. So wurde meine Mutter bei der

Lefti und ich beim Abschied nach Deutschland Juni 1960

FAMILIEN GESCHICHTEN

Lefti und ich beim Abschied nach Deutschland mit Familien Juni 1960

Deutschen Evangelischen Gemeinde in Athen als Hausmeisterin eingestellt. Dazu gehörte eine kleine Wohnung im Erdgeschoss des Pfarrhauses. Zudem war Mutter als Mesnerin zuständig für die evangelische Kirche, die gegenüber lag.

Die Schule in Athen, die ich in drei Minuten zu Fuß erreichen konnte, war das Gegenteil der tschechischen. Wir Schüler saßen in Vierergruppen eng nebeneinander auf der Bank. Fast vierzig Schüler zählte die Klasse. Die Lehrer redeten im Kasernenton. Im Sommer war es heiß und stickig, im Winter so kalt, dass die Schüler im Unterricht ihre Winterkleidung trugen. Auch den Lärm war ich nicht gewöhnt: In den Pausen tummelten sich achthundert Schüler im Hof.

Mein Griechisch machte Fortschritte, aber ein Akzent war unüberhörbar. Vielleicht ein böhmischer?

Oft wünschte ich mich wieder zurück in unsere gemütliche Schule in Bezdružice. Mir fehlten meine alten Freunde, die Natur, der Geruch des Waldes und der Gräser und das Kikeriki unseres Hahnes. Ich vermisste die Schulbibliothek, die Lehrerinnen und unseren Garten mit den Äpfeln, Birnen, Johannisbeeren und Stachelbeeren, das Eishockeyspielen auf dem Dorfteich, das Ski- und Schlittenfahren im Schnee. Kurz, mich plagte das Heimweh.

Eines Tages fragte mich unser Geschichtslehrer, der hinkende Herr Sturnaras, nach unserem Leben in der Tschechoslowakei. So stand ich vor der Klasse und erzählte. Ich berichtete, dass wir in einem Haus mit großem Garten gewohnt hatten, dass Vater Milan in einer Schreinerei arbeitete und dass wir genug zu essen hatten. Ich erzählte, dass die Lernmittel umsonst waren, ebenso wie die Arztbesuche. Ich erzählte von der kleinen Klasse, in der wir nur zu zweit auf der Bank saßen und gleich zwei Lehrerinnen hatten. Kurz, ich beschrieb die Zeit in Bezdružice in den schönsten Farben und aus vollem Herzen: als Paradies. „Es ist wie im Märchen dort", fügte ich hinzu: „Ich würde es jedem hier wünschen, dort zu leben."

Der Lehrer wurde abwechselnd bleich, grün und rot im Gesicht. Dann brüllte er mich an wie ein Irrer.

„Du lügst" schrie er mich an, „sag die Wahrheit!"

Das sei die Wahrheit, antwortete ich angstvoll. „Es ist die Wahrheit, Herr Lehrer, ich lüge nicht!"

Da forderte er mich auf, die Hände auszustrecken, ergriff ein langes Lineal und schlug mir mehrmals auf die Hände, schwungvoll und mit voller Kraft.

„Es ist die Wahrheit!", schrie ich und lief aus der Klasse, schnurstracks zu Mutter. Als ich ihr berichtete, was geschehen war, glaubte sie mir nicht. „Du hast wohl wieder irgendetwas angestellt!", sagte sie. „Recht geschieht es dir!"

In diesem Moment fasste ich den Entschluss, zurück nach Weseritz zu gehen. Nichts hielt mich mehr in diesem Land. Von da an schwänzte ich oft die Schule, in der man Schläge erhielt, wenn man die Wahrheit sagte.

Später habe ich erfahren, dass die Familie des Lehrers im Bürgerkrieg, der in Griechenland von 1945 bis 1952 wütete, von den Kommunisten umgebracht wurde. Ohne dass ich wusste, was das ist, muss ich wohl ein Kommunist für ihn gewesen sein.

Den ersten Versuch, nach Bezdružice zurückzukehren, unternahm ich per Anhalter. Ich kam bis nach Thessaloniki, wo mich die Polizei ergriff und mit dem Zug nach Athen zurückschickte. Beim zweiten Versuch wollte ich im Golf von Korinth mit einem Ruderboot nach Italien rudern; in der Hafenausfahrt holte mich der Hafenpolizist mit einigen Ohrfeigen aus dem Boot, und ab ging's wieder nach Athen.

Endlich ergab sich eine reelle Gelegenheit wegzukommen, und zwar mit Erlaubnis der Eltern.

Herr Möckel, der Pfarrer und Arbeitgeber meiner Mutter an der evangelischen Kirche unterhalb des Athener Stadtberges Lykabettos, hatte einen Verwandten in Stuttgart, der eine Werkzeugfabrik besaß und händeringend nach Lehrlingen suchte. Mutter Marika fragte mich, ob ich nach Stuttgart gehen wolle. Mein Ja-Schrei folgte prompt; dabei machte ich einen Satz auf der Holzcouch, die daraufhin zusammenbrach.

Der zweite Aspirant für Stuttgart war Lefti, Sohn einer deutschen Mutter und eines griechischen Vaters, der während des Krieges als Zwangsarbeiter nach München verschleppt worden war. 1945, am Ende des Krieges, hatte sich Elsa in ihn verliebt und war ihm nach Griechenland gefolgt.

Weder Lefti noch ich wussten, was uns erwartete. In meinen Träumen stellte ich mir Stuttgart wie Bezdružice vor. Schlechter als jetzt konnte es auf keinen Fall werden. Außerdem lockte mich das Abenteuer. So fuhren zwei knapp vierzehnjährige Jungen Anfang Juni 1960 mit dem Zug nach Stuttgart. Der „Mozart Express" benötigte zwei Nächte und drei Tage.

Am Nachmittag des 6. Juni 1960, es war ein Donnerstag, standen wir in kurzen Hosen und kurzen Haaren am Bahnsteig des Hauptbahnhofs in Stuttgart. In der Hand trugen wir ein Schreiben der Deutschen Evangelischen Kirche in Athen für die Bahnhofsmission, falls wir verloren gingen. Ein Herr Maier vom evangelischen Jugendheim „Flattichhaus" in Stuttgart-Zuffenhausen nahm uns in seine Obhut, einer von jenen, die damals Erzieher, heute Sozialarbeiter genannt werden. Mit der Straßenbahn fuhren wir, die neue Stadt aus den Fenstern bestaunend, zu unserem neuen Zuhause in der Tapachstrasse 64.

Das Heim war neu, gebaut im Grünen inmitten von Feldern, zwischen kleinen Parzellen mit Obstbäumen, fast wie in Bezdružice. Wir waren die Jüngsten und vorerst die einzigen Ausländer unter den Heimbewohnern. Viele der anderen Jugendlichen waren aus der DDR geflüchtet oder hatten keine Eltern mehr.

Wir konnten uns nicht vorstellen, lange in dieser Stadt zu bleiben. Doch heute wohnt Lefti mit seiner Familie immer noch irgendwo im Stuttgarter Osten, wie ich im Westen.

Nur drei Tage hatten wir Zeit, um die neue Umgebung auszukundschaften. Dann begann der Ernst des Lebens. Von Montag an war ich „Gastarbeiter".

In aller Frühe, um viertel vor sieben, mussten wir in der Fabrik sein. Da wir mit der Straßenbahn ans andere Ende der Stadt fahren mussten, bedeutete das, um fünf Uhr aufzustehen. In der Fabrik machten wir zuallererst Bekanntschaft mit der Stechuhr, die unsere Anwesenheit bei der Arbeit bewies. An meinem ersten Arbeitstag durfte ich eine Stanzpresse bedienen. Der Meister, ein Herr Nägele, zeigte mir mürrisch die notwendigen Handgriffe: Werkstück einspannen, mit dem Fuß ein Pedal runterdrücken, so dass die Stanze mit Getöse herabfällt und das Werkstück gelocht ist, ausspannen, neues Werkstück einspannen, Pedal, rumms ... und so den ganzen Tag lang. Um mich herum Drehbänke, Fräsen, Schleifmaschinen und eine infernalische Geräuschkulisse.

Vor jeder Maschine stand ein Mann, der sie bediente. Keiner trug Ohrenschutz. Nach ungefähr drei Stunden an der Stanze fing ich an, laut einen griechischen Schlager zu singen, im Glauben, dass mich bei diesem Krach niemand hören würde. Meister Nägele aber hörte es. „Hier nix singen, arbeiten", maßregelte er mich.

Das fing ja gut an. Die Ähnlichkeit mit Bezdružice tendierte gegen Null.

Die Gewöhnung an die Fabrikarbeit fiel mir sehr schwer. Das eintönige, manchmal wochenlang immer gleiche Bedienen einer Maschine war nur mit immensem Durchhaltewillen möglich. Ich beneidete Lefti, dem das keine Probleme bereitete.

In den Pausen tranken die Arbeiter in der Fabrik zum Vesper morgens um neun ihr erstes Bier. Mittags das nächste zum Essen. Nachmittags nochmals zwei. Dazu lasen sie eine Zeitung mit vielen Bildern, die auch noch „Bild" hieß. Und sie sprachen ein merkwürdiges Deutsch. „Wie du heißen?" fragten sie mich, „wo du wohnen?" oder „woher du kommen?" Oder sogar: „Du haben nix verstehen."

Im Gegensatz zu ihnen lernte ich zweimal in der Woche Deutsch im Institut für Auslandsbeziehungen im Zentrum der Stadt. Aber dort klangen die Sätze ganz anders. Die Lehrerin klärte uns auf: Das, was die Leute mit uns redeten, sei kein richtiges Deutsch. „Die Leute in der Fabrik versuchen, euch die deutsche Sprache beizubringen", erklärte sie, „die meinen es gut." Das verstand ich nicht. Warum dann nicht gleich richtig? Nach sechs Monaten konnte ich deutsche Bücher und Zeitungen lesen, auch die mit den vielen Bildern.

Im April 1961 fing offiziell unsere Lehre als Mechaniker an. Wir waren vier „Stifte": Lefti, Peter, Lothar und ich. Die Lehre war entspannter als die monotone, ganztägige Arbeit an einer Maschine. Zu unserem Stundenplan gehörte viel Theorie, U-Eisen und Passungen feilen und Berichtshefte mit den entsprechenden technischen Zeichnungen schreiben.

Eine dieser Zeichnungen gab den Anlass, dass ich zum ersten mal „Künstler" tituliert wurde. Allerdings im abwertenden Sinn. Im Berichtsheft war die Darstellung eines Schraubstockes im „Schnitt" verlangt: maßgerecht und mit Schraffuren für die „Innereien" des Werkzeugs. Ich hatte es gewagt, die Zeichnung mit Farbstiften zu kolorieren. Für unseren Meister verstieß das gegen die Regeln des Berichtsheftes. „Schaut her, unser Künstler erfindet neue Methoden für das Berichtsheft! Das sind technische Zeichnungen, und die haben schwarz zu sein. Also, Nassos, nochmal neu und nur in schwarz zeichnen!", tadelte er mich vor versammelter Mannschaft.

Aha, konstatierte ich, „Künstler" zu sein war etwas Schlechtes, etwas, was gegen die Regeln verstieß!

Die Bibliothek, die den Heimbewohnern zweimal in der Woche für ein paar Stunden zur Verfügung stand, wurde von Herrn Mayer verwaltet. Meistens war nichts los, so dass nur Herr Mayer und ich dort saßen und lasen. Manchmal kritzelte ich mit Tusche abstrakte Zeichnungen auf ein Blatt Papier. Natürlich in Schwarz! Irgendwann bat mich Herr Mayer um meine Kritzeleien. Ich war bass erstaunt. Noch mehr wunderte ich mich, als ich entdeckte, dass eine meiner Zeichnungen eingerahmt ein Bücherregal zierte.

Auf meine Nachfragen erklärte mir Herr Mayer, dass das, was ich da fabrizierte, Kunst sei. Jetzt verstand ich gar nichts mehr.

Als ich dagegen bei einer anderen Gelegenheit in eine Landschaftszeichnung vertieft war, hörte ich einen Bewohner sagen: „Wie kann man nur so seine Zeit verplempern?!"

Die Lehre neigte sich dem Ende zu. Den wöchentlichen Besuch der Berufsschule absolvierte ich gerne, die Lehrzeit insgesamt mit gedämpftem Interesse, aber mit Erfolg. Der Beruf des Mechanikers entsprach durchaus nicht meiner Wunschvorstellung.

Die Gesellenprüfung bestand aus einem praktischen und einem theoretischen Teil. Den ersten Teil bestand ich knapp, in der Theorie aber haperte es. Doch zur Verwunderung des Meisters bestand ich die theoretische Prüfung mit Bravour. Diesen Erfolg hatte ich der Tatsache zu verdanken, dass ich ohne Führerschein beim Mopedfahren erwischt worden war. Der Jugendrichter verdonnerte mich zu einem verlängerten Wochenende Jugendarrest. Beim Antreten der Strafe durfte ich als Lektüre nur das Facharbeiterbuch in die Einzelzelle mitnehmen. Statt einer Bibel. Das las ich drei Tage lang von vorne bis hinten und umgekehrt. So bestand ich die Gesellenprüfung.

Von September 1964 an war ich Facharbeiter. Wieder stand ich tagelang an einer Maschine und musste die gleichen Metallteile drehen, fräsen, stanzen, schleifen oder sonstwie bearbeiten. Der Unterschied zum angelernten Arbeiter bestand allein in der Tatsache, dass ich die Maschine als Geselle bediente.

Jeden Freitag gab es bares Geld, D-Mark in einer transparenten Papiertüte mit einem Lohnstreifen. Den größten Teil musste ich allerdings für Kost und Logis an das Wohnheim abliefern, da ich jetzt ausgelernt hatte.

Inzwischen wohnte ich in einem Wohnheim für schwererziehbare Jungs in der Mönchhaldenstraße in Stuttgart. Aus dem „Flattichhaus" war ich rausgeworfen worden, als ich mich mit dem Heimleiter und einigen Erziehern angelegt hatte, die besonders „nett" zu mir gewesen waren. Wenn ihnen etwas nicht passte, gab es richtige Prügelorgien. Einmal wehrte ich mich und schlug zurück. Das war's.

In dem neuen Heim ging mir das heuchlerisch-christliche Gebaren des Heimleiters und seiner Helfer nach einer Weile so auf den Senkel, dass ich mich bei einer der Gebetslitaneien vor dem Abendessen im Heim vernehmbar selbst fragte, was das eigentlich solle. Der Heimleiter hörte das. Als er mich zurechtwies, bezichtigte ich ihn der Heuchelei und des Pharisäertums, woraufhin er mich augenblicklich des Heimes verwies.

Meine Sachen passten in einen Koffer. Jetzt war ich wohnsitzlos.

Mit der Straßenbahn fuhr ich in Richtung Stammheim und mietete mich im Hotel „Engel" ein, bis ich ein Zimmer bei Privatleuten finden konnte. Es war der Winter des Jahres 1964.

Die Volljährigkeit erhielt man damals erst mit 21 Jahren. Aber Vater durfte ich schon mit 19 werden.

Etwas Spannendes, Neues, fast Revolutionäres erfüllte damals die Luft. Eine Veränderung der Gewohnheiten und Lebensformen kündigte sich an. Vielleicht sogar eine bessere, gerechtere und friedlichere Welt? Die Vibrationen und die Beats der Musik, die aus England und den USA in unsere jungen Körper und Ohren gelangten, trösteten uns über den grauen Alltag hinweg, gaben uns ein neues Lebensgefühl und ließen uns hoffnungsvoll in die Zukunft schauen.

Ob aus einer Musikbox in den Kneipen oder über die Kurzwelle von Radio Luxemburg: Fasziniert lauschte ich der neuen Musik. Manche Freunde besaßen die neuesten Schallplatten der aktuellsten Bands. Die Wochenendnächte tanzten wir in verrauchten Partykellern durch.

Bei einer dieser Tanzveranstaltung in einer Turnhalle lernte ich im Winter 1964 die schöne, dunkelhaarige Maria kennen, die damals in einer Apotheke in Stammheim arbeitete. Über der Apotheke hatte sie ihr gemütliches Zimmer.

Das kleine Mansardenzimmer, das ich bald in ihrer Nähe gefunden hatte, war weitaus weniger gemütlich. So ergab es sich, dass wir es uns in so manchen kalten Nächten im Zimmer über der Apotheke, wo es wohlig warm war, bequem machten. Allerdings war es angebracht, sich so leise wie möglich über die knarrende Holztreppe nach oben zu schleichen. Männerbesuche waren damals nicht erlaubt, ebensowenig wie Frauenbesuche in meiner kalten Mansarde.

Es war eine schöne, romantische Zeit. Solange ich in Stammheim wohnte, sahen wir uns jedes Wochenende, manchmal sogar unter der Woche.

Irgendwann zog ich weg von Stammheim. Auf einmal war die Liaison mit Maria zu Ende, ohne Grund, ohne Krach, eigentlich ungewollt. Ein halbes Jahr später, im Juli 1965, feierte ich mit Lefti und ein paar Freunden in der Stuttgarter Disco „Quadrat" meinen neunzehnten Geburtstag. Nach Mitternacht tauchte Freund Manfred auf. Er war eben aus Paris angereist, teilweise per Anhalter, teilweise mit der Bahn. Als er im Frankfurter Bahnhof auf den Zug nach Stuttgart wartete, begegnete er Maria, die mit ihrem Koffer da stand, um nach Bremen zu fahren.

Er solle mir doch bitte ausrichten, sagte sie, dass sie schwanger sei und ich der Vater des Kindes.

Die ersten Minuten meines neunzehnten Lebensjahrs waren kaum vorbei. Mir stockte der Atem. Vater werden, schön, aber Vater sein – wie geht das?

Und warum fuhr Maria nach Bremen?

Freunde in Bremen, erzählte Manfred, wollten sie aufnehmen, da sie dort Arbeit hatte und das Kind ohne Probleme zur Welt bringen konnte. Schließlich galt damals ein uneheliches Kind als Schande für eine Frau. Nach Hause konnte sie nicht: Ihre Mutter wollte sie nicht aufnehmen.

Wie ich viele Jahre später von meiner Tochter erfuhr, brachte Marias Vater sie von Bremen nach Bad Salzschlirf und versteckte sie vor der Mutter. Erst kurz vor der Geburt des Kindes erhielt sie zu Hause „Asyl".

Unsere Tochter sah ich einmal kurz nach der Geburt und ein zweites Mal bei der Taufe in diesem abgelegenen Ort bei Fulda. Bis zur nächsten Begegnung dauerte es achtzehn Jahre.

Als Veronika vierzehn Jahre alt war, sah ich Maria vor einem Richter in Berlin-Moabit. Mit meiner damaligen Lebensgefährtin Monika war ich auf dem Weg von Frankreich nach Deutschland. Monika saß am Steuer, als wir bei Mühlhausen auf der Autobahn über die Grenze nach Deutschland fuhren. Als wir beim Zoll anhielten und ich den Zollbeamten müde durch das Autofenster anstarrte, forderte dieser mich auf auszusteigen, nachdem er unsere Ausweise kontrolliert hatte. Draußen legte er mir Handschellen an. Monika durfte nach Stuttgart weiterfahren.

Mit einem Polizeiwagen wurde ich nach Freiburg transportiert und dort im Untersuchungsgefängnis abgeliefert. Niemand sagte mir, warum ich verhaftet worden war.

Erst am nächsten Morgen erfuhr ich, dass ich wegen unterlassener Unterhaltszahlungen im Knast saß. Sobald genug Leute zusammenkämen, die wegen ähnlicher Straftaten transportiert werden müssten, würde ich aus Freiburg nach Berlin verfrachtet werden.

Das wurde ja lustig! Da mir der Alltag im Knast nicht unbekannt war, blieb ich cool und überlegte, wie ich der Situation am besten und schnellsten entkäme. Das Wochenende stand bevor, kein Richter war für die Haftprüfung erreichbar. Inzwischen hatte Monika in Stuttgart unserem Freund Martin Picard die Lage geschildert. Der nahm Kontakt mit dem Richter in Freiburg auf. Da ich in Bernhausen polizeilich gemeldet war und keine Fluchtgefahr bestand, stand meiner Freilassung nichts im Weg, ja die Verhaftung war nicht einmal statthaft.

Von alledem wusste ich natürlich nichts, der Knastalltag hatte mich im Griff. Doch am vierten Tag meiner Haft, als wir Knackis gegen Mittag auf dem Etagenflur im Fernsehen die „Flucht aus Alcatraz" anschauten, brüllte ein Wärter meinen Namen. „Sachen packen, raus hier!" Martin stand vor dem Tor. Nach dem ersten Bier in Freiheit fuhr ich zurück nach Stuttgart.

Vier Wochen später stand ich in Berlin vor Gericht. Dort sah ich Maria nach Jahren wieder. Den Aufenthaltsort unserer Tochter verschwieg sie mir. Der Richter bot mir einen Vergleich an, auf den ich mich einließ. Für mich war der Fall erledigt. Ich musste das Kind abschreiben, vergessen. Ich durfte kein Vater sein.

Aber das Schicksal geht manchmal seltsame Wege.

Anfang der 80er Jahre wohnte ich eine Zeitlang bei einer Freundin in Paris. Eines Sonntags schlenderten wir in der Nähe des Louvre umher. Ein Paar fragte uns in dürftigem Französisch nach dem Weg zur Metro. Da wir denselben Weg hatten, begleiteten wir sie. Es war ein deutsches Paar aus Berlin, das uns sehr sympathisch war.

FAMILIEN GESCHICHTEN

Als wir am nächsten Abend in einem kleinen Restaurant im Marais-Viertel aßen, sahen wir das Paar wieder: Die beiden studierten draußen die Speisekarte. So kam es, dass wir gemeinsam zu Abend aßen und uns wunderbar unterhielten. Der Mann war Lehrer. Irgendwann fragte er mich nach Familie und Kindern. Ich erzählte ihm von meiner Tochter: Veronika Weidauer müsse irgendwo bei Fulda leben.

Der Lehrer unterrichtete in Kreuzberg eine Klasse, in der ein Mädchen mit dem Vornamen Veronika saß, jedoch mit anderem Nachnamen. Mit einem Drink in einem Bistro verabschiedeten wir uns und tauschten unsere Adressen aus.

Ein halbes Jahr später bekam ich eine Postkarte aus Berlin. Es war der Lehrer aus Kreuzberg. Das Mädchen in seiner Klasse sei meine Tochter, schrieb er. Sie hatte den Namen ihres Stiefvaters angenommen …

Sobald sie achtzehn war, kam Veronika zu mir nach Frankreich, wo sie in Avignon ein Studium der Kunst und Literatur aufnahm. Wir unternahmen mehrere Reisen nach Griechenland, um die Familie kennenzulernen. Heute lebt sie mit ihrem Mann und zwei wunderbaren Söhnen in Berlin, schreibt, malt, musiziert und singt.

28 Jahre später, ich war 47 Jahre alt, kam im September 1993 in Stuttgart meine zweite Tochter Sofia zur Welt. Auch ihr blieb das Schicksal nicht erspart, ohne Vater groß zu werden, obwohl dieser, trotz der Trennung von ihrer Mutter, präsent sein wollte. Sofia wurde nach Düsseldorf „entführt". Danach verweigerte mir die Mutter von Sofia den Umgang mit dem Kind. Um Sofia für ein paar Stunden im Monat zu sehen, musste ich unendlich lange prozessieren und Tausende von Kilometern zwischen Stuttgart und Düsseldorf hin- und herfahren.

Im Jahr 2001 erschien das Buch „Ein Vater gibt nicht auf", in dem die Autorin Karin Jäckel nach meinem Manuskript die Geschichte niedergeschrieben hat. Im Buch „Die vaterlose Gesellschaft" wird die Geschichte „Sofias Welt" ebenfalls erwähnt. Sie handelt von den Windmühlenkämpfen, die ich ausfechten musste, um ein Krümelchen Vater sein zu dürfen. Auch im zweiten Band „Berichte, Briefe, Essays" wird auf unseren Fall Bezug genommen.

von links nach rechts: Tochter Veronika, Enkel Julian, Tochter Sofia, Enkel Maximilian, Georg Nassos, Ehefrau Daniela, Schwägerin Petra, Stelios, 2010

Familien Geschichten

Jetzt aber habe ich eine enge Verbindung zu meiner Tochter Sofia, die in Maastricht studiert.

Eine Familie zu gründen, daran hatte ich nie gedacht. Wahrscheinlich hat meine eigene Geschichte dabei unbewusst mitgespielt, weil ich meinen eigenen Vater Václav Trdlička nur in den ersten drei Jahren meines Lebens bei mir haben durfte. Umso mehr freue ich mich über meine beiden Töchter, die ich liebe und die eine Bereicherung für mein Leben sind.

Seite 18 bis 31:

In den Bildern ab Seite 18 bis 31 habe ich die jahrelange Bettelei um ein Umgangsrecht mit meiner Tochter Sofia verarbeitet. Oder einfach nur Bilder gemalt, die der kleinen Sofia gewidmet waren.

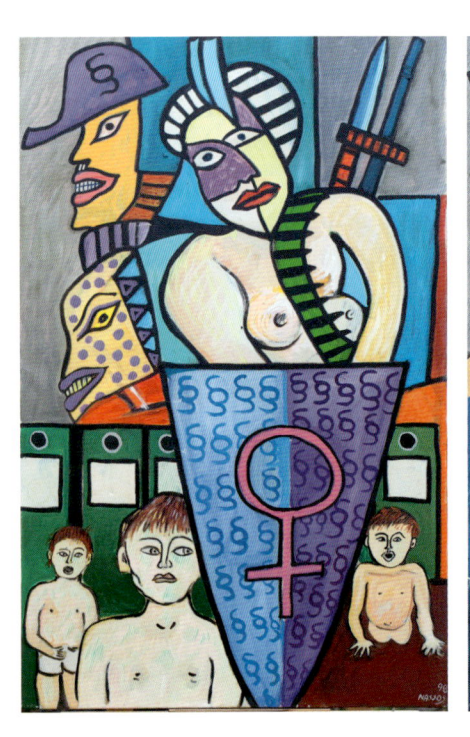

„Emanzipierte Kidnapperin oder der Geschlechterkampf auf dem Rücken der Kinder", 180 cm x 100 cm, Öl auf Leinwand, 1999

FAMILIEN GESCHICHTEN

Papier ist geduldig. Farbe auch.

Wenn ich unserem Tochter-Vater-Dasein ein Farbspektrum zuweisen wöllte, wären darin vermutlich schon alle Farben enthalten – angefangen mit einem aquarellierten Grau der Ungewissheit, da ich meinen Vater im Alter von achtzehn Jahren zum ersten mal sah. Kräftiges Blau für griechisches Meer, das Lila des Lavendels der Provence, wo ich die Kunsthochschule besuchte, das Grün von Spitzkohl, wenn ich ihn in Stuttgart besuchte, bis hin zum Gewitterrot für diverse Launen, die sich nun im Beige der Altersweisheit ausruhen ... alle Farben von wässrig bis kräftig, aber dazwischen immer wieder zahlreiche weiße Stellen, große helle Flächen, die mit Inhalten gefüllt werden wollen: mit den hier versammelten Geschichten etwa, für deren mündlichen Überlieferungsvortrag am Gignacer Kaminfeuer auch fünfzig Jahre nicht ausreichen. Darum freue ich mich auf den einen oder anderen Nachtrag seiner Erlebnisse, gern auch in einem zweiten Band ...

Veronika

von links nach rechts: Schwiegersohn Reiner Schild, Tochter Veronika, Enkel Julian, Tochter Sofia, Enkel Maximilian, Georg Nassos, Ehefrau Daniela, 2010

Lebenskünstler

Wenn ich an meinen Vater denke, wird mir klar, dass er viele verschiedene Facetten hat. Kunst spielte in seinem Leben immer eine wichtige Rolle, da er schon in jungen Jahren viel Erfolg damit hatte. Ich denke, die Malerei hat ihm oft geholfen, mit Lebensaufgaben umzugehen. Ich erzähle gerne, dass mein Vater ein Lebenskünstler ist. Sein Leben ist nicht nur durch Kunst geprägt, sondern auch durch viele außergewöhnliche Geschichten, die für ihn und seine Freunde prägend waren. Wenn es eines gibt, was ich von meinem Vater gelernt habe, dann ist es der Mut, im Moment zu leben.

Sofia

„Vaterlos", 60 cm x 80 cm, Öl auf Leinwand, 2000

„Umgangsrechtbettelei", 50 cm x 60 cm, Öl auf Leinwand, 1996

„Zwei Stunden Umgang mit dem Kind", 27 cm x 17 cm, Mischtechnik auf Papier, 1997

„Zwei Stunden Umgang mit dem Kind", 27 cm x 17 cm, Mischtechnik auf Papier, 1997

„Die Faust in der Tasche", 50 cm x 70 cm, Mischtechnik auf Papier, 2005

„Ohne Titel",
25 cm x 34 cm,
Mischtechnik auf Papier,
1996

„Für Sofia in New York gemalt",
26 cm x 35 cm,
Mischtechnik auf Papier,
1998

„New York, Januar 98",
26 cm x 35 cm,
Mischtechnik auf Papier,
1998

„Gignac, Mai 1996",
26 cm x 35 cm,
Mischtechnik auf Papier,
1996

„Ohne Titel" 22 cm x 30 cm, Aquarell auf Büttenpapier 1998

„The Kidnapping
of Sofia",
45 cm x 55 cm,
Mischtechnik auf
Leinwand, 1994

„Nightmare",
28 cm x 35 cm,
Öl auf Leinwand,
2006

„Das Locklächeln
der Sirene",
60 cm x 80 cm,
Mischtechnik
auf Papier, 1998

Kamarádi z bezdružického podzámčí

BEZDRUŽICE

S nesmírným nadšením i velkou úctou jsem přijal prosbu svého kamaráda, řeckého malíře s českými kořeny Georgese Menelaose Nassose, abych do jeho připravované umělecké biografie napsal vzpomínkové pojednání o našem společně prožitém dětství v podzámčí malého českého městečka s názvem Bezdružice. Abych povyprávěl příběh o celoživotním kamarádství, které se zde zrodilo, dokázalo překonat více jak tři desetiletí odloučení v tehdy rozděleném světě, a stále trvá i do dnešních dnů.

Bezdružice jsou malebné historické městečko v České republice. Svého času bývalo i správním střediskem soudního okresu. Celému městečku majestátně vévodí na nevysokém návrší rozsáhlý komplex místního zámku. V samém středu jeho podzámčí sousedí spolu dva domy, kde žily naše rodiny.

Den, kdy jsme se s kamarádem poprvé setkali, si pamatuji stále živě. Hrál jsem si naší zahradě, když tu se za společným plotem na sousední zahradě objevila čupřina vlasů a zvídavé oči malého kluciny, který se nedávno přistěhoval do sousedního domu. Chvíli jsme na sebe zkoumavě pohlíželi přes mříže dřevěného plotu. „ No vidíš a máš nového kamaráda !" řekl můj děda, který mne na zahradu přivedl. A měl neskonalou pravdu ! Malí kluci rychle překonali první překážku na cestě k velkému kamarádství. Netušili však, že po několika letech se postaví do cesty jejich přátelství nový mocný plot, který malí kluci nedokáží překonat.

Ale na to tehdy ani nemohli pomyslet. Vždyť se před nimi otevíral rozsáhlý a nekonečný svět dětských her a fantazií, statečných zápasů a velkolepých hrdinských vítězství. Statečně bojovali po boku svobodného pána Kryštofa Haranta z Polžic a Bezdružic. Dokonce jej provázeli na jeho cestě do Svaté země, objevovali neznámé země a snášeli všechna utrpení, o kterých jim vyprávěl děda jednoho z nich. Ano, nemohli si představit lepší kulisy pro své hry než byl zalesněný zámecký vrch se strmými úzkými pěšinami, travnatými skrýšemi a tajemnými kamennými hradbami původního hradu. To oni byli tehdy skutečnými a jedinými vládci onoho majestátního a mystického místa. Zde znali každý kámen, doslova každé stéblo trávy. Znali místa kde každý rok po kruté zimě vyrostou první poslové jara - křehké bílé sněženky. Dobře věděli, kde mohou natrhat ty nejvonnější fialky, aby udělali radost svým maminkám.

Velké radovánky jim poskytoval zámecký vrch i v zimě. Pro lyžování i sáňkování si

Eine Freundschaft am Schlossberg

dokázali vybrat ty nejdokonalejší tratě. Domů se pak vraceli až za soumraku. Tváře měli poštípané mrazíkem, ale v očích zář Betlémské hvězdy.

Nelze opomenout kouzlo bezdružického léta a fenomén zvaný „ Zaječák „. Zaječí rybník, jak zní správně jeho místopisný název, předčil v očích každého bezdružického dítěte půvab proslulých havajských pláží. Celý rok se nemohli dočkat okamžiku až se budou zase moci koupat v Zaječáku. Rozlehlá vodní plocha s čistou lesní vodou, to byl jejich nekonečný oceán. Pravda, cesta k Zaječáku byla v úporných letních vedrech pro malé děti přímo strastiplná. Ale když konečně došli na poslední horizont uvítal je tam vždy osvěžující vánek a zpívající skřivánek nad dozrávajícím obilím. To už ale se níže před nimi začal ozývat hukot čeřené vody přehlušovaný šťastným vřískotem koupajících se dětí.

Jak jim v ten okamžik záviděli a už už toužili se do chladné vody ponořit také. Poslední část cesty tak přímo proletěli vzduchem.

Krásné společné zážitky dvou nerozlučných kamarádů byly náhle přervány v roce 1957, kdy kamarádova rodina získala možnost se vrátit do rodného Řecka. Nikdy však neskončilo velké kamarádství. Pokračovalo ve vzájemné korespondenci, která udržovala kamarádské pouto plných třicet tři let.

Při první příležitosti, ihned v roce 1990, se nerozluční kamarádi opět setkali. Řecký kamarád se při této příležitosti svěřil, že již v prvním roce pobytu v Řecku se chtěl vrátit zpět do Bezdružic, které má navždy uloženy hluboko ve svém srdci.

I já jsem se přiznal, že po celou dobu života mého dědy, jsem při každé návštěvě chodíval na zahradu k našemu osudovému plotu a hledal jsem tam ve vzpomínkách svého kamaráda z dětství.

Jaroslav Šváb

Mit großer Freude erfülle ich die Bitte meines Freundes, des griechischen Malers Georges Menelaos Nassos, für seine künstlerische Biographie eine kurze Abhandlung über Erinnerungen an unsere gemeinsame Kindheit zu schreiben, die wir in der wunderschönen Gegend unterhalb des Schlosses in Bezdružice verlebt haben. Es ist die Geschichte einer lebenslangen Freundschaft, die hier entstand, drei Jahrzehnte in getrennten Welten überdauerte und bis heute währt.

Bezdružice ist ein malerisches historisches Städtchen, das sich im Pilsner Landkreis an der Grenze zum Kreis Karlsbad befindet. Eine Zeitlang war hier der Sitz des Bezirksgerichts. Das Städtchen wird von dem großen Komplex des örtlichen Schlosses auf einer leichten Anhöhe dominiert. Genau in der Mitte unterhalb des Schlosses liegen nebeneinander die beiden Häuser, in denen unsere Familien lebten.

Den Tag, an dem wir uns zum ersten Mal sahen, habe ich noch sehr lebendig vor Augen. Ich spielte in unserem Garten, als am Zaun des Nachbargartens der Lockenkopf eines vorwitzigen kleinen Jungen erschien, der vor kurzem in das Haus nebenan eingezogen war. Eine Weile beäugten wir uns neugierig durch die Zaunsprossen. „Schau mal, da hast du einen neuen Freund", sagte mein Großvater, der mit mir im Garten war. Und er hatte Recht! Damals überwanden die kleinen Jungen ganz leicht die erste Hürde auf dem Weg ihrer Freundschaft. Sie ahnten nicht, dass einige Jahre später auf diesem Weg ein neuer, ein eiserner Zaun aufgestellt werden würde, der nicht mehr so einfach überwinden sein würde.

Solche Gedanken beschwerten sie damals nicht. Vor ihnen öffnete sich eine unendlich weite Welt mit Kinderspielen und Phantasien, mutigen Schlachten und heldenhaften

Eine Freundschaft am Schlossberg

*„Himmels-
erscheinungen",
180 cm x 100 cm,
Öl auf Leinwand,
2014,
Privatbesitz*

Siegen. Sie kämpften unerschrocken auf der Seite des Freiherren Chrystoph Harant von Polschitz und Weseritz, sie begleiteten ihn sogar auf seinem Weg ins Heilige Land, wie sie es aus den Erzählungen eines ihrer Großväter hörten. Auf der Seite des Bohuslaw Schwamberg schlugen sie sogar mutig die Soldaten vom Jan Žižka, um die Plünderung ihres wunderschönen Landes zu verhindern.

Ja, wir hätten uns keine besseren Kulissen für unsere Spiele wünschen können als das Areal der bewaldeten Schlossanhöhe mit steilen schmalen Pfaden, mit grasgepolsterten Verstecken und den Resten der Steinmauern der ehemaligen Burg. Wir waren die einzigen dauerhaften Herrscher dieses majestätischen Ortes. Dort kannten wir buchstäblich jeden Stein, jeden Grashalm. Wir kannten die Plätze, wo jedes Jahr die ersten Schneeglöckchen blühten und wo man die am schönsten duftenden Veilchen für unsere Mütter finden konnte. Wie oft habe ich daran gedacht, dass ich seither nie mehr so stark und dabei so natürlich duftende Veilchen entdeckt habe.

Auch im Winter bereitete uns das Schlossareal auf der Anhöhe große Freude. Wir konnten uns zum Schlitten- und Skifahren die besten kurzen oder langen Strecken aussuchen. Nach Hause kehrten wir erst in der Dämmerung zurück, die Wangen vom Frost gerötet, aber in den Augen den Glanz eines Bethlehem-Sterns.

Ich darf auch nicht den Sommer in Bezdružice vergessen mit seiner besondern Erscheinung namens Haaser. Der Haasenteich, so die richtige Bezeichnung, übertraf in den Augen eines jeden Kindes den Zauber der berühmten Strände von Hawaii. Das ganze Jahr konnten wir kaum den Tag erwarten, an dem wir zum Baden zum Haaser gehen konnten. Eine weite Wasserfläche mit duftendem Wasser aus dem

Eine Freundschaft am Schlossberg

Wald – das war unser Haaser, unser unendlicher Ozean. Der Weg dorthin war allerdings in der starken Sommerhitze wahrlich voller Strapazen. Wenn wir jedoch endlich die letzte Kuppe überwunden hatten, begrüßte uns eine leichte erfrischende Brise und die Lerche trillerte über dem reifenden Getreidefeld. Jetzt war es soweit. Unten vernahmen wir das Rauschen des aufgewühlten Wassers, durchwirbelt vom fröhlichen Geschrei der badenden Kinder. Da beneideten wir die Kinder sehr, wir wollten auch sofort im Wasser sein. Den letzten Abschnitt des Weges flogen wir förmlich durch die Luft. Umso schwieriger war es auf dem Rückweg für unsere Mütter, uns zur Rückkehr zu bewegen: Wir wären am liebsten bis zum Morgen geblieben.

Die schönen Erlebnisse der zwei unzertrennlichen Freunde endeten jedoch plötzlich im Jahr 1957, als die Familie von Jirka die Möglichkeit erhielt, ins heimische Griechenland zurückzukehren. Die Freundschaft jedoch endete nie. Sie wurde durch gegenseitige Korrespondenz fortgesetzt, die den Freundschaftsbund ganze 33 Jahre lang erhielt. Und zum Schluss wendete sich alles zum Guten. Die Freunde trafen sich bei der ersten Gelegenheit im Jahr 1990 wieder, und seit dieser Zeit besuchen sie sich gegenseitig mit dem Gefühl, als wäre es erst gestern gewesen, als sie sich anfreundeten.

Mein Freund vertraute mir an, dass der Ort Bezdružice tief in seinem Herzen als der schönste Ort auf der Welt verankert ist und dass er schon im ersten Jahr in Griechenland nach Bezdružice zurückkehren wollte.

Ich muss bekennen, dass ich, solange mein Großvater lebte, bei jedem Besuch zu dem Zaun ging, zu unserem Zaun, um dort in meinen Erinnerungen meinen Kindheitsfreund zu suchen.

Jaroslav Šváb

Übersetzung Helena Fotju-Bruegel, Stuttgart

Wohnhaus der Familie in Tschechien

"Ockerbild",
75 cm x 97 cm, 2010

Landschaft mit Heinemanns

Anfang der 70er Jahre kellnerte ich, abwechselnd mit Tasso, im „Brett", dem berüchtigten Anarcholokal im Stuttgarter Bohnenviertel. Dort lernte ich eines Tages Gisela Heinemann kennen.

Nach einigen Wochen lud sie mich ein, am Sonntagnachmittag ihre Eltern zu besuchen. Zunächst zögerte ich, befürchtete steife Benimmregeln in der bürgerlichen Umgebung. Gisela hielt dagegen, ihre Eltern seien locker und würden mich gern kennenlernen. Das überzeugte mich nicht. Sahen sie etwa in mir den zukünftigen Schwiegersohn? Heiratspläne mit Gisela standen überhaupt nicht zur Debatte, daran mochte ich nicht den geringsten Zweifel aufkommen lassen. Schließlich sagte ich zu, um Gisela einen Gefallen zu tun.

Ihre Eltern wohnten in Korntal, einer Gemeinde vor den Toren der Schwabenmetropole. Gewienerte Blechkarossen auf den Straßen und Gartenzwerge in sterilen Vorgärten prägten das pietistische Erscheinungsbild, ergänzt durch stereotype Einfamilienhäuschen mit Fassaden, die einander in Langweiligkeit überboten. Einzig ein Mehrfamilienhaus am Rande des Städtchens bildete die architektonische Ausnahme, wenn auch keine besonders schöne. Hier wohnten im dritten Stock die Heinemanns.

Bei unserem Eintreffen war der Tisch im Wohnzimmer mit einer geblümten Tischdecke bedeckt, darauf ein Rosenthal-Kaffeegedeck für vier Personen. Der Kuchen war selbstgemacht und schmeckte vorzüglich. Die Einrichtung der Wohnung bestätigte meine Befürchtungen. Herr und Frau Heinemann jedoch waren herzlich und offen und die Unterhaltung mit ihnen alles andere als spröde und nichtssagend. Bald stellte sich heraus, dass sie Interesse an einem Kunstwerk von mir hatten. Sie wollten ein leere Wand im Wohnzimmer schmücken und hielten eine Landschaft in Öl für angebracht.

Ich befand mich im zweiten Semester an der Akademie, was so viel bedeutete wie Aktzeichnen mit Bleistiften und Kohle. Billige Gouache-Temperafarben und Farbstifte hatte ich, aber Ölfarben? Zudem konnte ich mir Pinsel, Leinwand und Farben nicht leisten. Natürlich sagte ich nichts von all dem. Gisela grinste nur und verriet mich nicht.

Entgegen aller Vernunft sagte ich dennoch zu, das Ölbild zu malen. Deshalb kam ich nun nicht umhin, mir von Gisela Geld für das Material zu leihen.

Zu jener Zeit stand eine Reise in die Provence auf meinen Plan. Thomas brauchte dringend meine Hilfe bei der Reparatur des Daches der Ruine, die er dort gekauft hatte. Mit den Malsachen im Gepäck machten wir uns in einem betagten VW-Käfer auf den Weg, mit Schäferhund Rex als Begleiter.

Zwischen Besançon und Bourg en Bresse übernachteten wir im Zelt an einem einsamen See. Auf dem Feuer wurden ein paar

„Landschaft",
139 cm x 120 cm,
Öl auf Leinwand,
1971

Landschaft mit Heinemanns

„Das Dorf",
60 cm x 100 cm
Öl auf Leinwand,
1976/83

rote Würste gebraten; eine Flasche Rotwein rundete das Essen ab. Rex bewachte uns nachts vor den Wildschweinen.

Am nächsten Morgen betrachtete ich den See, der vor mir lag. Malerisch eingebettet zwischen hohem Schilf und alten Eichen blickte ich auf eine Hügellandschaft im Hintergrund, und im Morgendunst waren in großer Entfernung die hohen, schneebedeckten Spitzen der Alpen zu sehen. Das war es, das Bild für die Heinemanns!

Schnell holte ich Leinwand, Pinsel und Farben aus dem VW und fertigte die erste Zeichnung an. Mit dem Pinsel trug ich eine dünne Schicht verschiedener Ölfarben auf die entsprechenden Stellen auf. Das war's. Die Farben mussten erst einmal trocknen, was ein paar Tage dauern würde. Anfänger eben: Nass in nass mit Ölfarben zu malen, wagte ich noch nicht. Sicherheitshalber fotografierte ich die Landschaft, um später weitermalen zu können. Das Bild wurde im Kofferraum verstaut und weiter ging die Fahrt in den Süden.

Nach meiner Rückkehr ließ ich in Stuttgart die Fotos entwickeln und malte weiter. Aus Unsicherheit weigerte ich mich, Gisela das Kunstwerk zu zeigen.

Als das Bild fertig war, stand ich in meiner Wohnung in einem alten Bauernhaus - meiner ersten, reguläre Wohnung überhaupt – seit drei Wochen mit der Miete im Rückstand. Aus Dachleisten hatte ich einen rustikalen Holzrahmen um die Leinwand gebastelt, der ziemlich schief und amateurhaft aussah. Was noch fehlte, war einzig und allein eine ordentliche Rechnung. Also zählte ich die Arbeitsstunden zusammen und verrechnete sie mit dem „akademischen" Stundenlohn von 22,50. Dann das Benzingeld zum See und zurück, inklusive Fahrtzeit, die ich nur mit 12 Mark pro Stunde berechnete. Schließlich zählte ich sieben Pinsel, Farbtuben, Terpentin, Malmittel und Leinwand sowie eine Dachlatte für den Rahmen auf. Die restlichen Farben der Palette hatte ich pointillistisch auf eine kleine Sperrholzplatte aufgetragen. Das war als Geschenk gedacht, eine Zugabe, falls die Rechnung aufging ... So kam eine Summe von 1683 Mark und 50 Pfennig zusammen.

Jetzt wurde es ernst. Würden die Heinemanns das Bild kaufen oder mich hochkant rauswerfen?

Erneut fuhr ich mit Gisela nach Korntal, wieder an einem Sonntag. Das Bild war in Zeitungspapier eingepackt und gut verschnürt. Selbst Gisela hatte es noch immer nicht sehen dürfen. Diesmal war die Tischdecke blau kariert. Die Heinemanns hatten das sicher einer der zahlreichen griechischen Tavernen in Stuttgart abgeguckt. Als der Kuchen aufgegessen, der Kaffee getrunken war, wartete die Familie gespannt auf die Enthüllung des Kunstwerks. Ich war auf das Schlimmste gefasst.

Mit schweißnassen Händen entfernte ich langsam die Schnur und dann das Zeitungspapier, drehte das Bild zögerlich herum und präsentierte es den Wartenden. Im Wohnzimmer kehrte andächtige Stille ein. Drei Menschen betrachteten das Bild und sagten nichts. Absolut nichts.

Um das unerträgliche Schweigen zu unterbrechen, fing ich zu erzählen an. Ich sprach von dem See, an dem wir übernachtet hatten, und von der wunderbaren Landschaft, die sich mir am nächsten Morgen offenbart hatte. Eine Landschaft, die mir zugerufen hatte: Male mich, male mich! Ich redete ohne Punkt und Komma, damit sie nicht auf den Gedanken kämen zu sagen, das Bild gefiele ihnen nicht.

Nach einer Weile stand Vater Heinemann langsam auf und hängte das Bild an die Wand. Der Nagel dafür war schon vorbereitet. „So," sagte er, „das bleibt jetzt bei uns. Danke schön."

Dann erst fragte er nach dem Preis. Ich kramte umständlich die Rechnung aus meiner Hemdentasche und fing an, jeden einzelnen Posten darauf zu erläutern. Schließlich überreichte ich ihnen die Restfarben auf der Sperrholzplatte als Geschenk. Als die End-

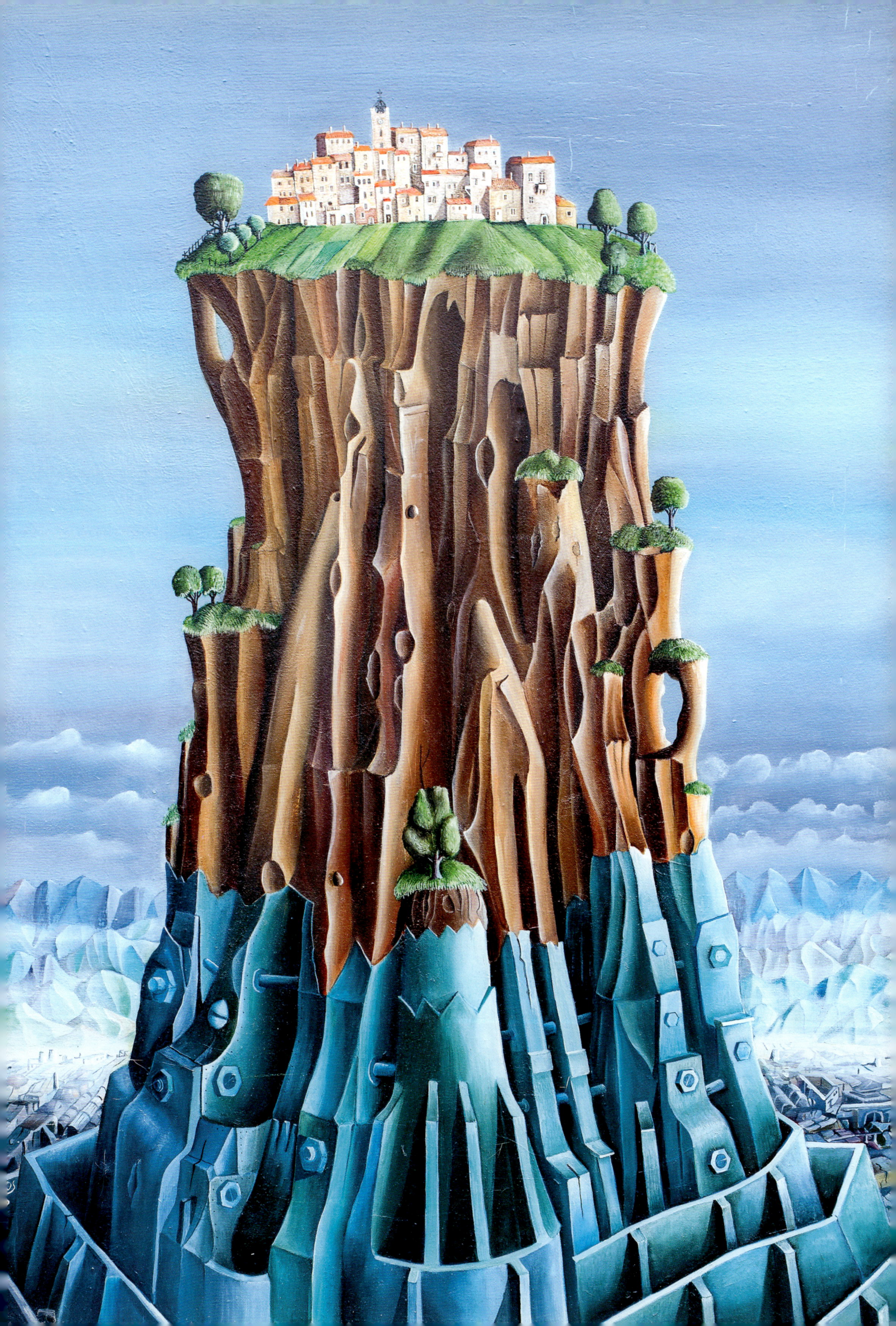

Landschaft mit Heinemanns

summe genannt war, stand Herr Heinemann wortlos auf, ging ins Nebenzimmer und brachte 1700 Mark. „Stimmt so", war sein einziger Kommentar, als er sie vor mir auf den Tisch legte.

Die Miete für den vergangenen Monat und auch für die nächsten Monate war gesichert.

Bis heute weiß ich nicht, ob den Heinemanns das Bild gefallen hat oder ob sie es nach einer Weile wieder abgehängt haben. Gisela hat nie ein Wort darüber verloren. Herr Heinemann – er war übrigens der Bruder des damaligen Bundespräsidenten Gustav Heinemann – lebt nicht mehr, seine Frau wohnt heute in einem Altersheim und leidet an Demenz, so dass auch sie mir diese Frage nicht mehr beantworten kann. Doch Gisela rief mich dieser Tage an und sagte, dass sie das Bild geerbt hätte. Ich dürfe es gern wieder haben. Also werde ich es abholen und sie endlich fragen, wie es ihr gefällt.

Das ist die Geschichte des ersten Ölbilds, das ich verkauft habe. Danach habe ich nie wieder den Auftrag angenommen, eine Landschaft zu malen.

Mit neuem Fahrzeug 1981

*6 Aquarelle,
ohne Titel,
20 cm x 20 cm,
2015*

43

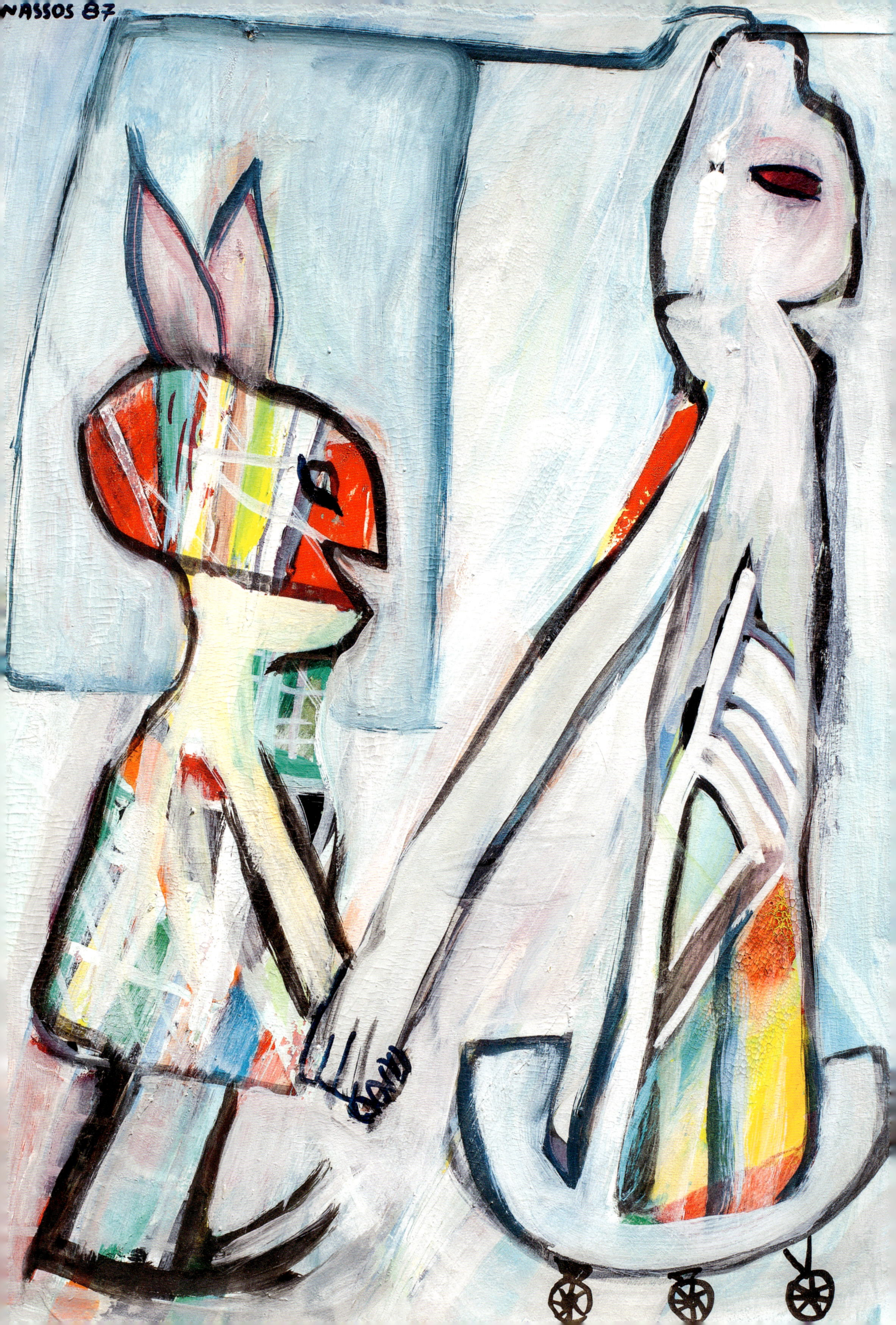
NASSOS 87

Von Montag zu Montag, von Stuttgart nach Stuttgart

1966-1967

Eines sonnigen Montags ...

Es war ein sonniger Montag im Frühsommer 1966. Schauplatz: eine metallverarbeitende Firma in Stuttgart-Zuffenhausen. Bald würde ich zwanzig Jahre alt werden. Seit Monaten stand ich an einer Drehbank und drehte Tag für Tag aus kleinen Metallachsen zigtausend Hülsen. Dreibackenfutter öffnen, Werkstück einspannen, festmachen, auf Maß drehen, Werkstück von dem Dreibackenfutter lösen, lagern, und wieder von vorne. Acht Stunden am Tag mit einer Viertelstunde Vesperpause und einer Dreiviertelstunde Mittagspause. Woche für Woche, Monat für Monat.

Sollte es das ganze Leben so weitergehen? Seit dem Anfang meiner Lehrzeit als Mechaniker, sechs Jahre zuvor, war jeder Arbeitstag nur mit großer Willenskraft und Anstrengung zu ertragen. Nicht etwa, weil ich faul war, sondern weil ich mich mit dieser Arbeit nicht identifizieren konnte. Die Eintönigkeit wurde nur am Wochenende unterbrochen, wenn ich mit Freunden in irgendeiner Kneipe Bier trank und Flipper spielte, das Vorstadtkonzert einer Beat-Band in einer Turnhalle besuchte oder abtanzte, bis die Kleidung vom Schweiß klatschnass war.

Und dann jedesmal am Sonntagabend die quälende Gewissheit, am nächsten Morgen wieder dieser eintönigen Arbeit an der Drehbank ausgesetzt zu sein. Unruhiger Schlaf, Angstschweiß beim Aufwachen am Montag. Der Körper, die Seele rebellierten, wehrten sich gegen den Montag, den Dienstag und den Rest der Werktage bis zum Freitag.

An diesem sonnigen Montag hatte ich genug.

In der Mittagspause saß ich mit den Kollegen in der Sonne. Wir rauchten eine Zigarette und erzählten uns, was wir am vergangenen Wochenende gemacht hatten.

Noch viereinhalb Tage bis zum nächsten Wochenende.

Jetzt heult die Sirene das Ende der Mittagspause ein. Die Kollegen schalten ihre Maschinen an. In der Halle ertönt der Lärm der Maschinen. Noch fünf Stunden bis zum Feierabend.

Ich gehe zu meiner Drehbank und räume traumwandlerisch alle Werkzeuge in die Schublade. Putze den Arbeitsplatz, die Drehbank. Das macht man normalerweise immer am Freitag, am Ende der Arbeitswoche.

Die Kollegen schauen neugierig zu. Jetzt gehe ich zu der Glaskabine, in der der Chef der Fabrik sitzt. Er schaut von seinen Papieren auf und fragt mich, was ich möchte.

„Bitte meine Papiere, ich kündige mit sofortiger Wirkung und möchte auch, bitte sehr, dass mir der Lohn ausbezahlt wird."

Er schaut mich irritiert an. "Ist Ihnen nicht gut?", fragt er mich. „Sind Sie krank?"

Er tut mir leid. Er ist in Ordnung, der Herr Fabrikant, er hat mir ein paar blaue Montage nicht krumm genommen. Als er sieht, dass mir Tränen aus den Augen kullern, beeilt er sich, mir meine Papiere und meinen Lohn in bar auszuhändigen. Wer weiß, welchen Psychopathen er in diesem Moment in mir sieht.

Ich konnte nicht mehr. Mein Inneres streikte gegen die alltägliche Routine, die Monotonie der Arbeit und die Verkümmerung aller Interessen. Kein Wunder, dass einem nach neun Stunden an der Drehbank nur noch Bier und Glotze schmeckten. Man war fertig, körperlich und spirituell. Das war nicht meine Welt. Aber welche Möglichkeiten hatte ich, was sollte ich machen?

Mein kleines möbliertes Zimmer lag unter dem Dach einer Doppelhaushälfte zwischen Zuffenhausen und Stammheim. Die Siedlung war proper, jedes Haus hatte sein Gärtle, die Hecken waren sauber gestutzt. In jedem zweiten Vorgarten tummelten sich Gartenzwerge und geschnitzte Rehlein. Samstags wienerten die Männer ihre Autos, die Frauen deckten am Sonntag den Kaffeetisch mit Spitzendeckchen. Jeder machte pünktlich seine Kehrwoche, wenn das entsprechende Schild an seiner Tür hing, und tratschte bei dieser Gelegenheit mit dem Nachbarn über den Zaun, wahrscheinlich über die anderen

linke Seite:
„Vater mit Kind",
30 cm x 42 cm,
Mischtechnik auf
Karton, 1987

Nachbarn. Ob die alle glücklich damit waren? Dieser Idylle wollte ich adieu sagen.

Als ich das Zimmer kündigte, schien Frau Hägele froh, dass der langhaarige „Gastarbeiter" ging. Ich packte zwei Koffer. Nur das Notwendigste. Auch die Gitarre musste mit, immerhin zwei Griffe konnte ich auswendig.

Abends nahm ich Abschied von den Kumpels in der Stammkneipe. Wohin?, fragten sie. Einfach weg. Weg von den Montagen, weg von der langweiligen Arbeit, weg von den langen Wochentagen. Aber wohin, das wusste ich wirklich nicht.

Reise ins Unbekannte

Am nächsten Tag stand ich mittags mit erhobenem Daumen an der Autobahnauffahrt in Richtung Norden. Nach kurzer Zeit nahm mich ein Lastwagenfahrer mit.

Unterwegs vergrub ich auf der Höhe von Hannover einen Koffer, der zu schwer war. Erst unterwegs wurde mir bewusst, dass ich kein „Zuhause" mehr hatte. Das Gefühl, vollkommen frei zu sein, überdeckte allerdings alle Vernunft. Am nächsten Tag war ich in Kopenhagen. Auf der Fähre nach Schweden lernte ich Johann aus Norwegen kennen. Unterwegs waren wir dann zu dritt, Olaf aus Finnland gesellte sich dazu. Wir waren alle drei im selben Alter.

Immer fanden wir unterwegs eine Bleibe bei jungen Leuten irgendwo im Nirgendwo, in einem Gartenhaus, manchmal im Schlafsack, als Dach die Sterne über uns. Immer wieder waren wir Gäste auf einer Party und blieben danach vier, fünf Tage. Ich wusste nicht mehr, ob es Montag oder Mittwoch war: Alle Tage waren ein verlängertes Wochenende. Einfach in den Tag hineinleben, ohne Ziel und Zwang, aus der Zeit herausgefallen. Freiheit!

Typen wie uns nannten die Leute in Deutschland „Gammler".

Dann Stockholm im Hochsommer. Junge Leute, die uns zu sich auf Partys einluden. Essen, Trinken und Übernachten frei. Wir kamen per Anhalter bis Gävle. Dort stellten wir fest, dass wir alle drei pleite waren. Keiner von uns hatte noch eine einzige Münze in der Tasche.

Die glorreiche Idee, eine Arbeit zu suchen, hatte Johann aus Norwegen. Notgedrungen mussten wir ihm zustimmen. Also machten wir uns am nächsten Morgen auf die Jobsuche. Wahrscheinlich war es ein Montag. An diesem Morgen sahen wir uns das letzte Mal.

Der Grund: Ich landete in Polizeigewahrsam, denn ich hatte mit meinem griechischen Pass weder Aufenthaltsgenehmigung noch Arbeitserlaubnis. Damals war Griechenland noch nicht in der EU. Schuld war meine Naivität: Anstatt einen kleinen Job „in black" zu suchen, ging ich den offiziellen Weg, wie in Deutschland, über das schwedische Arbeitsamt, das gleich die Polizei verständigte.

Zwei Möglichkeiten wurden mir von den freundlichen Beamten angeboten: Entweder über Dänemark nach Deutschland zurück oder mit dem Flugzeug nach Athen. Das erste kam für mich überhaupt nicht in Frage, wegen der Montage.

Fliegen, das hatte ich bis dato noch nicht erlebt. Sehr reizvoll – und auch noch umsonst auf schwedische Staatskosten! Also wurde ich in den Rücksitz eines Volvos gesetzt und von zwei Beamten in Zivil die 680 Kilometer bis nach Malmö gefahren.

Wieder in Griechenland

Sie eskortierten mich bis zu dem Charterflieger voller Schweden in Urlaubslaune, die sich prompt auf mich übertrug. Ohne ein Cent in der Tasche! Die Ernüchterung folgte bei der Landung in Athen. Nach den Zollformalitäten winkten mich zwei Uniformierte zu sich. Es war die griechische Militärpolizei. Zur Begrüßung verpassten sie mir Handschellen und bugsierten mich in einen Nebenraum des Flughafens.

Das muss ein Missverständnis sein, dachte ich.

*Oktober 1966
als Soldat*

Aber es war keins. Die Erklärung für den freundlichen Empfang wurde mir von den Militärpolizisten bald nachgereicht: Schon ein Jahr zuvor hätte ich in die griechische Armee einrücken sollen.

Daran hatte ich bis dahin keinen Gedanken verschwendet. Schließlich hatte mich niemand benachrichtigt! Nach einer Stunde Verhandlungen ließen mich die beiden mit der Auflage laufen, am ersten Oktober 1966 in Tripolis auf dem Peloponnes den zweijährigen Militärdienst anzutreten. Mein Reisepass wurde ungültig gestempelt.

Das fing ja gut an! Zwei Jahre, 24 Monate meines jungen Lebens beim Militär! Vielleicht war die Arbeit an der Drehbank doch besser – trotz der Montage?

Von Flughafen nahm ich ein Taxi nach Athen. Mutter Marika fiel fast in Ohnmacht, als sie mich sah. „Bitte zahl das Taxi", sagte ich, „ich erkläre dir alles später."

Bis Oktober verdingte ich mich mit Gelegenheitsjobs beim Bau. In einem Bistro lernte ich Panos kennen. Wir freundeten uns an. Er hatte gerade seinen Militärdienst hinter sich gebracht. Nur sechs Monate hatte er gedient, dann wurde er wegen schwerer psychischer Störungen ausgemustert.

Am 1. Oktober 1966 fuhr ich in einem mit Rekruten voll besetzten Zug nach Tripolis, gespannt, was mich dort erwartete.

Zuerst wurden alle Neuankömmlinge um ihre Haarpracht gebracht. Plötzlich liefen dort Hunderte von Männern mit Glatze herum.

Dann fingen die Exerzitien an: im Schlamm robben, auf Seilen über Wassertümpel klettern und andere blödsinnige Übungen. Das Geschrei der Spieße war unerträglich, lauter kleinwüchsige Männlein, die ihren Sadismus auslebten. Wenn ein Rekrut nicht mehr folgen konnte oder wollte, war Einzelhaft angesagt. Diese Erfahrung machte ich schon nach vier Tagen.

In der Nebenzelle saß ein sensibler Junge, der Zeuge Jehovas war. Für den war, wie für alle seine Sektenbrüder, das Tragen einer Waffe tabu. Er war übel zugerichtet. Ein violettes Auge, geschwollene Lippen, eine offene Wunde am Kopf, so wimmerte er vor sich hin. Zwei Spieße hatten ihn zwingen wollen, ein Gewehr in die Hand zu nehmen, was er kategorisch ablehnte. Daraufhin schlugen sie ihn mit dem Gewehrkolben und den Fäusten, bis er ohnmächtig wurde.

In der Ruhe der Zelle ordnete ich meine Gedanken. Zwei Jahre beim griechischen Militär kamen für mich nicht in Frage.

Panos kam mir in den Sinn.

Morgens, beim Antreten im Kasernenhof, war die Zeit für billige populistische Vorträge. Der Feind war schnell ausgemacht: die Kommunisten oder die Türken. Um sieben Uhr morgens dem Propagandaoffizier zuzuhören war eine Qual, weil im Magen noch nichts zum Kotzen war.

Der Befehlshaber der Kaserne suchte beim Morgenappell einen Kalligrafen.

Nach kurzem Zögern meldete ich mich. Von da an saß ich jeden Tag beim General in der Schreibstube und übertrug die Tagesbefehle und andere Dokumente in Schönschrift in ein dickes Buch. Dadurch war ich von allen anderen Aufgaben befreit. Den Job machte ich drei Monate lang. Beim ersten Freigang besuchte ich Freund Panos in Athen. Der erklärte mir, wie man es anstellt, von Militärdienst befreit zu werden. Nach drei Monaten wurde ich nach Weria versetzt, eine Kleinstadt im Norden des Landes, nahe der albanischen Grenze. Die ruhige Kugel in der Schreibstube des Generals war vorbei. Jetzt musste der Plan „PS" (Psychische Störung) in die Tat umgesetzt werden. Ab sofort verweigerte ich alle Befehle, lief im Kreis herum, blieb die meiste Zeit stumm, verweigerte offiziell jede Nahrung, simulierte etliche

*„Diktatoren",
50 cm x 80 cm,
Öl auf Leinwand,
1973*

Krankheiten und blieb jeglicher Aktivität fern. Als mich einmal ein fieser Spieß schreiend aufforderte ihn zu grüßen, ging ich einfach an ihm vorbei. Er packte mich von hinten am Kittel und trat nach mir. Mit einer schnellen Drehung verpasste ich ihm ein Tritt in die Weichteile, so dass er schreiend – diesmal vor Schmerzen – in die Knie ging.

Dafür wurde ich sofort für 14 Tage in die Arrestzelle eingesperrt. Jede Verurteilung wurde zusätzlich an die Dienstzeit angerechnet. Ich hatte sicher schon mindestens ein halbes Jahr angesammelt.

Nach einer Weile wurde ich in die Psychiatrie nach Thessaloniki gebracht. Dort untersuchte man mich auf Herz und Nieren. Wir wissen, dass du simulierst, hieß es. Inzwischen simulierte ich aber nicht mehr. Ich glaubte selbst daran, dass ich krank war. Die nächste Station war die Psychiatrie von Larissa.

Bei einer Massenschlägerei im Schlafsaal, die mir (zu Recht) angelastet wurde, packten mich die Pfleger in die Zwangsjacke und sperrten mich in eine Beruhigungszelle. Es gelang mir, mich von der Zwangsjacke zu befreien. Mit einer Rasierklinge zerschnippelte ich sie in kleine Stücke, so dass die Pfleger am nächsten Morgen nicht schlecht staunten.

Zivilist auf Zeit

Bei einem Einzelgespräch mit einem Arzt – möge er noch heute gesund und glücklich sein! – kam die Wende. Er hatte in Tübingen studiert und sprach ein perfekt schwäbisches Deutsch. Auch er war bei einem Urlaub in der Heimat zwangsweise eingezogen worden. Er befreite mich von meiner Pflichterfüllung in der griechischen Armee. Nach fast sieben Monaten beim griechischen Militär bekam ich für ein Jahr eine Zurückstellung vom Dienst wegen „Unangepasstheit und psychischen Störungen". Es war der 10. April 1967, zehn Tage vor dem Militärputsch am 21. April.

„Vater" Menelaos war nicht besonders erfreut, als er erfuhr, einen psychisch gestörten Adoptivsohn zu haben, und das schriftlich von der Armee bestätigt.

11. April 1967

Freund Panos saß wie jeden Tag im Bistro. Wir stießen mit einem Glas Bier auf den Vogelfreischein an. „Jetzt musst du schauen, dass du aus dem Land rauskommst. Das wird nicht leicht sein. Dein Pass ist ungültig!" Sein Vorschlag, abends ein Rockkonzert zu besuchen, begeisterte mich. Die Rolling Stones waren in Athen!

Beide hatten wir kein Geld für die teuren Tickets.

Mein gelber Schülerausweis aus der Zeit der Berufsschule in Stuttgart wurde fachgerecht zum Presseausweis umfunktioniert. Panos mit einer Kamera um den Hals war mein Fotograf. Wir kamen ohne Beanstandungen in das Panathinaikos-Stadion, direkt neben die Bühne, die in der Mitte des Stadions aufgebaut war. Es war bis auf den letzten Platz ausverkauft.

Als die Stones auf der Bühne auftauchten, brach ein Höllenlärm los, in dem das erste Stück völlig unterging. Die Menschen auf den Rängen brüllten sich die Seele aus dem Leib. Als Mick Jagger „Satisfaction" sang, bebte das Stadion. Bei „Ruby Tuesday" sangen fünfzigtausend Kehlen mit.

Nach Konzertschluss gingen wir einfach mit dem Anhang der Stones in die Umkleidekabinen des Stadions und gelangten an-

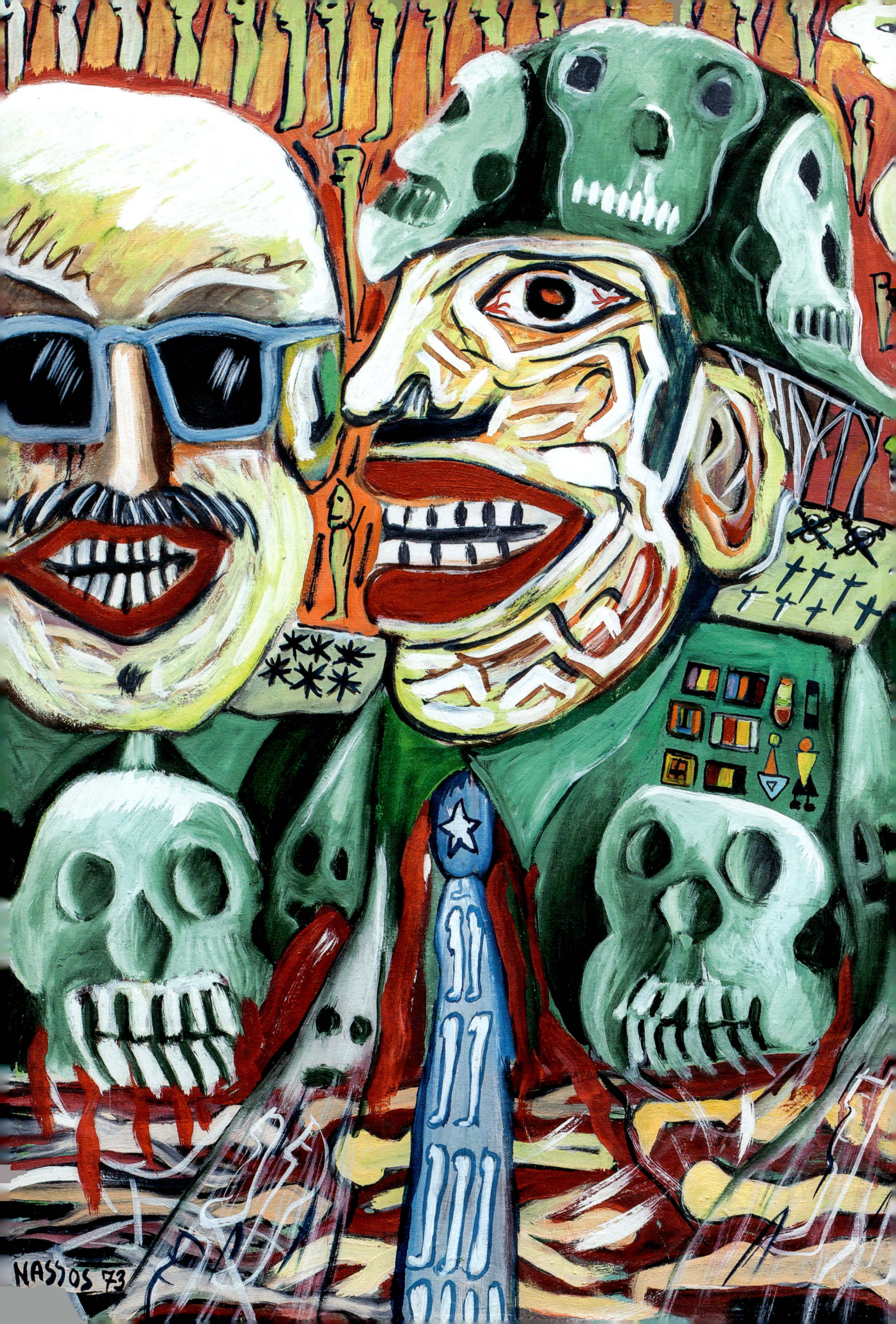
NASSOS 73

schließend mit ihrem Bus in eine Taverne. Mit etwa sechzig Leuten, streng abgeschirmt durch Bodyguards, speisten und tranken wir mit den Stones auf deren Rechnung.

12. April

Der wunderbare Abend, diese Belohnung für die üble Zeit in der Armee, enthob mich nicht der Notwendigkeit, schnell eine Lösung zu finden, wie ich das Land verlassen könnte. Zunächst musste ein Job her. Zuhause, bei den Eltern zu bleiben, kam nicht in die Tüte. Nicht nur wegen der angespannten Atmosphäre. Ein Job musste her. Aber welcher?

Als ich mit Panos auf der Plaka unterhalb der Akropolis spazierenging und vom vergangenen Abend schwärmte, blieben wir vor dem Schaufenster eines Reisebüros stehen und studierten die Preise für die organisierten Fahrten nach Paris, London und sonstwohin. An der Eingangstür klebte ein Schild mit der Bezeichnung „Agentur Cosmos" und „Quelle Reisen". Einer plötzlichen Eingebung folgend betrat ich das Reisebüro und fragte, ob „Quelle Reisen" einen deutsch sprechenden Helfer für Griechenland brauchte. Ja, war die Antwort, man brauche dringend einen Rezeptionisten und Reiseführer. Er müsse allerdings sofort anfangen.

Nach einer kurzen Überprüfung meiner Deutsch- und Englischkenntnisse bekam ich den Job. Panos, der sich vor dem Schaufenster langweilte, staunte Bauklötze.

13. April

Die „Green Coast Bungalows" lagen idyllisch in der Nähe von Cap Sounion: terrassenförmig angelegte Häuser mit viel Grün dazwischen, eigenem Badestrand, Sonnenaufgang und Sonnenuntergang im Meer inklusive. Ein Arbeitsplatz wie im Urlaub. Der Job an der Rezeption machte mir Spaß. Die Gruppen aus Deutschland mit dem Bus vom Flughafen abzuholen gehörte auch dazu. Mein Monatsgehalt war üppig: Ich verdiente dreimal mehr als meine Eltern in Athen, Trinkgeld nicht gerechnet. Kost und Logis inbegriffen. Ein Tag in der Woche war frei.

21. April

Morgens um fünf Uhr sendete das Radio Marschmusik statt Bouzukiklänge. Patroklos fuhr den Bus langsam die Serpentinen hinauf. Um sieben landete das Flugzeug aus Köln mit dreißig Quelle-Urlaubern, die wir abholen sollten. Marschmusik und immer wieder Marschmusik, keine Ansagen. Merkwürdig!

Als wir in die Küstenstrasse zum Flughafen einbogen, versperrten mit einem Mal Sandsäcke die Weiterfahrt. Soldaten mit schussbereiten Gewehren standen dahinter. Einige davon enterten den Bus. Unsere Ausweise wurden genauestens inspiziert. Als wir dem Offizier erklärten, dass wir deutsche Touristen am Flughafen abholen müssten, durften wir gnädigerweise weiterfahren.

Bis zum Flughafen wiederholte sich die Prozedur noch zweimal. Im Radio verkündete ein Sprecher, dass im Land der Ausnahmezustand ausgerufen worden war. Zunächst dachten wir, dass ein Krieg mit der Türkei ausgebrochen sei. Doch es war der Militärputsch der Generäle Papadopoulos, Ioanidis und Konsorten.

„Ab jetzt müssen wir gut überlegen, was wir sagen. Nicht über Politik reden!", riet mir Patroklos. Er war ein sympathischer Mittfünfziger, der sich im Bürgerkrieg auf seiten der Linken gegen Monarchisten und Faschisten blutige Schlachten in den Bergen des Landes geliefert hatte – und das während der Besatzung Griechenlands zwischen 1940 und 1944 durch die Wehrmacht, als der Widerstand gegen die Deutschen allein schon hart genug war. Linke und Rechte hatten nichts Besseres zu tun, als sich gegenseitig zu massakrieren. Auch lange nach der Befreiung von den Deutschen tobte der Bürgerkrieg in Griechenland weiter. Der Blutzoll war enorm.

Die politisch interessierten Gäste im Hotel fragten mir Löcher in den Bauch. Mir blieb nichts anderes übrig, als sie zu beruhigen. Ich wusste ohnehin nur, was die Gerüchteküche hergab. Während der ersten Tage nach dem Putsch stand in den zensierten Zeitungen nur, dass Ruhe und Ordnung im Land herrschten und das Militär aufgrund einer Gefahr von außen die Macht übernommen habe, um das Land zu retten. Dabei ging es um nichts anderes als um die anstehenden Wahlen, bei denen den moderaten Linken die absolute Mehrheit im Parlament vorausgesagt wurde. Natürlich hatten die Amerikaner die Hand im Spiel.

Das Emblem der Militärs war der Phönix, der aus der Asche aufsteigt. Welch unwahrscheinliches Glück ich hatte, nicht mehr in der griechischen Armee zu sein!

Nach Dienstschluss gingen Patroklos und ich oft mit einigen Gästen des Hotels zu Iannis in die nächstgelegene Taverne, die fünfzehn Minuten zu Fuß in der nächsten Bucht am Meer lag.

Die Musikbox war gut bestückt mit griechischen Schlagern, vor allem vielen Syrtaki-Singles. Patroklos mit Iannis brachten den Touristen den Tanz bei. Am Höhepunkt des Abends legten die geübten Tänzer den temporeichsten Syrtaki der Jukebox aufs Parkett. So auch dieses Mal. Doch mitten im Tanz wurde die Musik unterbrochen. Der Dorfpolizist hatte den Stecker der Jukebox herausgezogen. Diese Musik sei in Griechenland verboten, erklärte er den deutschen Gästen. Sie stamme von einem Kommunisten, der jetzt auf der abgelegenen Insel Jaros interniert sei.

Es war der berühmte Instrumental-Syrtaki von „Zorbas the Greek" aus dem gleichnamigen Film. Nur Musik, kein Gesang! Der Strandtanz von Antony Quinn in dem Film ist legendär. Sein Komponist heißt Mikis Theodorakis.

Wie man einen Pass bekommt

Die Zeit im „Green Coast" verging wie im Flug. Ende September 1967 war die Saison zu Ende – und ich zur Abreise nach Stuttgart bereit.

Mit Panos marschierte ich zum Innenministerium, um einen Pass zu erhalten. Die Auskunft des zuständigen Beamte im Büro war niederschmetternd: Zuerst müsse ich die restliche Zeit in der Armee ableisten, erst dann könne ich einen Reisepass beantragen.

Lieber sterben!

Im Café gegenüber beratschlagten wir. Bei Nacht und Nebel über die Grenze nach Jugoslawien laufen? Zu riskant. Sich auf eine Fähre nach Italien als blinder Passagier einschmuggeln? Zu viele Kontrollen. Einen gefälschten Pass besorgen? Wer macht das?

Da sahen wir den Beamten von vorhin aus dem Eingang der Behörde treten. Irgendein Impuls befahl uns, ihm unauffällig zu folgen. Bei einem Kiosk kaufte er eine Zeitschrift.

Geistesgegenwärtig ging Panos zum Kiosk und verlangte „so ein Heft, wie es der Herr gerade gekauft hat". Da kramte der Kioskmann ein Pornoheft unter dem Tresen hervor.

Inzwischen war der Beamte in das Gewirr der kleinen Gassen in Richtung Großmarkt eingebogen. Von weitem sahen wir ihn an einer Tür klingeln, und weg war er.

Scheinbar unbeteiligt schlenderten wir an der Tür vorbei, um herauszufinden, was den Beamten verschluckt hatte. Am Klingelschild stand nur ein Vorname: Anastasia B. In dem kleinen Schaufenster schimmerte hinter dem Vorhang ein rotes Lichtlein.

Aha, ein privater Puff also! Davon gab es einige in Athen. Jetzt wussten wir, was der Herr in seiner Mittagspause trieb.

Durch die Scheibe eines Bistros visavis beobachteten wir den Eingang des Etablissements. Lange mussten wir nicht warten. Die Tür öffnete sich einen Spalt. Vorsichtig schaute sich der Freier um, bevor er ganz heraustrat.

Perfekt! Jetzt wussten wir, was wir zu tun hatten. Panos hatte einen Kumpel, dessen Freund Kellner in unserer Behörde war und Kaffeetassen in die Büros der Beamten balancierte. Seine Informationen über unseren triebgesteuerten Puffbesucher aus dem Innenministerium ergaben genau das, was wir uns erhofften. Er war verheiratet, hatte drei Kinder, und seine Frau arbeitete als Sekretärin beim Minister höchstpersönlich.

Panos und ich wechselten uns beim Beobachten unseres Zielobjekts ab.

Fast hätten wir es aufgegeben. Tagelang fuhr der gute Mann nach dem Büro brav mit dem Trolleybus nach Hause. Oder gab es für ihn irgendwo in Athen noch ein anderes Geheimtürchen mit rotem Lichtlein?

Der Mensch ist ein Gewohnheitstier, sagte mir Panos eines Abends in unserem Stamm-Bistro in der Hippokratusstraße, er geht gern ausgetretene Pfade. Zum Beweis zeigte er mir fünf wunderbar scharfe Schwarzweißfotos in DIN A 5-Format: Unser Mann vor der besagten Tür, einmal beim Rein-, einmal beim Rausgehen. Jetzt setzten wir alles auf eine Karte. Hoffentlich wurde diese Karte nicht zum Schwarzen Peter!

Die Irritation im Gesicht des Beamten beim Anblick der Fotos war filmreif. „Was wollt ihr?", stammelte er. „Einen Pass", antworteten wir, „und die Fotos mit dem Negativ gehören dir. Einen Fakelaki (also einen Umschlag mit Geld) gibt's als Zugabe."

Wann denn?

Jetzt, sofort!

Eine halbe Stunde später hielt ich triumphierend einen Pass in der Hand, der ein Jahr gültig war, ausgestellt für eine einmalige Reise ins Ausland zur Genesung. Nicht einmal ein falscher!

Jetzt war Eile angesagt: Der düpierte Typ konnte rachsüchtig sein. Ich musste den ersten Zug nehmen, der nach Stuttgart fuhr. Schnell den Koffer gepackt, einen kurzen Abschied von der Familie genommen – und weg war ich.

Um Mitternacht fuhr der Zug ab. Also ging ich mit Panos ins Kino – „James Bond jagt Dr. No" war gerade angelaufen – und trank zum Abschied mit ihm ein letztes Glas am Bahnhof, bevor die lange Zugfahrt begann.

Am Grenzübertritt zu Jugoslawien packte mich noch eimal die Angst: Die Kontrolle der Griechen war penibel wie in jeder Diktatur. Doch nach genauer Betrachtung des Reisedokuments wünschten mir die Zöllner gute Reise. Erleichtert atmete ich aus.

... und wieder in Stuttgart

Am Nachmittag des 1. November 1967 war ich wieder in Stuttgart. Diese Stadt war wohl mein Schicksal ...

Meine Jugendfreundin Ingrid B. holte mich am Bahnhof ab. Wir kannten uns aus der Zeit im Flattichhaus in Zuffenhausen. In den letzten Monaten war unser Briefkontakt wieder aufgelebt. Sie hatte mir ein Zimmer in ihrer Nähe besorgt.

Die Wirtin war taubstumm – ideal für uns: Ingrid konnte sich abends unbemerkt zu mir ins Zimmer schleichen, vorbei an Frau Schmid, die in ihrem Wohnzimmer vor einem laut aufgedrehten Fernseher saß.

Wir hörten im Bett leise die „Bee Gees" und freuten uns, dass wir wieder zusammen waren.

In den sauren Apfel, wieder Arbeit anzunehmen, musste ich beißen. Wieder in einer Fabrik an der Drehbank. Und wieder die unvermeidlichen Montage!

Doch beides, die Montage und die Liaison mit Ingrid, dauerten nicht lange. Und so kam ich nach London.

Von Montag zu Montag, von Stuttgart nach Stuttgart

„Kopflastig",
100 cm x 120 cm,
Öl auf Leinwand,
1998

„Der kleine König, Version II", 60 cm x 80 cm, Öl auf Leinwand, 2014, Privatbesitz

„Klingel",
Öl auf Holz und Metall,
1998, 23 cm x 50 cm

Das Malerische Werk
von Georges Menelaos Nassos

Der ursprüngliche Blick

Georges Nassos erinnert sich noch, wie die Stadt Stuttgart im Jahr 1960 aussah. Wenn wir die Beweglichkeit und die Intensität seiner hier ausgestellten Bilder auf uns wirken lassen, fragen wir uns: Welches war für ihn das erste, prägende Bild von Stuttgart? In der Person dieses Künstlers verbinden sich verschiedene Einflüsse: der tschechische und der griechische durch die Geburt, der Lebensmittelpunkt in Stuttgart, aber auch die andauernde Liebe zu Südfrankreich, wo er alljährlich seine Sommerwerkstatt aufsucht. Wer in mehreren Kulturen und Sprachen lebt, findet manchmal Zugang zu einer tiefer liegenden inneren Kultur, die ihn in besonderer Weise mit seinen Mitmenschen verbindet.

Aus dieser inneren Welt stammt Georges Nassos' individuelles Schaffen, das er der Kunstwelt schenkt. Seine Bilder sind geprägt von vitalen, satten Farben und einer beweglichen, lebendigen Imagination, die in vibrierende Kompositionen mündet. Die Arbeiten wirken offen, das Auge findet sich schnell hinein. Manche seiner Bilder animieren den Betrachter zu einer erhöhten, geradezu spartanischen Bewegung – einer Sehgymnastik. Ein Teil seiner Kunst besteht darin, die optische Wahrnehmung des Betrachters zur Freiheit zu erziehen, ihn förmlich in den Bereich der Urbewegungen des Denkens zu führen. Die Lust des Schauens treibt uns in eine Welt jenseits des Denkens, wie auf einer leuchtenden, bewegten Wolke am Nachthimmel. Sie entsteht daraus, dass sich die Spielregeln der Kompositionen – wie auch die Strukturen und Flächen – schnell ändern und stets den Blick mit sich nehmen. Eins bleibt erhalten: die meisterliche Kraft, das Farbwerk als lebendige Präsenz wirken zu lassen, durch emotionalen Ausgleich, der in Sanftheit und Ruhe mündet.

Rätselhaft erscheinen in seinen Bildern die kaum erkennbaren Gesichter, wie von Bewohnern eines Dorfes, in dem die Welt noch in Ordnung ist und Gebete noch Regen bringen können. Häufig existiert nur noch eine Andeutung von figurativen, plastischen Vorstellungen, von lustigen, fröhlichen Geschichten. Tagsüber sind diese Bewohner Navigatoren, des Nachts sind sie alle Sternenmatrosen. Jenseits dieser Figuren leben Symbole, jenseits der Symbole pulsiert die Farbe, oft in ihrer reinsten Ausstrahlung, bis ins letzte, gefühlssatte Detail. Das Ganze wirkt organisch und objektiv, nichts ist ausgedacht, es wird nur gezeigt.

Zunächst gab es in diesem Dorf Feste und manchmal Dramen, später gewann die innere Sprache und die vertiefte plastische Struktur der Bilder immer mehr an Intensität, um zuletzt als künstlerisches Ritual selber zu erscheinen, als malerische Gesamtgeste in purem, harmonischem Tanz. Die Momente dieser zeitlichen Entwicklung – die Bilder in ihren Varianten – sind energetische Gesten mit inspirierender ästhetischer Ausstrahlung.

Eine derartig direkte, unformelle plastische Sprache beinhaltet die Möglichkeit einer Auflösung des Bildes in Gebiete einer erhöhten Dynamik, wo der Raum in der lebendigen Farbe verschwindet. Der Betrachter wird dadurch auf lange Reisen in die eigene Seele entführt: So, durch innere Resonanz, entsteht Schönheit. Diese nachklingende Kraft der Bilder verleiht der malerischen Arbeit von Georges Nassos die Fähigkeit, das Grundmenschliche zu aktivieren.

An dieser Stelle sei gesagt: Man kann den Gedanken der Kunst als einen Akt gegenseitiger Befruchtung von Künstler und Kunstliebhaber verstehen. Das hat jedoch seinen Preis, weil sich die Kunstgemeinde damit in eine dünn besiedelte Nische mit Stars und Clowns, Gewinnen und Verlusten zurückzieht. Ein erweiterter Kunstbegriff dagegen bringt jedem Menschen die Kräfte der künstlerischen Kreativität nahe, schaut weniger auf Ruhm und Aufsehen, sorgt aber dafür, dass der Kontakt zwischen Werk und Zuschauer bildend wirkt. Unsere Wahrnehmung ist komplementär gebaut, indem sie dank unserer eigenen Aktivität neue Qualitäten entwickeln kann, erst durch Intensität, dann durch Interesse. Darin besteht unsere Chance, an der Schönheit der Welt teilzuhaben.

So gesehen, scheint es mir manchmal, dass die Arbeiten von Nassos wie Häuser des Denkens aufgebaut sind: Der Blick darf auf einer farbigen Fläche verweilen, wo alles anders ist als in unseren Alltagsbildern. Eine leise Vexierung, gemischt mit leisem Staunen, wirft uns zunächst mit der Frage: Was ist das? auf uns selbst zurück. Inzwischen sind wir längst in das Bild eingedrungen und fangen an, uns darin zurechtzufinden. Je mehr Blickwege begangen und farbige Felder erforscht werden, desto tiefer wird die Ruhe, die uns umgibt, und während des Betrachtens werden die inneren Stimmungen immer heller und klarer. Dann erlebt man, wie die Gedanken, Gefühle und Willensimpulse, die im alltäglichen Geschehen auseinanderdriften, zueinanderfinden. Die Lebensfreude, die sich darin mitteilt, enthält die Ahnung, dass sich etwas hinter den Gedanken bewegt und hinter den Sprachen findet: ein lebendiger Teil des Urwissens. Das Werk von Nassos ist für mich ein Beispiel des Schaffens vom Grundelement aus, wie aus dem tiefsten Boden der europäischen Kultur, im Einklang mit Himmel und Natur.

Mihai Tropa

„Zwillinge",
18 cm x 18 cm,
Mischtechnik
auf Papier,
2003

Begradigungsversuch

G.M. Nassos
1.2.2009

„1.11.11",
13 cm x 27 cm,
Aquarell auf Bütten,
2011

linke Seite
„Begradigungs-
versuch",
16 cm x 26 cm,
Aquarell auf Bütten,
2009

„Ohne Titel",
14 cm x 15 cm,
Mischtechnik auf
Papier, 2003

„Ohne Titel",
15 cm x 15 cm,
Mischtechnik auf
Papier, 2003

Gestohlene Bilder

In der altehrwürdigen Heidelberger Universitätsbibliothek fand im Herbst 1991 eine wunderschöne Ausstellung statt. Professor Sotirios Michou und ich durften uns im Allerheiligsten mit unseren Werken ausbreiten. Georg Kafousias trug während der Vernissage literarisch das Seine dazu bei.[1]

Zwölf sündhaft teure Sicherheitsglas-Schaukästen waren zuvor eigens dafür angeschafft worden, eine Sammlung wertvoller Bücher des Mittelalters zu zeigen. Ich konnte nun diese Glaskästen bespielen – für mich ein Eldorado. Einen Kasten besiedelte ich mit zerkauten Resten von Blei- und Farbstiften der letzten Jahre, zwischen die ich Fotos und Zeichnungen aus meiner Kindheit in Tschechien und abgelaufene Ausweispapiere aus Deutschland, Griechenland, Tschechien und Frankreich einstreute. Ein anderer wurde mit kleinen Radierungen, Papierzeichnungen, Skizzen und Aquarellen dekoriert. In weiteren Kästen lagen ebenfalls Werke von mir, meist Gouachen oder Mischtechniken auf Papier, die in den Vitrinen mit ihrer integrierten Illumination hervorragend zur Geltung kamen. Einige meiner großen Formate hingen an der Wand, jeweils nur mit einem Spot beleuchtet.

Professor Michou hatte Papiermasken von Agamemnon, Odysseus, Achilles und anderen Helden ausgestellt. Im Schatten des abgedunkelten Raumes ergab das Strahlen der grellweiß beleuchteten Reispapier-Exponate einen fantastischen Anblick.

Alle Vitrinen waren vom Hausmeister der Bibliothek persönlich verriegelt und für die Alarmanlage aktiviert worden.

Der Ausstellungssaal wurde während der Öffnungszeiten der Bibliothek zusätzlich bewacht, so dass man alles in absoluter Sicherheit wähnte. So aufwändig abgesichert waren meine Werke noch nie gezeigt worden.

Es gab nur eine Ausnahme: Ein Bild, eine Leihgabe von Freund Wolfgang, die er im Jahr zuvor bei mir gekauft hatte, war im Lesesaal der Bibliothek aufgehängt. Es handelte sich um eine größere Arbeit auf Papier, die sauber mit Passepartout und Glas in einem Format 120 x 90 Zentimetern in Holz gerahmt war.

Drei Tage nach der Vernissage machte ich mich auf den Weg in die Provence, um die letzten Sonnenstrahlen des Herbstes einzufangen. Als mich dort die Nachricht erreichte, dass statt des Bildes nur noch ein leerer Rahmen im Lesesaal hing, war ich perplex. Irgendjemand hatte das Bild aus dem Rahmen herausgeholt und, welche Dreistigkeit, die leere Hülle zurückgehängt. Dass so etwas in der Heidelberger Studentenszene als Ulk oder Mutprobe galt, konnte ich mir zwar vorstellen, lustig fand ich es allerdings nicht. Besonders peinlich war, dass das Bild nicht mir gehörte. Wie sollte ich Wolfgang den Verlust erklären? Blieb zu hoffen, dass die Bibliothek eine Versicherung abgeschlossen hatte, die ihm wenigstens den finanziellen Schaden erstatten würde.

Die Leitung der Bibliothek erstattete Anzeige gegen Unbekannt. Beruhigenderweise war eine Versicherung abgeschlossen worden. Was mich allerdings verstörte, war der unterschwellig geäußerte Verdacht der Ausstellungsleiterin, dass ich – bei den Griechen muss ja man mit allem rechnen – etwas mit dem Diebstahl zu tun haben könnte.

Farbfoto genügt zur Not

Appell an Kunstdiebe

Von Lotte Schnedler

FILDERSTADT/STUTTGART – Georg Nassos (46), aus Griechenland stammender Maler mit langjährigem Wohnsitz in Stuttgart, hofft, daß Kunstdiebe Einsicht und eine Farbkamera haben. Sonst sieht er die Vollständigkeit seines Werkverzeichnisses in Gefahr.

Im Dezember letzten Jahres beteiligte sich Georg Nassos an der traditionellen Jahresausstellung der „Künstler der Filder" in der Städtischen Galerie von Filderstadt. Dabei wurden drei Bilder von Nassos und ein weiteres Bild von einem anderen Künstler gestohlen. Die drei Nassos-Bilder, übermalte Fotos im Format 30 mal 45 mit dem Titel „Marienbad I bis III" haben laut Künstler einen Wert von „jeweils einem knappen Tausender". Da er kaum noch hofft, sie wiederzubekommen, bangt er jetzt um sein Werkverzeichnis. Deshalb appelliert er an die Diebe, ihm wenigstens Farbfotos seiner drei Arbeiten an seine Anschrift Herweghstraße 12 in Stuttgart zu schicken.

Filderstadts Galerieleiter Alfred Schürmann ist gar nicht angetan von dem öffentlichen Appell an die Diebe: „Ich habe Herrn Nassos gesagt, daß er so eventuell die Versicherungssumme nicht erhält." Doch davon ließ sich der Künstler nicht abschrecken. Er hatte schon mal einen Kunstdiebstahl verschmerzen müssen: Im Sommer 1991 stahlen Unbekannte aus einer Ausstellung in der Heidelberger Uni-Bibliothek ein Ölbild von ihm.

„Frühlingsknospen",
100 cm x 120 cm,
Öl auf Leinwand,
2007

Gestohlene Bilder

Die Presseberichte über das Geschehen in der UB hatten zusätzliche Besucher angezogen, was mich über den Verlust keineswegs hinwegtrösten konnte.

Nach der Ausstellung brachte ich Wolfgang den leeren Rahmen zurück und erklärte ihm, was geschehen war. Er trug es mit Humor: „Die Diebe haben guten Geschmack bewiesen, dann kaufe ich eben ein neues Bild von dir", kommentierte er trocken die Lage.

Falls ich gedacht haben sollte, dass es bei diesem einzigen Diebstahl bleiben würde, wurde ich in den darauf folgenden Monaten eines Besseren belehrt. Etwa ein Jahr später wurden nicht weniger als drei Bilder aus der städtischen Galerie Filderstadt gestohlen, diesmal mitsamt den Rahmen. Es waren farbig übermalte Fotos im Format 30 x 45 Zentimeter aus der Serie „Marienbad".

Freunde versuchten mich mit dem Hinweis zu trösten, dass die Qualität meiner Kunst die Diebe anziehe. Ich solle froh sein, handele es sich doch um eine Art Marketing. Was für ein Blödsinn! Tagelang hatte ich an den Bildern gearbeitet und mich immer wieder an der Leuchtkraft der Farben und der ausgetüftelten Komposition erfreut. Für eines hatte ich schon einen Käufer gehabt.

Ein Appell in der Zeitung an die Diebe, die Bilder diskret in der Redaktion abzugeben, verhallte ungehört. Auch in der Galerie war alles versichert gewesen, so dass ich nach einigen Wochen einen Scheck in der Hand hielt.

333

Georges Menelaos Nassos, Künstler aus Griechenland, ist völlig verzweifelt: Erneut wurden zwei seiner Bilder gestohlen – diesmal in der Galerie Fluxus. Beide Bilder sind ihm so wichtig, daß er einen ungewöhnlichen Aufruf startete. Sollten sich die Diebe bei ihm melden (Telefon Stuttgart 6 36 55 26), werde er nicht nur von einer Anzeige absehen, sondern ihnen als „Belohnung" ein anderes Bild schenken.

333

*

Reißenden Absatz finden die Bilder des Stuttgarter Künstlers Georges Menelaos Nassos – aber leider anders als ihm lieb ist. Zum zweitenmal sind ihm bei einer Ausstellung Bilder gestohlen worden, zuerst eines in Heidelberg und jetzt drei in Filderstadt-Bernhausen. Dem 46jährigen gebürtigen Hellenen ist inzwischen das Lachen vergangen, wenn ihm Freunde mit der spöttischen Bemerkung Trost spenden, wie begehrt seine Bilder seien. Die künstlerische Beute auf den Fildern bestand aus übermalten und verfremdeten Fotografien im Format 30 auf 45 Zentimeter. An reuige Diebe, die ihm die Bilder wieder zurückbringen, glaubt Nassos nicht, aber er hofft noch auf einsichtige Täter, die ihm wenigstens einen Wunsch erfüllen: Sie sollen die Werke ablichten und ihm die Fotos zukommen lassen. Die Redaktion bietet in diesem Fall diskrete Vermittlungsdienste an.

*

Das nächste Mal verschwanden zwei wertvolle Ölbilder aus dem Vorraum der Privatgalerie Fluxus in Stuttgart. In der Nacht der Vernissage im Oktober 1995 war dort eingebrochen worden. Die Stuttgarter Zeitung hatte sich geweigert, darüber zu berichten, da es nach ihrer Ansicht dabei nicht mit rechten Dingen zugegangen war.

Dass ich die eigenen Bilder gestohlen haben sollte, war einfach der Gipfel! Diesmal hatte ich doppeltes Pech gehabt, denn die Bilder im Vorraum waren nicht nur unversichert, sondern unwiederbringlich verloren.

---

[1] Sotirios Michou (gestorben 2010) war Professor an der Akademie in Stuttgart und Inhaber des Lehrstuhls „Verbreiterungsfach Bildende Kunst / Intermediales Gestalten". Wir Studenten vom ASTA hatten ihn damals von der Akademie Karlsruhe nach Stuttgart abgeworben.

Georg Kafousias (gestorben 2013) war ein Freund aus Heidelberg. Er schrieb unter anderem Bücher über die von den Deutschen zerstörten Dörfer in Griechenland und stammte seinerseits aus der Nähe von Kalavryta, einem Ort, der vollständig zerstört und dessen Bewohner fast alle umgebracht wurden. Schon Ende der 60er Jahre schrieb er über diese Ereignisse und die Zwangsanleihe, die heute wieder Thema in der Öffentlichkeit ist.

„Der Helm von Pallas Athena", 50 cm x 70 cm, Öl auf Leinwand, 1986, Privatbesitz

ΟΙ ΑΝΘΡΩΠΟΙ ΞΑΝΑΡΧΟΝΤΑΙ
ΝΑ ΖΟΥΝ ΕΜΠΡΟΣ ΣΤΗΝ
ΣΤΟ ΝΕΜΟΝ

TASSOS 86

1972 bis heute

DAS DORF IN DER PROVENCE

Zum ersten Mal erblickte ich Gignac an einem Septembertag im Jahr 1972. Frühmorgens stand ich auf einer Wiese, pinkelte und schaute in den Nebel. Der verzog sich gerade und ließ die Strahlen der Morgensonne direkt auf ein Dorf scheinen, das sich kaum mehr als fünfhundert Schritte entfernt an einem Hügel befand. Kreisförmig bedeckte der Nebel die Umgebung des Dorfes und wirkte wie ein Heiligenschein. Ich glaubte, entweder eine Fata Morgana oder eine Filmkulisse zu sehen.

Drei Dutzend zwei- oder mehrstöckige Häuser schmiegten sich eng ineinander verwoben um den Hügel, als ob sie des Nachts frören und sich nun der Wärme der Morgensonne versichern wollten. Fast alle waren aus Naturstein gebaut, ein paar waren rostrot oder ockergelb verputzt. An der höchsten Stelle ragte eine Art Schloss auf. Einige Häuser hatten kein Dach; aus manchen dieser Ruinen konnte man Bäume herauswachsen sehen.

Mir blieb der Strahl in der Blase stecken. Konnte das wahr sein? Was für eine Kulisse!

Wurde da gerade ein Film über das Mittelalter gedreht? Doch aus einigen Kaminen stieg Rauch auf. Hier wohnten tatsächlich Menschen! Und wie zur Bestätigung ratterte laut schnaufend ein 2CV die steile Kurve vom Dorf herunter.

Hinter mir hörte ich Thomas sagen: "Schön, nicht wahr? Das hier ist die tiefste Provence, aufgegeben von den Einheimischen, die auf der Suche nach Arbeit in die großen Städte gezogen sind." Aus diesem Grund hatte er sich hier für wenig Geld eine Ruine und viel Land dazu kaufen können.

Thomas, Schäferhund Rex und ich waren in der vorhergehenden Nacht aus Stuttgart hier angekommen. Es waren Semesterferien auf der Akademie. Thomas hatte mir ange-

rechte Seite:
„Ockerzeiten", 97 cm x 75 cm,
1993, Öl auf Leinwand

Die Farben der Ockersedimente im Ockerbruch in der Nähe des Dorfes faszinierten mich. Deren verschiedenen Variationen finden sich in diesem Bild wieder.

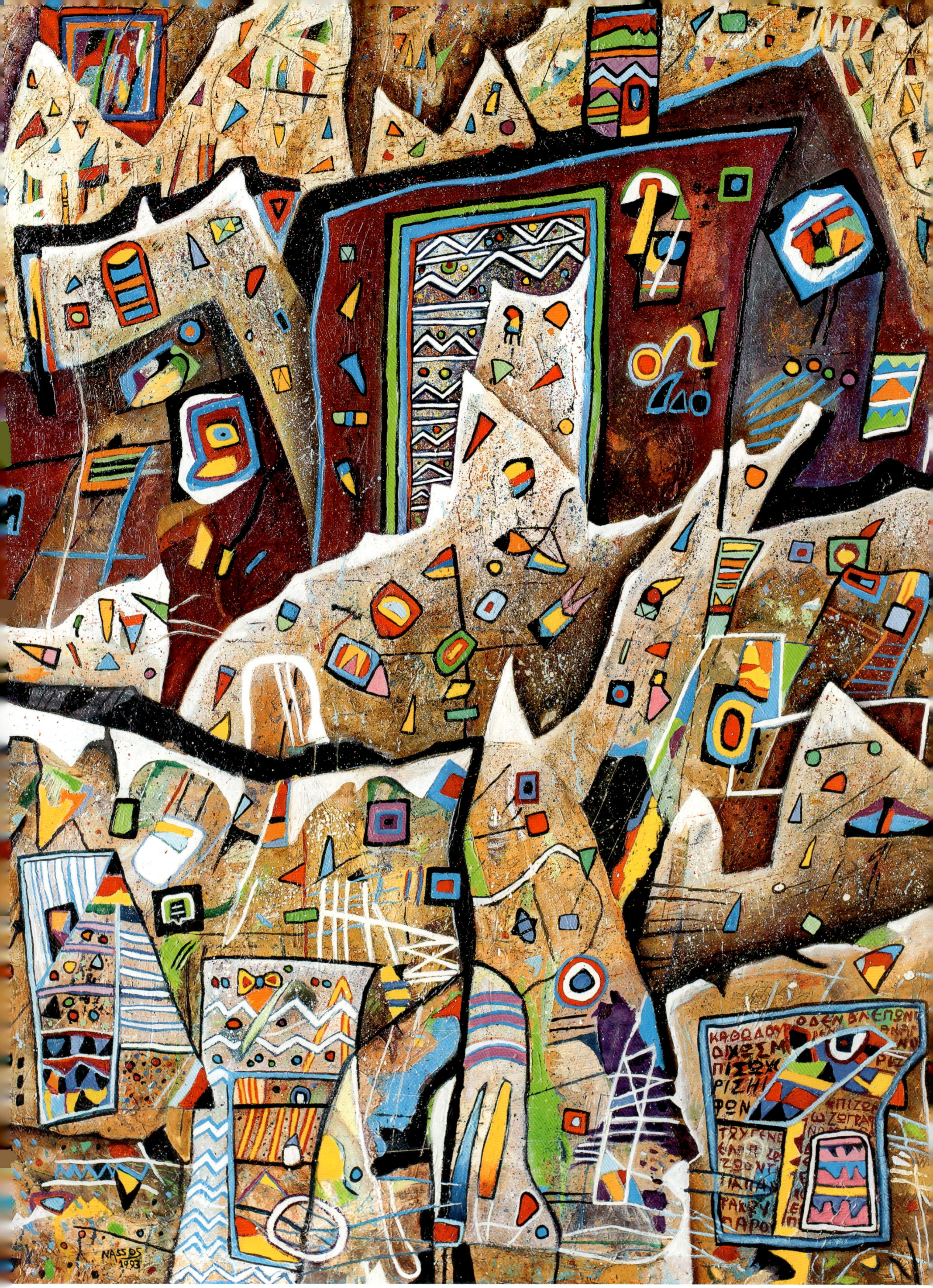
NASSOS
1993

Das Dorf in der Provence

boten, ihn in die Provence zu begleiten. Er habe dort ein Haus mit „kleinen Mängeln" gekauft und brauche meine Hilfe bei der Reparatur des Dachs.

Nichts, was mir lieber war. Endlich raus aus Stuttgart! Seit drei Jahren klebte ich im Talkessel der Anfang der 70er Jahre noch sehr provinziellen Schwabenmetropole fest. Und die Provence, war das auch eine Provinz? Wo lag die eigentlich? Eine Terra Incognita!

Die Fahrt in unserem kleinen Fiat dauerte unendlich lange. Thomas saß am Steuer und Rex lag mir, dem Beifahrer, zu Füßen. Damals gab es noch keine durchgehende Autobahn nach Südfrankreich. Erst ab Lyon hätten wir die „Autoroute du Soleil" nehmen können, die jedoch Maut kostete, was wir uns sparen wollten.

Frankreich, das war für mich nur Paris und die Provence lediglich die Gegend, in der Vincent van Gogh sich im Absinthrausch bei einem Streit mit Paul Gauguin ein Ohr abgeschnitten haben soll.

Spät in der Nacht erreichten wir die Umgebung von Avignon. Im Licht der Scheinwerfer formten sich um uns herum geheimnisvolle Tunnel wunderbarer Platanenalleen. Ein Geruch unbekannter Kräuter wehte durch die offenen Fenster herein. Kleine Dörfer, hell erleuchtet, verströmten ein

*Das Dorf Gignac
1981*

ockerfarbenes Licht, als wollten sie noch in tiefster Nacht ihre Schönheit zu zeigen. Vor den Cafés saßen späte Gäste.

An alledem konnte ich mich nicht sattsehen, und ich bat Thomas, ganz langsam zu fahren, damit mir nichts entging.

Als wir zu später Stunde Gignac erreicht hatten, legten wir uns neben dem frischgekauften Haus im Schlafsack auf eine Wiese und schliefen unter dem hell leuchtenden Band der Milchstraße vor Erschöpfung sofort ein. Hund Rex passte auf und lauschte in die Nacht, während seine Nase unbekannte Düfte witterte.

Als sich am späteren Morgen der Nebel ganz aufgelöst und den Blick auf die Landschaft freigegeben hatte, war ich von Anblick, der sich mir bot, zutiefst beeindruckt. Zur Rechten Gignac, konnte ich in der Weite des Westens Hügel an Hügel liegen sehen. Alles schien unbebaut und wild. Am fernen Horizont waren blutrote Felsen zu sehen. Das waren, wie ich später von Thomas erfuhr, die berühmten Ockerbrüche von Roussillon.

Meine Sinne sogen diese Eindrücke wie ein Schwamm auf, als könnte ich hier Natur und Schönheit neu entdecken. Der Himmel schien unendlich viel weiter als in Stuttgart. Und dieses Licht! Kein Wunder, dass diese Gegend so viele Künstler anzog.

Tage später entdeckte ich in der Nähe einen aufgegebenen Ockerbruch mit unglaublichen Farbvariationen von Kreideweiß über Gelb bis zu einem Englischrot, das an die Hauswände des untergegangenen Pompeji erinnerte. Sedimentstreifen in hell- und dunkelgrün, mauve und lila, dazwischen als Kontrast die Farbe mediterraner Pinien, rundeten die Farbpalette ab.

Mit der Ruhe und dem Frieden, die sich in meinem Innern ausbreiteten, wuchs das Gefühl, an dem Ort angekommen zu sein, den ich schon lange suchte. War ich in einem früheren Leben schon einmal hier gewesen?

Schritt für Schritt erkundete ich die neue Umgebung. Die Weinlese war in vollem Gang. Weinbauern trugen die schweren dunkelreifen Lavallée-Trauben in Holzbottichen zu einem Anhänger, vor dem ein alter Traktor zum Ziehen der Last bereitstand.

Das Haus von Thomas 1972

Jahrhundertealte Eichen- und Kastanienbäume säumten ausgetretene gelbe Sandkiesel-Wege bis in die Felder hinein, um irgendwo an einer steilen roten Sandsteinwand zu enden. In den Seitentälern und auf den Anhöhen konnte man aufgegebene Häuser sehen und die Reste großer Anwesen, auf denen vor langer Zeit vielköpfige Familien ihre Felder bestellt hatten.

An unserem zweigeschossigen Haus fehlte alles, was das Dasein hätte erleichtern können. Es gab kein Wasser, keinen Strom, keine Toilette und auch keinen Ofen oder Kamin für die schon recht kalten Septembernächte. Offenbar stand das Haus schon lange unbewohnt. Hier und da klaffte ein Loch zwischen den Balken. Durch das teilweise eingestürzte Dach konnte man die Sterne sehen. Über allem hing der Geruch verbrannten Holzes. Höchste Zeit, das Haus wieder zum Leben zu erwecken.

Der Überlauf der Dorfquelle, das „Chateau d'Eau", lag zweihundert Meter oberhalb und war in den ersten Tagen, bis die alte Wasserleitung repariert war, unsere einzige Waschgelegenheit.

Das störte uns nicht. Auf dem Campingkocher bereiteten wir eine einfache Mahlzeit zu, als Beilage ein Weißbrot, Käse und dazu eine Flasche Rotwein. Eh voilà! Die Mutation zum Franzosen war vollzogen.

Bei unseren Ausflügen in die nähere Umgebung bestätigte sich immer wieder die pittoreske Schönheit der Dörfer, die sich in die Landschaft einfügten, als ob sie mit ihr zusammen geformt worden wären. Mit ihren jahrhundertealten Gebäuden schraubten sie sich Anhöhe um Anhöhe hoch, um dort über die eingenommenen Hochflächen zu herrschen und mindestens einer alten romanischen Kirche Geltung zu verschaffen. Die Septembersonne mit ihrem klaren Licht und den langen Schatten brachte in einem Farbspiel, das es vielleicht nur in der Provence gibt, die gelbroten Fassaden der Steinhäuser zum Glühen, und so begriff ich immer mehr, warum die Altvorderen und die Künstler seit jeher in die Provence gekommen waren, um dort zu leben und zu arbeiten.

Als wir nach der notdürftigen Reparatur des Dachs nach Stuttgart zurückkehren mussten, weil das Wintersemester an der Akademie angefangen hatte, fiel mir der Abschied unendlich schwer.

Den ganzen Winter hindurch wartete ich ungeduldig auf die wärmeren Tage, um wiederzukehren. Ende März war es soweit. Ich packte Malzeug und Hund Rex in den alten gelben VW-Postbus, den ich für zweihundert Mark ersteigert hatte, und los ging es Richtung Süden, diesmal ohne Thomas.

Schon beim Grenzübertritt bei Mulhouse drehte der Kompass auf Freiheit, raus aus Untertanengeist, Gehorsam und Muff der deutschen Sechziger. Je mehr sich das Auto dem Süden näherte, je mehr Ginster, Zypressen, Pinien, Wein in Sicht kamen, desto stärker wurde das Gefühl tiefer Ausgeglichenheit und Zufriedenheit. Als der Luberon und der Mont Ventoux in Sicht kamen, hatte ich erneut mein Déjà-vu, den Eindruck, nach langer Reise endlich heimgekommen zu sein.

Das Ruinenhaus hatte trotz der bloß oberflächlichen Reparatur den Winter ohne weiteren Dachschaden überstanden.

Einen Tag später richtete ich mir im Freien einen Tisch zum Malen ein. Das Dorf wollte unbedingt gemalt werden, so dass ich alle Bedenken hinsichtlich Realismus und Naturalismus fallen ließ und ich mich auf mein neues Motiv stürzte wie ein Hungernder auf ein Buffet. Zuerst etliche Skizzen, danach Dutzende Aquarelle, zumeist aus der Perspektive unseres abseits gelegenen Hauses.

Es war, als ob sich die Mal-Muse meiner bemächtigt hätte. Dauernd war ich mit dem Skizzenblock unterwegs, um das Dorf aus allen Blickwinkeln zu zeichnen. Selbst wenn ich am steilen Abhang des Ockerbruchs saß, versuchte ich, das Gelb-in-Gelb-Panorama mit Farbstiften auf dem Papier festzuhalten. Ich malte die bizarren Wurzeln der Bäume, die aus dem steilen Hang herausragten, die knorrigen Stämme uralter Eichen, einzelne Blätter und Steinformationen wie die surrealen säulenartigen Sandsteinerhebungen, die wie Pilze ohne Hut inmitten des Colorados in den Himmel ragten, mit einem kleinen fragmentarischen Überbleibsel obendrauf. Bis in die 60er Jahre waren hier Pigmente abgebaut und in die ganze Welt verkauft worden. Zu diesem Zweck hatte man Stollen gegraben, die, als der Abbau beendet war, bis auf die vereinzelt stehenden Säulen zusammengefallen waren.

Die Ausbreitung der Acrylfarben in den 50er Jahren bedeutete das Ende des Colorados. Nur noch im „Musée des ocres" in Apt lässt sich betrachten, wie damals Farbpigmente gewonnen wurden.

Da es keinen Strom gab, saß ich abends beim Kerzenschein in meiner Ruine und wunderte mich darüber, dass die Stille keine Panik in mir aufsteigen ließ. Mit einer zweiten Kerze konnte ich sogar lesen und in eine lautlose Sphäre eintauchen. Ohne Radio und Fernsehen, vollkommen abgekapselt von der Schwatzhaftigkeit der Welt, schärfte die Schweigsamkeit, die mich umgab, meine Sin-

*„Fensterladen",
120 cm x 200 cm,
Öl auf Holz,
2014*

ne mehr und mehr, so dass ich ein Flüstern und Raunen wahrnahm, als wenn sich mir die Seelen der Menschen mitteilen wollten, die hier gelebt, geliebt und gefeiert hatten.

Rex lag mit aufgestellten Ohren vor der Tür und witterte in die Nacht hinein. Wer weiß, welche Botschaften er empfing und was er darüber „dachte"?

Meine ersten Begegnungen mit den Dorfbewohnern erlebte ich auf Spaziergängen ins Zentrum von Gignac, das damals etwa 35 Einwohner und weder Laden noch Bäcker hatte. Mit meinen paar französischen Wörtern und vielen Gebärden nahm ich Kontakt auf, der von den Leuten trotz meines leicht verwilderten Aussehens offen und freundlich erwidert wurde. Wenn ich als Sonder-

Das Dorf in der Provence

ling galt, so befand ich mich offenbar in guter Gesellschaft, denn der Schäfer sah aus wie Rasputin persönlich, der letzte Ockerbrucharbeiter fuhr zahnlos mit einer knatternden Rostlauben-Ente durch die Gegend und der Bürgermeister, schon weit über achtzig, hielt Ziegen und ging in Gesellschaft eines zahmen Wildschweines spazieren. Hinzu kam Monsieur Pierre, der mithilfe seines kleinen Mischlingshundes Filou Trüffel suchte und fand. Jeden Abend richtete er ein Körbchen vor dem Fernseher her, um den Trüffelsucher bei Laune zu halten. Später, als es bereits Videokassetten gab, legte er ihm sogar Tierfilme in den Videorekorder. Im Winter trug Filou ein von Madame Gislaine gestricktes Westlein um den Leib, damit er sich im kalten Mistral nicht erkältete.

Um Brot zu kaufen, musste ich vier Kilomenter bis zum nächsten Dorf wandern. Der brummige, rundliche, mit Mehl bestäubte Bäcker namens Fenouil heizte den Backofen noch mit Holz an. Herr Fenchel, so der Name übersetzt, war zudem auch der Bürgermeister hier im Nachbarort.

In einem Bistro trank ich noch einen Kaffee. Der Wirt, ebenfalls rundlich und das Gebiss mit Goldzähnen gespickt, spendierte mir einen zweiten und versuchte mir zu erklären, was seine Frau ihm zu Mttag kochen würde. Dann spendierte er mir ein kleines Ballonglas Weißwein.

Ein schlanker Herr stand am Tresen, einen Pastis in der Hand, prostete uns zu. Offenbar war es hier normal, am Vormittag Alkohol zu trinken.

Ich wollte nicht undankbar sein und gab nun meinerseits eine Runde aus. Ein weiterer etwas älterer Herr gesellte sich zu uns, und plötzlich hatte ich wieder ein Glas Wein vor mir stehen. Die nächste Runde ging auf den Wirt. Nach etlichen weiteren Runden lud mich der Wirt zum Mittagessen nach Hause ein, wo seine Frau schon für drei gedeckt hatte. Mein Französisch war von Glas zu Glas immer besser geworden, doch die französischen Tischsitten blieben mir vorerst ein Rätsel. Als die Vorspeise – Paté, Weißbrot, feingeschnittene Scheiben Wurst und Salate – gegessen war, bedankte ich mich für die Einladung und wollte schon aufstehen, als der Wirt mich sanft wieder in den Stuhl drückte, eine Flasche dunkelroten Weins hervorzauberte und reichlich eingoss. Seine Frau brachte währenddessen eine Schüssel mit dampfenden Fleischstücken an den Tisch, stellte eine zweite mit kleinen Petersilienkartoffeln dazu und wünschte bon appétit. Das vermeintliche Gulasch schmeckte vorzüglich und der Rotwein mundete bestens. Natürlich wurde der Nachtisch mit einem Schnaps begossen. Das war meine erste Daube à la Provencale und meine Einführung in die französischen coutumes de table.

Es wurde mir zur lieben Gewohnheit, morgens und manchmal sogar am Abend ins Café de la Place zu gehen. Zur Begrüßung leuchteten mir die Goldzähne von Monsieur Antoine entgegen. Abends wurde Belotte, dem deutschem Skat ähnlich, gespielt. Im Winter glühte der Kanonenofen, uralte Bodendielen knarrten unter den Füßen. Im Sommer wurde, unter den Kennerblicken und kundigen Kommentaren des halben Dorfes, Boule gespielt. Niemand war in Eile.

Die Zeit schien stillzustehen.

Und tatsächlich: Inzwischen sind mehr als vierzig Jahre vergangen und ich bin immer noch ein Teil dieses Bildes. Mindestens alle zwei Monate muss ich hierher kommen, um Einfachheit zu tanken, die Gerüche aufzunehmen, die Leichtigkeit des Daseins zu erleben und nicht zuletzt, um in der Abgeschiedenheit der Provence zu malen. Damals, als wir die ersten Tage in der Ruine von Thomas erlebten, hätte ich nie gedacht, dass ich hier eine Heimat finden würde.

„Provençalische Lavendelnacht",
30 cm x 40 cm,
Öl auf Holz, 1987

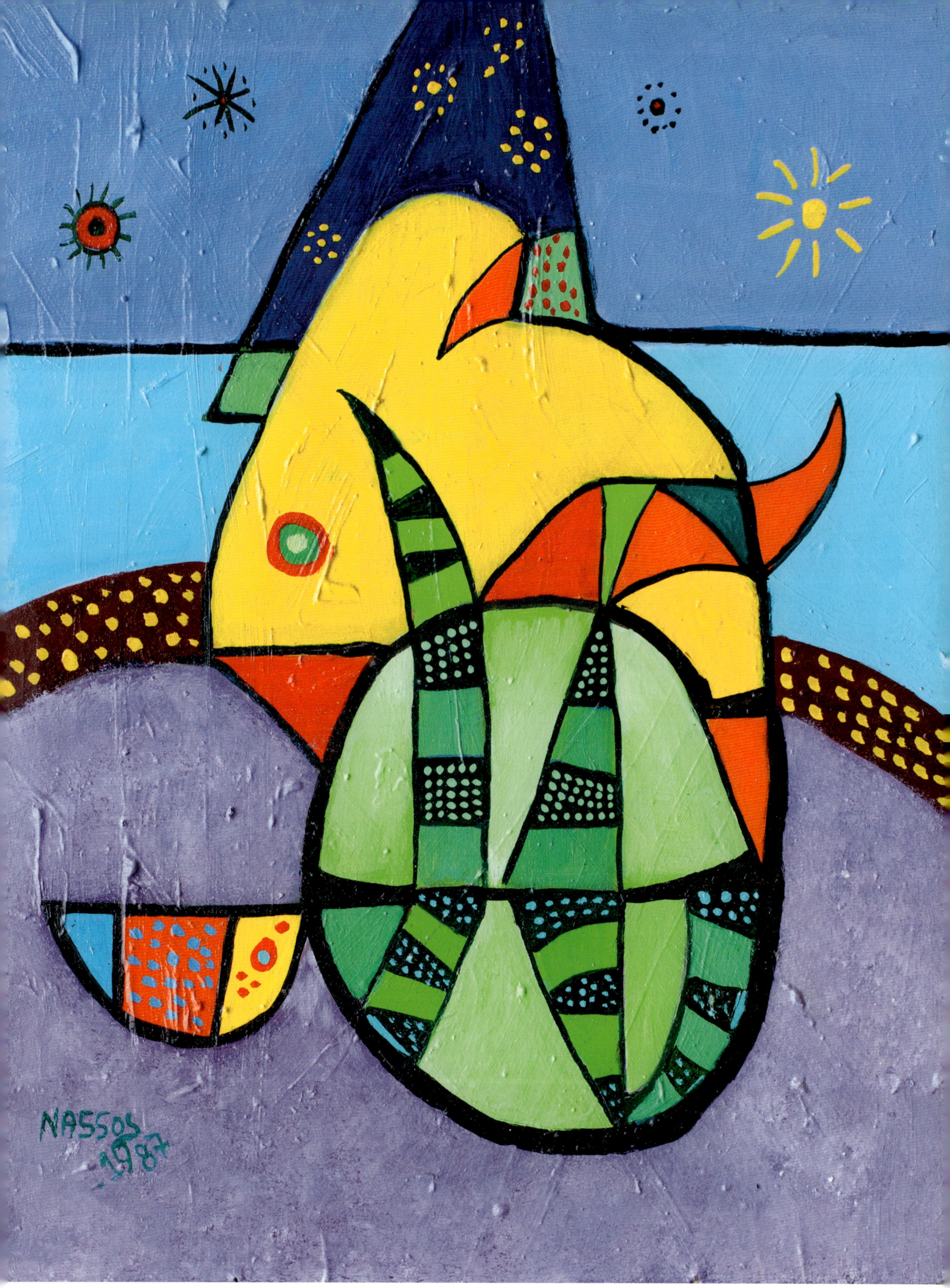
NASSOS
1987

„Retrogedankensplitter", 95 cm x 95 cm, Öl auf Leinwand, 1981

... die Frage Woher – Wohin? Das turbulente letzte Jahrzehnt ein neues, freies Leben als Maler, neue Beziehung, ein Rückblick auf die 68er und 70er-Jahre ...

„Pilz",
60 cm x 80 cm,
Öl auf Holzplatte,
2007

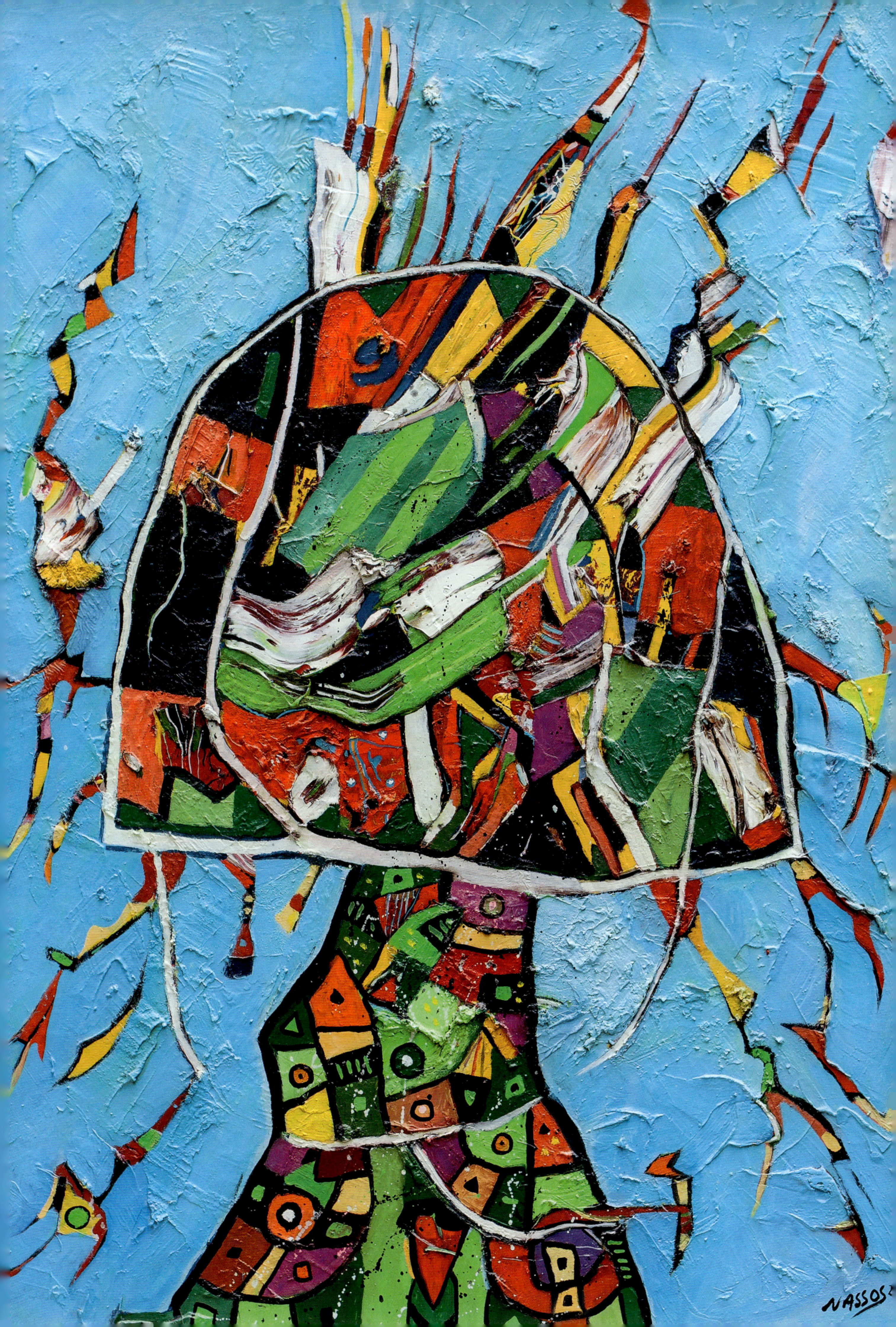
NASSOS

„Rekonstruktion", 96 cm x 115 cm, Öl auf Leinwand, 1986

„Insekt", 330 cm hoch, Ölfarben auf
Metallteile, 1991, Privatbesitz

SPICKZETTEL ...

... lange her, vielleicht 1973, vielleicht '74, gingen wir in „Zorbas le Grec".

Diese wunderbare Annäherung des Wohlbehüteten, Kontrollierten an das Animalische, Ausgelassene! Das Leben ist ein Spiel – nichts ist vorhersehbar. So gipfelt der Film in der Essenz von Zorbas: „Hé Patron, est-ce que tu avais déjà vu un plus splendide désastre?" Und die beiden tanzen, während sich ihre Seilbahnkonstruktion im Geröll des Abhangs in Staub auflöst. Herrlich, wie die Vision in einem Freudentanz verschmilzt.

Sollte also ich der „Patron" von Gignac werden, in diesem offenen Gemäuer des uralten provençalischen Gehöfts? Bald kamen sie, die Horden von Visionären der 70er Jahre. Alles sollte sozialisiert werden, auch die nackte Haut. Steine wurden geschleppt, Dachziegel verrückt, schwere Balken getragen. Alle schwitzten und tanzten. Ein Patron hatte da keinen Platz. Wenn es kalt wurde, fällten wir die Eichen für den Kamin.

Er liebte seinen Rex und wir beide gingen mit ihm auf Treibjagd – männlich, roh und doch so gefühlvoll. Eine Art Einübung in den Überlebenskampf im Bund mit dem Wolf.

Ach ja, da war ja noch unser Kunststudium an der Akademie. Er wollte „richtig" malen lernen und ich mit nichts in der Hand die Prüfung bestehen. Das Leben war zu aufregend, um Prüfungen abzulegen! Der kreative Akt war das Leben selbst!

Wie gut war es, dass wir ihn hatten: unser Vorbild, Teil unseres jungen Lebensgefühls, ihn, den Tachiste, den Action-Painter und Lehrer mit einem Arm und großer Geste.

Stuttgart – die Provence – Paris: Wohin treibt uns das Leben?

Er, der irgendwann als halb Gestrandeter auf dem Campus mit Rex auftauchte, richtete sich auf und kämpfte zwischen Kunststudium, „Brett" und der Vermarktung der „kleinsten Radierungen der Welt". Viele aus diesen Horden sind damals wie die Lemminge in den Abgrund gerast. Manche Ideen der 70er haben sich wie bei „Zorbas" im Geröll aufgelöst – splendide désastre!

Aus Nassos wurde Georges Menelaos Nassos, beheimatet in Stuttgart und der Provence. Stuttgarter nein, Grieche jein, Tscheche jein, Provençale nein, aber immer mehr Künstler und Lebenskünstler. Seine Entwicklung vollzieht sich spiegelbildlich zu seinen Formaten. Unglaublich: Der Gestrandete, von der Mutter aus Athen in die Fremde Geschickte, vor der Junta Fliehende, er entwirft seinen Weg. Ausstellen, ausstellen, verkaufen, verkaufen – Erfolge, Erfolge, Misserfolge und doch weiter, weiter ... neue Ideen: von Radierzyklen für Arztpraxen bis hin zu aquarellierten Etiketten für Weinflaschen, immer größer, bis hin zu den Obelisken – und nun ein Buch!

„Campagne Merys", Radierung, handkoloriert, 20 cm x 16 cm, 1974,

Ich war nun brav an der Schule gelandet. Brav, von wegen! Der „lange Marsch durch die Institutionen" war der Plan. ASTA zwischen Maoismus und Marxismus, zwischen RAF und DKP, zwischen Hochschulrahmengesetzgebung und Kunststudium war passé. Berufsverbot oder Beamtenkarriere – mit Ziel Systemveränderung?

Nun begegnen wir uns als Anarcho-Opas hier wie dort und sortieren unsere Visionen von damals und heute ... bei einem gigot d´agneau aux légumes und einem Pastis.

... und alles begann als splendide désastre im offenen Gemäuer des Gehöftes in der Provence.

Thomas Warnecke

„Epikuräischer Heidenspaß", 46 cm x 60 cm, Mischtechnik auf Papier, 2011

1968

London Calling

Nein, London war eigentlich nicht geplant.

Als meine Zeit mit Ingrid zu Ende ging, wollte ich Stuttgart endgültig Adieu sagen. In Griechenland hatte ich in einem der „Green Coast Bungalows" Carol aus London kennengelernt. Wir hatten eine kurze, aber heftige Affäre und schrieben uns später ab und zu höfliche Postkarten oder Briefe mit liebevoll gemalten Herzchen.

Eines Tages schrieb Carol, sie sei bei einem Theaterfestival in Recklinghausen beteiligt, und schlug mir vor, sie dort zu besuchen. Mit meinem letzten Geld kaufte ich eine Fahrkarte. Sie empfing mich mit offenen Armen.

Am Ende des Festivals fragte sie unverhofft, ob ich mir vorstellen könne, mit ihr nach London zu kommen. „Mit Vergnügen", antwortete ich, „but in my pocket... sind nur noch sieben Pfennig!" „No problem, you're welcome", antwortete sie. Zwei Tage später waren wir dort.

Carol wohnte in Elstree, einer Schlafstadt nordwestlich von London, in der absolut nichts los war. Der Bär steppte nun einmal in der City, doch die war eine Stunde Zugfahrt entfernt.

Wir schrieben das Jahr 1968. In den USA und in einigen Ländern Europas waren Demonstrationen gegen den Vietnamkrieg an der Tagesordnung. Präsident Charles de Gaulle zog sich wegen der anhaltenden Revolten in Frankreich nach Baden-Baden zurück. Daniel „Dany le Rouge" Cohn-Bendit wurde in London zur unerwünschten Person erklärt und an der Einreise gehindert. In Berlin wurde Benno Ohnesorg bei einer Demonstration gegen den Schah von Persien erschossen; ein paar Tage später wurde auf Rudi Dutschke ein Attentat verübt, an dessen Folgen er Jahre später sterben sollte. Nur dort, wo ich herkam, in Griechenland, passierte gar nichts, saßen doch die Militärs fest im Sattel.

Die Ereignisse jener Zeit zogen jeden in ihren Bann. Auch ich war von den Nachrichten wie elektrisiert und saß kribbelig in Elstree fest, Tag für Tag darauf wartend, dass Carol endlich von der Arbeit käme. Eines Nachts ertrug ich es nicht mehr und schlich mich im Schutz der Dunkelheit leise hinaus. Unten im Hof stand Carols Jaguar, ein Automatik. Der Zündschlüssel steckte im Schloss. Also fuhr ich los – ohne Überlegung und ohne Führerschein.

Es klappte wunderbar mit dem Linksverkehr, nur die Schilder waren mir ein Rätsel. Es kam, was kommen musste: Ich landete in einer Sackgasse und würgte beim Versuch zu wenden den Motor ab. Trotz heftiger Bemühungen konnte ich ihn nicht mehr starten. Verzweifelt rief ich Carol aus einer Telefonzelle an und fragte, wie der verdammte Motor anginge. Es war mitten in der Nacht.

Carols Begeisterung hielt sich in Grenzen. Zusammen mit ihrem Vater holte sie mich und das Auto ab. Die frostige Atmosphäre auf der Rückfahrt kann man sich sicher vorstellen: Meine Aktion war aus naheligenden Gründen zu viel für sie. Mein Auszug hatte per Ultimatum innerhalb von 24 Stunden zu erfolgen. Immerhin.

Nunmehr auf mich allein gestellt, fuhr ich mit der „Tube" in die Stadt, um mir einen Job zu suchen. In einem chinesischen Restaurant kam ich als dishwasher in der Küche unter und arbeitete sieben Tage die Woche für acht Pfund, was damals etwa 88 Mark entsprach – natürlich schwarz, denn Papiere hatte ich keine. Besser als gar nichts! Ich durfte nachts in einem kalten Verschlag unter einem Regal neben der Küche schlafen. Essensreste wurden immer wieder aufbereitet und tags darauf „frisch" serviert. Auch hier durfte ich mich bedienen.

Nach zwei Wochen, an meinem ersten freien Tag, entdeckte ich auf einem Spaziergang durch Soho eine Wirtschaft mit dem Namen „The Heidelberg Cellar". In Erwartung eines deutschen Wirtes ging ich hinein. Besitzer waren aber griechische Zwillinge aus Zypern. "Yes, we need a man at the bar. You can have the job from tomorrow on, if you like", hieß es. Klar wollte ich. Arbeitszeit war von 16 bis 4 Uhr morgens für 15 Pfund die

In London 1968

Woche, bei einem freien Tag, ohne Arbeitspapiere. Da hatte ich es eilig, meine Sachen beim Chinesen abzuholen.

Im „Swiss Cottage", einem Viertel nahe der Abbey Road, fand ich eine Dachkammer für vier Pfund pro Woche. Der große Raum war über und über von Spinnweben durchzogen. Eine einzelne nackte Glühbirne tauchte ihn am Abend in grellweißes Licht, als ob er mit Watte gefüllt sei. Traumhaft, völlig surreal, dachte ich. Vorsichtig hatte ich von der Tür bis zum Bett eine Schneise von einem Meter Breite aus dem Geflecht der Spinnweben herausgearbeitet und im Umkreis von drei Metern um das Bett herum sauber gemacht. Den Rest des Gespinstes ließ ich unberührt, denn diese Kulisse gefiel mir.

Das Haus selbst war von einem wilden Garten umgeben, dessen Bäume und Sträucher von allerlei Kletterpflanzen stranguliert wurden, ein richtiger Dschungel. Die Außenwände des Hauses waren dicht mit Efeu bewachsen, von den Geräuschen der Stadt drang kaum etwas ins Innere.

Die Besitzer, eine ältere Frau und ihr erwachsener Sohn, hatten mindestens drei Dutzend Katzen. Sie streunten in dem dreistöckigen Gebäude umher und verbreiteten überall ihren strengen Katzengeruch. Der Sohn war ein fanatischer Anhänger von Jim Morrison und den Doors. „Light my Fire", „Riders on the Storm" und andere Songs der legendären Band dudelten ständig durch die Flure.

Die Arbeit im „Heidelberg Cellar" war wesentlich angenehmer als beim Chinesen. Zu meinen Aufgaben gehörte es, hinter dem Tresen Bier zu zapfen und andere Getränke an die beiden Bedienungen weiterzugeben. Jede Bestellung wurde sofort kassiert, was ebenfalls mein Job war. Das Lokal war ein Club, so dass der Alkoholausschank durchgängig erlaubt war. Man musste also nicht, wie damals in England üblich, um kurz vor elf Uhr abends „the last orders please!" durch die Räume brüllen.

Das Lokal war stets bis zum frühen Morgen rappelvoll. Deborah aus England, Marie-Antoinette aus Frankreich und ich waren ein

„Jazztime",
57 cm x 54 cm,
Mischtechnik auf Papier,
1989, Privatbesitz

gutes Team. Nach und nach unterliefen uns beim Einkassieren kleine „Fehler", die unser wohlverdientes Trinkgeld aufbesserten.

Manchmal gingen wir direkt nach der Arbeit auf eine der zahlreichen Partys, zu denen wir von den Gästen eingeladen wurden.

In der „Bayswater Area" gab es damals viele Wohngemeinschaften, die von Künstlern, Bohemiens, Musikern und jungen Leuten bevölkert waren. Das Viertel war die Nachrichtenbörse in Sachen Musik, Kunst, Mode, Politik oder Literatur. Alles, was gerade in der Szene angesagt war, wurde dort gehandelt. So erlebte ich die letzten Zuckungen von „Swinging London". Man kaufte sich die Klamotten in den Läden der Carnaby Street, die Beatles hatten gerade den Film „Yellow Submarine" vorgestellt; „Hey Jude" war ihr neuester Hit.

Nach zehn Monaten war für mich auch dieser Job zu Ende. Ich kündigte, erschöpft durch die ständige Nachtarbeit und gierig nach neuen Perspektiven. Das ersparte Geld erlaubte es mir, eine Zeitlang den „Tagedieb" zu spielen.

Mit Jane, die in Tübingen Germanistik studiert hatte, zog ich durch die Stadt. Wir verbrachten eine tolle Zeit mit dem Besuch von Museen, Konzerten, Galerien und Theatervorstellungen. Dann verreiste Jane für drei Monate und überließ mir großzügigerweise ihre Bude – zum Glück: Der Müßiggang hatte mein „Money-Polster" komplett abgewetzt.

Ein neuer Job musste her und war schnell gefunden - in „Bobbys Bar" am Piccadilly Circus, einem Edelschuppen, in dem tagsüber Banker und Geschäftsleute aus der City gepflegte Drinks zur Brust und erlesene Zigarren zur Lunge nahmen.

Ich war der neue Hilfs-Barmann. Es gab nur einen Haken: Man verlangte gültige Arbeitspapiere von mir. „Yes, next week I'll bring them", versicherte ich dem Boss, obwohl ich nichts zu bringen hatte. Entsprechend steif war der Job: Ich hatte glattrasiert, in Anzug und mit Fliege (!) zum Dienst anzutreten, und zwar um zehn Uhr morgens. Neunzehn Pfund brachte mir das in der Woche ein. Mein Plan war daher, mir nach einigen Wochen wieder etwas anderes zu suchen, doch ging das Geld schneller aus als erwartet. Die letzten verbleibenden Münzen gingen in die „Tube". Nach drei Tagen waren sämtliche Reserven verbraucht.

Also lief ich die Strecke bis zu Janes Zimmer zu Fuß zurück und kam am nächsten Morgen ebenso zur Arbeit: zu Fuß und mit leerem Magen.

Um nicht zu verhungern, „naschte" ich, wann immer der Chef-Barmann wegschaute, von den Salzstangen, Nüssen und hartgekochten Eiern, die für die Gäste auf dem Tresen bereitstanden: ein inakzeptabler und unwürdiger Zustand! Meine Nachfrage nach einem Vorschuss wurde jedoch mit der Forderung nach gültigen Papieren gekontert.

Zeit verging. Am sechsten Tag wurden um drei Uhr nachmittags die Tageseinnahmen abgerechnet. Ich wagte erneut einen Vorstoß. Wieder, diesmal ziemlich brüsk, lehnte der Chef-Barmann ab. Hungrig, wie ich war, sah ich nur noch die Stapel Geldscheine, bis ich mir plötzlich, unter dem entgeisterten Blick des Barmanns einen davon schnappte. Nachdem ich fünfzig Pfund abgezählt hatte, legte ich den Rest brav auf den Tisch zurück. Jetzt erst reagierte er und versuchte mich zu packen, doch ich schubste das Leichtgewicht in eine Ecke und stürmte mit meiner Beute durch den Haupteingang hinaus auf den belebten „Circus". Hinter mir ertönte „Hold the thief"-Geschrei, eine Alarmanlage heulte. Was hatte ich getan? „Yes, Sir, I'm a thief", dachte ich bei mir.

Der Barmann war mir mit zwei weiteren Männern auf den Fersen. Ich bog um die Ecke, doch das war ein Fehler: Hier waren kaum Menschen unterwegs. Der Abstand zu meinen Verfolgern schmolz. Nach etwa fünfzig Metern kam ich an einen kleinen Durchgang mit einer Eisentür. Ich versuchte, sie zu öffnen: vergebens. In meiner Verzweiflung rüttelte und rüttelte ich, bis sie plötzlich

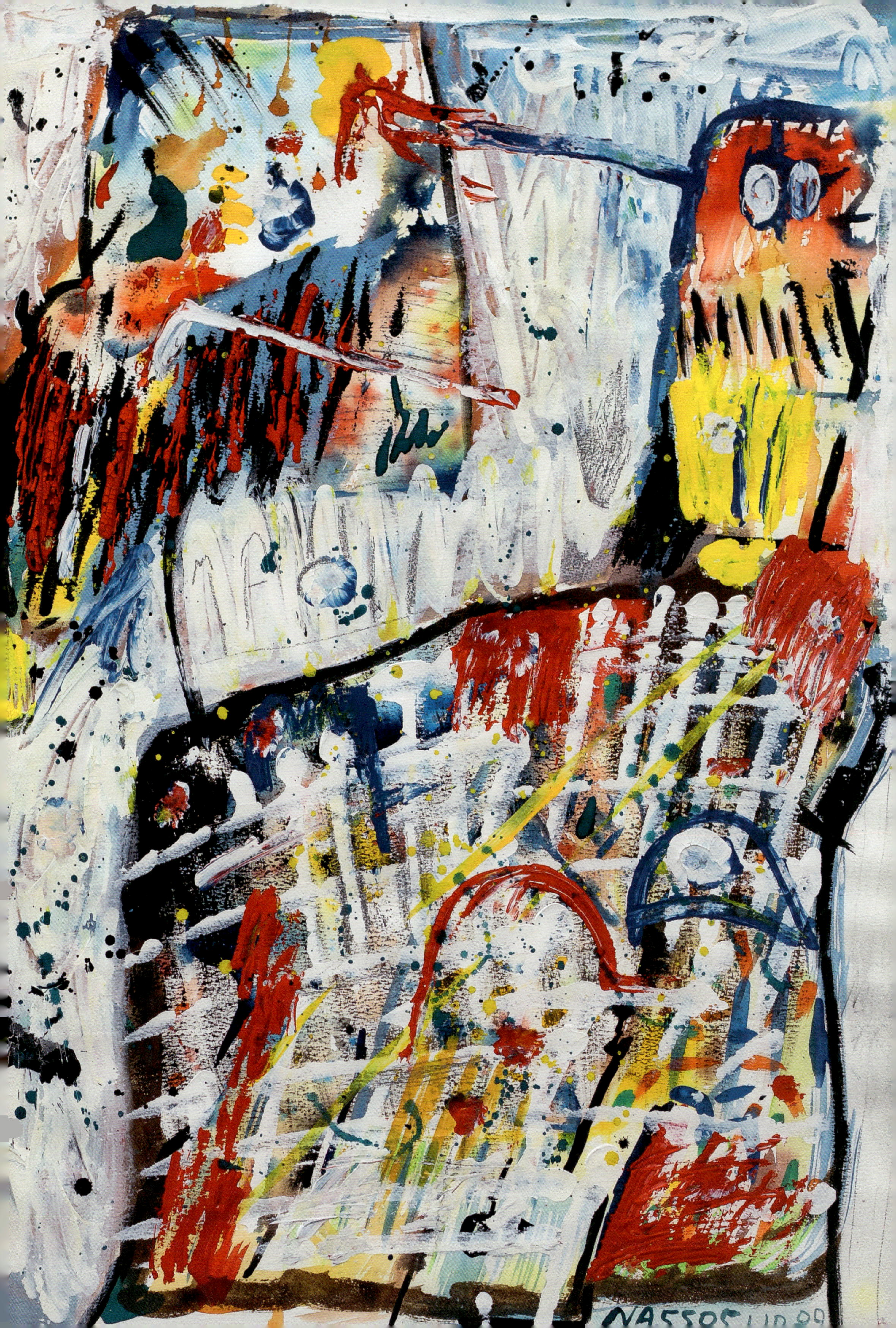
NASSOS

London Calling

aufging und zwei Frauen herauskamen. Mit höflichem Erstaunen gaben sie mir den Weg frei. Ich eilte weiter und gelangte durch eine Hintertür in das Innere eines Kaufhauses. Langsam schlenderte ich zwischen den Auslagen entlang. Am Ausgang angekommen, stahl ich mich fort – nur um zu entdecken, dass besagtes Kaufhaus gleich neben „Bobbys Bar" lag: Ich war unversehens wieder am Ausgangspunkt meiner Flucht angelangt.

Wieder suchte ich das Weite, wieder hatte ich Glück, denn zu meiner Rettung stand direkt vor meiner Nase einer der berühmten roten Doppeldeckerbusse mit weit geöffneten Türen. Ich sprang hinein und stieg in die zweite Etage hinauf. Vor Angst zitterten mir die Beine. Vom Fenster aus konnte ich sehen, wie der Chef-Barmann am Eingang der Bar wild vor einer Menschentraube gestikulierte, darunter zwei Bobbys. Und ich saß direkt darüber in einem Bus, der, wie ich jetzt bemerken musste, im täglichen Londoner Stau feststeckte.

Auf dem Boden lag eine Zeitung, die ich schnell aufhob und mir vor die Nase hielt. Falls jemand da unten auf die Idee kommen sollte hochzuschauen, würde er nur einen Mann sehen, der in eine Zeitung vertieft war. „Your ticket, sixpence please", stand plötzlich der Schaffner vor mir. Ich hielt ihm eine Pfundnote hin. „No Sir, can't change" – „it's yours, thanks". Er bedankte sich ausgiebig und erkundigte sich, ob ich den Grund für den Tumult da draußen wisse. „No idea", knurrte ich. Er musterte mich gründlich, nahm mir die Zeitung aus der Hand, drehte sie herum und steckte sie zwischen meine Finger zurück. Ich hatte sie die ganze Zeit verkehrt herum gehalten!

Endlich ging es weiter. Ich fuhr bis zur Endstation Brixton. Vor lauter Aufregung hatte ich meinen Hunger vergessen. In den letzten vier Tagen hatte ich nichts anderes als Salzstangen, Nüsse und Eier zu mir genommen. Als ich an einem „Fish'n Chips"-Stand vorbeikam, meldete sich der Hunger so heftig zurück, dass ich in Rekordzeit eine XXL-Portion hinunterschlang.

Zurück in Janes Zimmer, packte ich meinen Koffer und hinterließ die knappe Botschaft „Adieu – ich melde mich". Einem väterlichen Freund und Mentor aus Bayswater beichtete ich die Geschichte. „Warum hast du mich nicht angerufen?", fragte er vorwurfsvoll, „ich hätte dir doch geholfen!" Das konnte er jetzt immer noch tun. Er brachte mich zum Flughafen und lieh mir das Geld für den Rückflug nach Deutschland. So brachte die gute alte Lufthansa den geläuterten Fast-Kriminellen wohlbehalten zurück nach Deutschland.

„Jazztime",
45 cm x 57 cm,
Mischtechnik auf
Papier,
1982, Privatbesitz

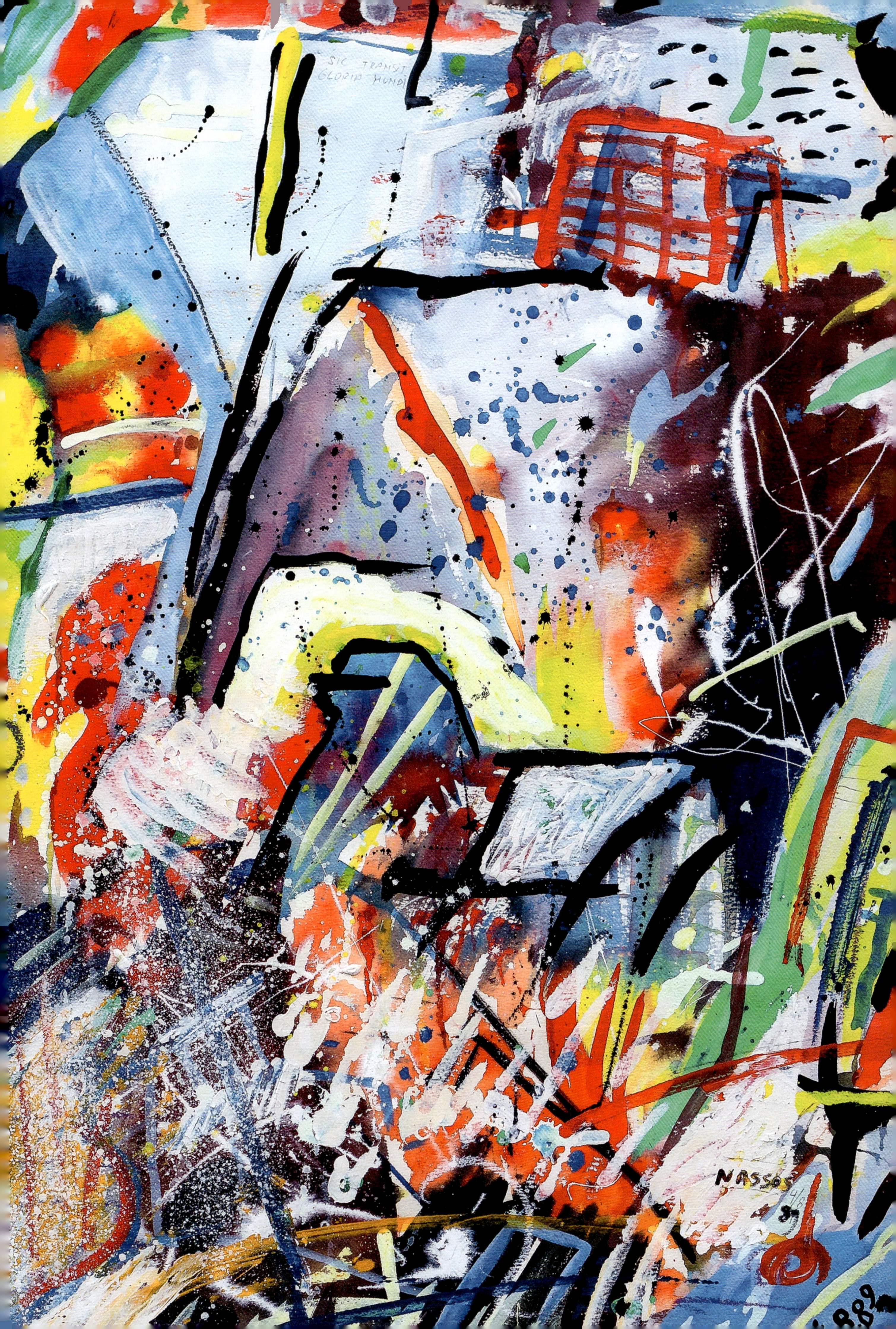
SIC TRANSIT
GLORIA MUNDI
NASSOS

„sichtbare Kryptofragmente", 40 cm x 40 cm, Öl auf Leinwand, 2013

„Pulpogenome camoufliert", 33 cm x 33 cm, Öl auf Leinwand, 2013

oben: „Sommerliche
Wunschgedanken",
30 cm x 40 cm,
Öl auf Leinwand, 2014

rechte Seite:
„Sichtbare Androstenole in
Schwimmpose", 20 cm x 30 cm,
Öl auf Leinwand, 2014

89

„Rundwerdung
des Dreiecks",
40 cm x 40 cm,
Öl auf Leinwand,
2013

„Kulturrestetransit",
40 cm x 100 cm,
Öl auf Leinwand,
2014

„Umzug ins
Unbekannte",
80 cm x 100 cm,
Öl auf Leinwand,
2010,
Privatbesitz

„Reisekrönung",
80 cm x 100 cm,
Öl auf Leinwand,
2012,
Privatbesitz

Das Blau vom Himmel

Eines Sommers besuchte ich meinen Freund Kostas auf der Insel Ikaria. Mit der Fähre dauerte die Reise von Piräus etwa sieben Stunden, wenn alles gut ging. Wenn aber der Meltemi-Wind die Ägäis mit aller Kraft durcheinanderwirbelte oder die Maschine des alten Schiffes streikte, konnte es eine Ewigkeit werden.

Wir kannten uns aus Heidelberg, wo Kostas Philosophie studierte und ich mich auf das Studium an der Kunstakademie Stuttgart vorbereitete.

Es besaß ein einsames Haus hoch über dem Hafen von Ewdylos („die Schöne") auf der Nordseite der Insel, das er liebevoll restauriert hatte. Nun hatte es dreieckige Fenster, einen Turm als Sternwarte und einen als Wasserspeicher. Strom wurde aus der Sonne gewonnen, während das Wasser aus einer Quelle in der Nähe mit einem Schlauch zugeleitet wurde. Und welch unbeschreiblich schöne Aussicht! Das Meer schmiegte sich von West nach Ost am Relief der Insel entlang, weit in der Ferne sah man die Insel Samos.

Als Dädalus, der Erbauer des Palastes und des Labyrinths von König Minos, von Kreta zu fliehen beschloss, schnallte er sich und seinem Sohn Ikarus Flügel auf den Rücken, die mit Wachs zusammengehalten wurden. Ikarus kam zu nah an die Sonne, so dass das Wachs schmolz und er auf Ikaria abstürzte. Nach Dädalus wurde dagegen keine Insel benannt.[1]

Ikaria war schon in der Antike ein beliebter Verbannungsort für alle möglichen unliebsamen Personen gewesen, eine Tradition, die sich bis in die 70er Jahre des letzten Jahrhunderts fortsetzte. Das ging an der einheimischen Inselbevölkerung nicht spurlos vorüber. Sie wurde mit revolutionären Gedanken infiltriert. Da die Exilanten fast alle Intellektuelle waren, hoben sie den durchschnittlichen Bildungsstand der Ikarioten deutlich an. 1912 hatten sich die Inselbewohner für den Freistaat Ikaria entschieden und sich für hundert Jahre an Griechenland angegliedert. Als der Vertrag 2012 auslief, wollte der Präfekt den Zusammenschluss mit Österreich herbeiführen, das sich damit einen Zugang zum Meer verschaffen wollte.[2]

In Griechenland gab es seit 1973 die revolutionäre Gruppe „17. November" (vergleichbar der „Roten Armee Fraktion" in Deutschland oder den „Roten Brigaden" in Italien), die ihren Namen nach dem Datum des Aufstands der Studenten gegen die Diktatur in Griechenland im Jahr 1973 trug. An diesem Tag waren die Panzer der Junta in die Universität von Athen hineingefahren und hatten dreihundert junge Leute getötet. Der „17. November" legte zwei Jahrzehnte lang Bomben, überfiel Banken und ermordete Politiker; die Polizei tappte im Dunkeln, gewollt oder ungewollt. Als die Täter endlich gefasst wurden, waren unter ihnen auch drei Typen aus einem Dorf auf Ikaria. Das ganze Dorf hatte Bescheid gewusst und all die Jahre dicht gehalten!

Ikarioten sind Geschichtenerzähler und Lebenskünstler. Giannis, der Dorfelektriker, erzählte mir, dass er hin und wieder fliegende Fische in der Luft hatte kopulieren sehen; der Fischer Sokrates nahm immer Brotkrümel aufs Meer hinaus, um die die Delfine damit zu belohnen, wenn sie ihm in Erwartung der Leckerli oder aus reinem Spaß die Fische ins Netz gejagt hatten. Als im Zentrum der Insel ein Tunnel für eine Straße durch den Berg gebuddelt wurde, sahen die Arbeiter auf einmal eine weiße Schlange, die angeblich einem Drachen ähnlich sah, und baggerten das Loch wieder zu. Bis heute existiert dort keine Straße.

Es konnte sein, dass der Wirt einer Taverne keine Lust mehr hatte, die Gäste zu bedienen, weil er gerade ein gutes Buch las oder weil es ihm einfach zu viel wurde. „Geh rein, mach deinen Kaffee selber und schmeiß das Geld in die Kasse", hieß es dann. Ab zund zu musste sich der Gast in der Küche das Essen selbst auf die Teller laden.

Ja, im schwer zugänglichen Innern der Insel gab es Dörfer, in denen angeblich Menschen lebten, die nur Altgriechisch sprachen. Nicht einmal die Türken, hieß es, hätten sie entdeckt.

Die Insel knisterte regelrecht unter der Spannung der vielen Sagen und Geschichten, die man umso mehr erwartete, als man ihnen ständig begegnete. Ikaria war im wahrsten Wortsinn sagenumwoben.

Raches, ein Dorf am Fuße des Atheras, des höchsten Berges der Insel, war abends um sieben Uhr wie ausgestorben. Wir hatten zuvor den Atheras erwandert und hatten Hunger und Durst. Ein Einwohner, der gerade aus dem Fenster schaute, erbarmte sich und brachte uns eine Karaffe Wasser: „Ein bisschen Geduld braucht ihr noch", meinte er.

Gegen neun Uhr ging es los: die Tavernen schlossen auf, Supermarkt und Friseur folgten gegen zehn und etwas später die übrigen Läden. Und schon war Leben in der Bude und der Ort voller Menschen, die die Hauptstraße auf und ab promenierten. Erst gegen vier Uhr morgens kehrte Ruhe ein.

Die ersten Tage bei Kostas vergingen wie im Flug. Tagsüber lesend und faul am Strand rumhängend, wurden wir abends in den Tavernen von Ewdylos wieder intellektuell und führten bis in die Morgenstunden tiefsinnige und erbauliche Gespräche, bei denen wir nicht nur Wasser tranken.

Nach einer Woche süßen Nichtstuns kamen bei mir erste Schuldgefühle auf: Wenn ich das Malen allzu lange vernachlässigte, dauerte es umso länger, bis ich wieder im Fluss war. Von nun an wollte ich mittags nach dem Schwimmen ein wenig aquarellieren.

Unter einem großen Feigenbaum vor dem Haus sollte mein Freiluftatelier entstehen. Unter mir die fantastische Sicht auf Hafen und Meer, über mir die ausladenden Äste des Baumes, der mit seinen breiten Blättern kühlen Schatten spendete – was konnte schöner sein? Hinter dem Haus fand ich ein Brett.

„Himmels-
erscheinungen",
180 cm x 100 cm,
Öl auf Leinwand,
2014,
Privatbesitz

Ich legte es über zwei Stühle, das Papier in die Mitte, die Pinsel links und den Aquarellfarbenkasten rechts davon. Meditative Ruhe umgab mich. Bis zum Horizont trug schimmerndes Wasser seine Farbsättigung in Ultramarin und Türkis, um sich ganz in der Ferne im Dunst mit dem Himmelsblau zu verbinden. Ich war bereit.

Gerade wollte ich – in Blau natürlich – den ersten Pinselstrich setzen, als Kostas mit zwei Tassen Kaffee im Schatten ankam. Er umkreiste mein Malbrett und stellt eine Tasse darauf. „Was hast du vor?", fragte er. „Wonach sieht es denn aus?", entgegnete ich. „Dieses Brett ist unter deiner Würde!", antwortete er. „Wir müssen einen Maltisch für dich bauen."

Kostas nahm einen Bleistift und zeichnete einen einfachen Tisch auf meinen jungfräulichen Aquarellblock. Dann versah er er die Zeichnung mit Maßangaben, rechnete den Bedarf an Brettern aus und hielt mir einen ausgiebigen Vortrag über die Bedeutung des Tisches in der Kulturentwicklung der Menschheit im Laufe der Jahrtausende.

Langsam ging der Nachmittag in den Abend über. Ich betrachtete den Sonnenuntergang und lauschte, das dritte Glas feinen Cognacs aus Samos in der Hand, den Ausführungen von Freund Kostas.

Maestro Michalis' kleine Schreinerwerkstatt lag versteckt im Gassengewirr von Ewdylos. Wir erklärten ihm unser Maltisch-Projekt. Er war begeistert. „Machen wir", sagte er. Dann setzten wir uns in die Hafentaverne von Spiros, um beim Essen die Details zu besprechen.

Eine ganze Meute von Michalis' Freunden war auch schon da und begrüßte ihn mit großem Hallo. Michalis bestellte ein opulentes Fischessen, das von einigen Flaschen Retsina begleitet wurde. Damit war der Tag besiegelt und unsere Besprechung auch. Über den Maltisch wurde kein Wort verloren.

Gegen Abend des nächsten Tages kamen wir zur Sache. Maestro Michalis bestellte die Bretter telefonisch in Athen. Binnen zwei bis drei Tagen sollten sie mit dem Schiff im Hafen von Ewdylos angeliefert werden.

Es blieb mir nichts anderes übrig, als mir das Faulsein so angenehm als möglich zu gestalten: Ich schwamm, lag am Strand, fuhr mit Sokrates' Boot zum Fischen hinaus, saß mit der Parea in der Taverne und bewunderte die Rhetorik meines Freundes Kostas.

Am vierten Tag knatterte in der Frühe das Motorrad von Michalis den Berg herauf. „Wir müssen sofort nach Agios Kirikos fahren", sagte er. „Die Bretter sind gestern Abend bei meinem Vetter Kosmas abgegeben worden, nicht in Ewdylos."

Die Hauptstadt lag auf der Südseite der Insel etwa sechzig Kilometer von uns entfernt, eine kurvenreiche Strecke, für die wir fast zwei Stunden brauchten. Wenn ich glaubte, dass wir die Bretter gleich einladen und nach einem Kaffee wieder zurückfahren würden, so wurde ich bald eines Besseren belehrt. „Zum Bretterumladen brauchen wir einen vollen Bauch", meinte Kosmas. Schon hatte seine Frau Evdoxia im Garten aufgetischt. Das Mittagessen zog sich bis in die Nacht hinein. Im Schneckentempo fuhren wir die kurvige Strecke nach Ewdylos zurück.

Am nächsten Tag schauten wir Meister Michalis zu, der wiederum seinen Helfer Aristippos beobachtete, wie dieser Bretter und Tischbeine zuschnitt und mit dem Handhobel bearbeitete. Jetzt musste alles nur noch zusammengeschraubt werden. Bald würde ich mein Blau auf dem Papier verteilen.

Als wir tags darauf in der Schreinerei ankamen, empfing uns Michalis mit betrübtem Gesicht. Die Schrauben seien alle. Er habe nur noch drei gefunden und es gebe keinen Laden in Ikaria, der sie führte. Schon morgens habe er sie in Athen bestellt. Ein Bote werde sie nach Piräus bringen und der Kapitän der Fähre werde sie uns persönlich in Agios Kirikos überreichen. „Auf den einen Tag mehr oder weniger kommt es jetzt auch nicht mehr an", dachte ich.

Wir schwangen uns ins Auto und fuhren so frühzeitig nach Agios Kirikos, dass wir dort noch in den heißen Quellen baden konnten, die direkt aus dem Meer sprudelten und in denen schon John F. Kennedy sein Rückenleiden behandelt haben soll. Anschließend wollten wir uns im Hammam massieren lassen. Schießlich wollte ich etwas für die Gesundheit tun und nicht nur blaumachen, wenn ich schon nicht blaumalen konnte.[3]

Später trafen wir Vetter Kosmas in einer schönen Taverne direkt am Hafen. Wir ließen uns nieder und warteten auf die Fähre. Bis um Mitternacht zeigte sich keine, obwohl das Meer glatt wie Olivenöl dalag. Gegen zwei Uhr morgens hieß es von Hafenmeister, dass die Fähre nicht mehr auf Ikaria anlegen werde; sie sei mit einem Maschinenschaden zur Insel Paros geschleppt worden. „C'est la vie", meinte Kostas. Ich schwieg und träumte auf der Fahrt zurück nach Ewdylos von den vielen unbenutzten Tischen in meinem Atelier in Stuttgart. Aber wo sollte ich dort dieses Blau herbekommen? Sollte ich es vom Himmel herunterlügen?

Ich nahm also geduldig mein Standardprogramm als nichtmalender Maler wieder auf. Als ich am nächsten Morgen auf dem Weg zum Strand an einem Campingplatz vorbeitrabte und mir ein Klapptisch ins Auge fiel, dachte ich: „Das wäre doch die Lösung!" Doch nach weiteren Erkundigungen gab ich auf, denn auch ein Klapptisch musste mit der Fähre aus Athen geliefert werden.

Bei Spiros, dem Wirt, stand hinter dem Haus ein Tisch mit drei Beinen, das vierte lag daneben. Ein paar Nägel – und fertig wäre der Maltisch. Als ich Kostas von meiner Idee erzählte, wehrte er ab. „Soll Spiros von uns denken, dass wir nicht einmal einen Tisch oben auf dem Berg haben?" Dabei war ihm sonst absolut egal, was die Leute über ihn dachten.

Wieder gerieten die Bemühungen ins Stocken, das Projekt erfolgreich zu Ende zu bringen. Maestro Michalis war nirgends zu finden, und die nächste Fähre würde erst in zwei Tagen von Ewdylos nach Piräus schippern. Hier komme ich nicht mehr zum Malen, grübelte ich. Wie lang geht das schon mit diesem Tisch? Zweieinhalb Wochen? Drei? Also zurück ins nördliche Atelier, kein Meer, kein Himmel; das Blau muss ich im Herzen mitnehmen.

Dann tauchte Meister Michalis wieder auf. „Gefunden, ewrika, ewrika", schrie er uns von weitem entgegen. Strahlend holte er aus seiner Tasche zwei Holzstifte. „Damit leimen wir den Tisch zusammen, eine Methode der Ahnen. Der Esstisch meiner Schwiegermutter ist vor hundert Jahren so gemacht worden, der ist immer noch stabil", sprach er weise.

Wieder keimte Hoffnung in mir auf. Vielleicht würden wir es doch noch schaffen? Der August neigte sich bereits dem Ende zu. Im September musste ich in Stuttgart eine Ausstellung vorbereiten.

In der Schreinerei übernahm Michalis nun höchstpersönlich die Fertigung der Stifte und Passungen, während Aristippos staunend zuschaute; wieder hatte er etwas gelernt. Der große Augenblick kam recht formlos daher, denn auf einmal stand der Tisch in voller Pracht vor uns. „Über Nacht muss der Leim trocknen, morgen früh könnt ihr den Tisch abholen", sagte Michalis feierlich.

Kostas schlief noch, als ich in der Nähe der Schreinerei parkte. Michalis war tatsächlich schon da und half, den Tisch ins Auto zu tragen. Hupend wie nach dem griechischen Sieg in der Fußball-Europameisterschaft fuhr ich den Berg hinauf und manövrierte das Auto so nah wie möglich an das Haus heran. Gemeinsam stellten wir den Maltisch unter dem Feigenbaum. Kostas lief drumherum und fixierte ihn mit strengem Blick. „Er ist noch nicht fertig", stellte er fest. „Er muss noch mit Beize eingelassen und lackiert werden." Immerhin steht er schon da, dachte ich. Noch ein Tag, und du kannst den Pinsel in das Blau tunken und es langsam auf das Papier tropfen lassen.

Sofort machten wir uns wieder auf den Weg nach Ewdylos. Michalis hatte keine Beize, aber ein uralter, in den Gassen versteckter Krämerladen hatte beides, Beize in Pulverform und schnelltrocknenden Klarlack.

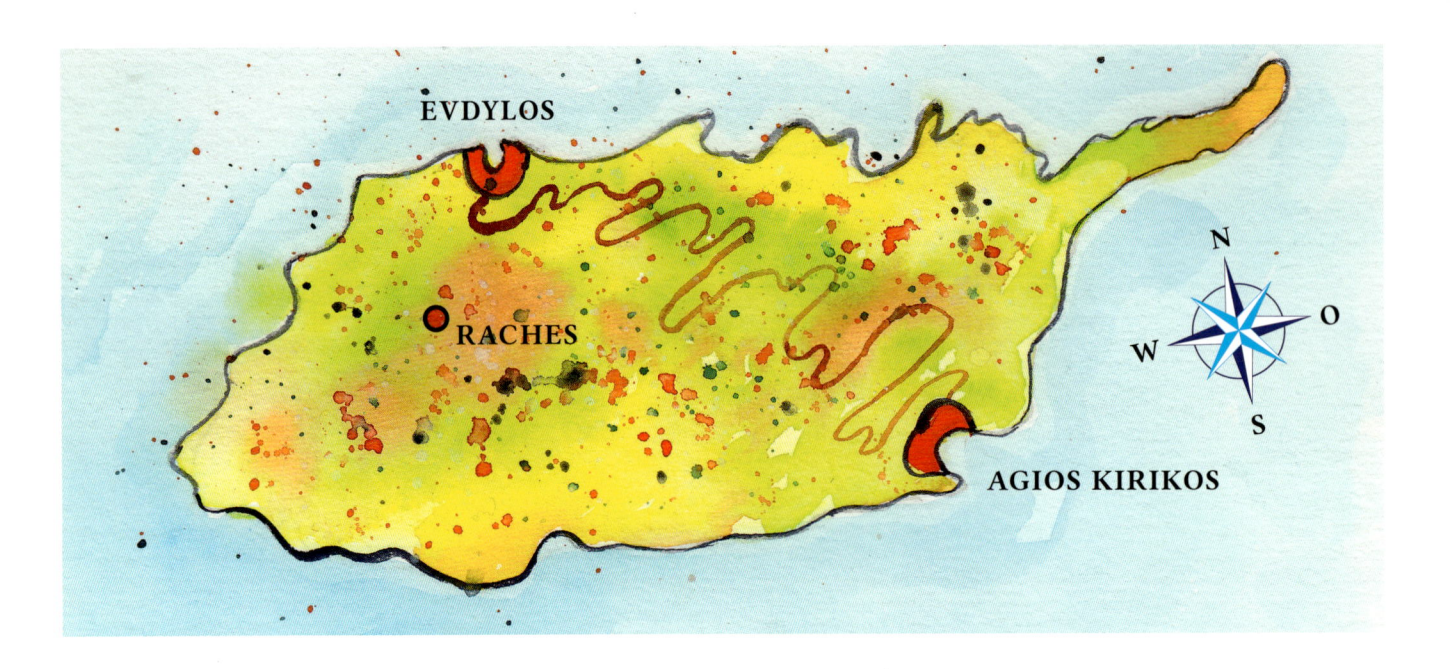

Zurück unter dem Feigenbaum, löste ich die eichenbraune Beize in Wasser auf und verteilte sie gleichmäßig auf dem Holz. Nach einer Stunde bereits konnte ich den zweiten Anstrich auftragen. Als der Tisch dann endlich mit Klarlack überzogen war, betrachteten wir zufrieden das Resultat. Doch etwas fehlte noch. Damit keine Mücken auf den Lack festklebten, drapierten wir ein Moskitonetz, das an einem Ast des Baumes hing, um den Tisch herum. Jetzt sah das Ganze wie ein großes Geschenk aus. „Morgen früh ist der Lack trocken, dann kannst du endlich dein Aquarell malen", sagte Kostas. „Weißt du schon, was du malen willst?" „Nein, ich weiß nur, dass ich mit dem Blau beginnen werde, aber noch nicht, was es werden wird." „Du wirst doch wissen, was du malen willst, oder?", fragte Kostas verwundert weiter. „Einfach nur ins Blaue hineinmalen kann schließlich jeder."

Wir nahmen unsere Badesachen und gingen schwimmen. Unterwegs versuchte ich meinen Freund zu erklären, dass intuitive Malerei auch zu einem Resultat führen kann, genauso wie das Entwickeln philosophischer Gedanken, während man sie niederschreibt. Indem er meine Auslegung der Malerei abkanzelte, lief er rhetorisch zur Höchstform auf. Ich gab meine Verteidigung schnell auf.

Am Abend feierten wir mit der ganzen Parea in Spiros' Hafentaverne die Fertigstellung des Maltisches. Michalis hatte Spendierhosen an und schwadronierte gemeinsam mit Kostas über die Bedeutung der Philosophie für die Kunst und die der Kunst für die Philosophie.

Zwar war es wieder sehr spät geworden, als wir zurück auf dem Berg waren, aber ich schlief wunderbar, denn ich träumte davon, am Morgen endlich das Blaue vom Himmel zu malen.

Es war fast Mittag, als wir unseren ersten Kaffee tranken. Ich schlüpfte unter das Moskitonetz und legte vorsichtig einen Finger auf die lackierte Fläche: trocken! Dann die ganze Hand: auch trocken! Ich begann damit, das Moskitonetz langsam abzuhängen und zusammenzulegen. Kostas blinzelte noch skeptisch in den Tag hinein. Als erstes legte ich den Aquarellblock in die Mitte des Tisches. Die Pinsel auf ein Tuch links daneben. Rechts zwei Gläser mit Wasser und den Aquarellkasten mit den Farben. Dann holte ich mir einen Stuhl, setzte mich und nahm die sensationelle Aussicht in mich auf. Das Ultramarinblau des Meeres war bis zum Horizont hin sichtbar, der exakt abgegrenzt schien. Kleine Schäfchenwolken waren vom aufkommenden Meltemi gleichmäßig in der Weite des Himmels verteilt worden; die Insel Samos war klar und deutlich zu erkennen.

Ich tunkte den Pinsel ins Wasser und mischte ein Blau am Rande des Aquarellkastens. Der Pinsel flog über den Aquarellblock; ein satter blauer Tropfen löste sich wie eine Bombe und fiel auf den Tisch. Als ich den Pinsel zum zweiten Mal in die Farbe tunkte, stand Kostas neben mir und schaute mir missmutig zu.

„Was machst du da?", fragte er.

„Malen, wie du vielleicht siehst", antwortete ich.

„Der Tisch wird schmutzig", gab er zurück. „Am besten, du nimmst das Brett ..."

Von da an besuchte ich meinen Freund Kostas nur noch, um Urlaub von der Malerei zu machen. Auf der Fähre nach Piräus freute ich mich auf die vielen Tische in meinem Stuttgarter Atelier. Übers Meer von Patras bis Ancona und dann über Innsbruck und München nach Stuttgart: In drei Tagen würde ich in Ruhe Blautöne malen können.

Foto: Willy Sievers

[1] Auf Ikaria beerdigte Dädalus seinen Sohn Ikarus, der bei der Flucht von Kreta hier ins Meer gestürzt war. Dädalus und Ikarus hatten ihr Gefängnis, das Labyrinth des Minotauros, mit selbstgefertigten Flügeln verlassen. Im Hafen von Agios Kirykos steht eine neuzeitliche Bronzeplastik, die dieses Ereignis verbildlicht. Dionysos, der Gott des Weines, hatte bei Ikaria eine legendäre Begegnung mit Piraten. Außerdem soll er den Wein von Oinoe (gr. Οίνος, Wein) besonders geschätzt haben. Der ursprüngliche Name der Insel war Doliche (übersetzt etwa die Lange), bis sie schließlich nach Ikarus benannt wurde.

[2] Von 1523 bis 1912 gehörte die Insel zum Osmanischen Reich. Während des Italienisch-Türkischen Krieges 1912 erkämpften die griechischen Einwohner ihre Unabhängigkeit und bildeten den Freistaat Ikaria, der am 17. Juli 1912 an Griechenland angegliedert wurde. Im Zweiten Weltkrieg stand Ikaria erst unter italienischer, später unter deutscher Besatzung. Durch Kampfhandlungen und Repressionen erlitt die Inselbevölkerung sehr hohe Verluste, sowohl an Menschenleben als auch an Wirtschaftsgut. Allein im Dorf Karavostomos sollen über 100 Menschen verhungert sein. Den Entbehrungen des Weltkriegs folgten unmittelbar die des griechischen Bürgerkrieges zwischen Nationalisten und Kommunisten (1946–1948). Die neue griechische Regierung, gebildet aus den siegreichen Nationalisten, benutzte die ausgezehrte Insel als Exil-Ort zur Unterbringung von bis zu 13.000 Kommunisten in Verbannungslagern. Diese Exilanten wurden von den Bewohnern Ikarias aufgenommen und übten auf diese einen beachtlichen ideologischen Einfluss aus. Die Kommunistische Partei Griechenlands (KKE), die gegen Ende des 20. Jahrhunderts im restlichen Land ihre dominante Stellung im linken Spektrum verlor, stellte 2010 alle drei Bürgermeister. Deshalb wird die Insel scherzhaft oder provokativ auch „Rote Insel" genannt. Da sich die Kommunisten damit Zugang zu Privilegien verschafft haben, wurde auch Kritik an „einer bizarren Form des Kommunismus" laut.

[3] Die Thermalquellen von Agios Kirikos sind bereits seit der Antike bekannt. Sie gelten als weltweit stärkste, radioaktive Solequellen und enthalten u. a. Schwefel, Natrium, Radium und Radon. Es ist interessant, dass die Zusammensetzung des Heilwassers, das mit 45–60 Grad aus der Erde kommt, von Strand zu Strand variiert.

G. M. Nassos und die Welt des Wundersamen

Kurz vor seinem Tod im Jahre 2009 gab der britische Schriftsteller und Science-Fiction-Autor James Graham Ballard in einem vielbeachteten Interview ein eindringliches Statement zugunsten von Imagination und Obsession. Darin beschwor er die Antriebskraft jeglichen künstlerischen Aktes: „Halte stets an Deinen Einbildungen (deinen Phantasien) fest. Sei ehrlich mit ihnen. Erkenne sie. Entwickle aus ihnen deine persönliche Mythologie und folge dieser Mythologie mit deiner Kunst, folge den Obsessionen mit der Sicherheit, wie ein Schlafwandler einen Schritt vor den anderen setzt".

Die Werke des Malers und Grafikers Georges Menelaos Nassos erscheinen geradezu als die Illustration einer solchen Aussage. Der Künstler, der sich als europäischer Künstler par exellence begreift und geprägt ist von den Lebenserfahrungen eines Menschen, der über den Tellerrand nationaler Kultur herübergeblickt hat, nimmt seine künstlerischen Obsessionen und Visionen als seinen eigenen Mythos an. Sie erscheinen ihm wie eine innere Macht, die nicht nur das Selbst immer wieder überrascht. Sie sind ihm ein Lebenselixier, das sich aus unergründlichen Quellen zu speisen scheint.

Georges Menelaos Nassos' Phantasien materialisieren sich in der spielerischen Reaktion auf das geballte, kulturell vielschichtige Erbe, in das sein Leben und sein künstlerischer Werdegang eingebettet sind. Es ist das reiche Erbe tschechischer, griechischer, französischer, deutscher Kultur und Geschichtserfahrung, in denen der Künstler zuhause ist und das ihm erlaubt, transnationale Erfahrung in die universelle, völkerübergreifende Sprache der Kunst umzusetzen.

Die Biographie von Georges Menelaos Nassos ist geprägt von den einschneidenden Ereignissen des zwanzigsten und einundzwanzigsten Jahrhunderts – Krieg, Mobilität, Fremdsein und Nachhausefinden. Er ist der Sohn eines tschechischen Vaters und einer griechischen Mutter, die im Zweiten Weltkrieg von der Wehrmacht nach Tschechien verschleppt wurde. Elfjährig zieht er mit der Mutter nach Griechenland und findet sich als Kind mitten in einer vom Bürgerkrieg zerrissenen Gesellschaft wieder. Nach nur zwei Jahren macht er sich in Begleitung eines Freundes gen Westen auf. Ziel ist Tschechien, das Land seiner Kindheit, doch der junge Mann verbleibt in Deutschland, wo er sich in Stuttgart zum Mechaniker ausbilden lässt. Es folgen Jahre, in denen er, einem modernen Odysseus gleich, die Welt erkundet: England, die skandinavischen Länder, die Niederlande und vor allem Frankreich werden zu wichtigen Stationen in seinem Leben, legen in ihm die Resonanzbereitschaft für das Kulturell-Spezifische seiner jeweiligen Lebensumwelt frei, für die Orientierungswerte einer die Nationalgrenzen überschreitenden gemeinsamen europäischen Kultur.

Schließlich wirft er seinen Anker endgültig im Schwäbischen aus, studiert an der Kunstakademie Stuttgart bei Prof. Kurt Rudolf Hoffmann Sonderborg und heiratet eine Schwäbin. Georges Menelaos Nassos hat heute seinen Lebensmittelpunkt als freier Künstler in Stuttgart, ist aber zugleich ein Wanderer im gesamteuropäischen Raum geblieben.

Ein Katalog kann in der Begrenztheit seines Umfangs nur gezielte Einblicke in das Schaffen eines Künstlers bieten. Streiflichter sind es, die uns, die Leser und Betrachter, seine künstlerische Welt nur punktuell erhellen und sich als Appetithäppchen auf mehr anbieten.

Auf den ersten Blick spricht einen im Schaffen von Georges Menelaos Nassos die intensive Farbigkeit der Bilder als eine Konstante an. Die Farbe ist ihm das primäre Ereignis, sie ist Niederschlag der erwähnten Obsessionen und Emotionen, sie ist die eine visuelle Spur des aus Emotionen geborenen Gestus. Sie ist zugleich der Malgrund, im wahrsten Sinne der farbliche Ersatz für die architektonischen Dimensionen des Bildraumes. Zugleich ist sie die

Spielfläche für die andere künstlerische Ebene, die das Spezifische von Georg Nassos' Kunst ausmacht. Hier kommt neben dem Maler der Graphiker Nassos ins Spiel.

Vor der intensiven Leuchtkraft des malerischen Hintergrundes tummeln sich Phantasiefiguren, mal leicht schwebend, mal dynamisch auf Konfrontation und Kollision ausgerichtet, mal beflügelt, mal sich kugelnd und vorankämpfend. Sie lassen beim Betrachter die Ahnung eines Déjà-vu aufkommen und sich als kulturelle Signaturen eines frühzeitlichen Formenvokabulars interpretieren. Man denkt an die griechische Antike oder aber an die vorkolumbianischen Kulturen, die es dem Künstler, nach eigenem Bekunden, angetan haben und als künstlerischer Niederschlag der Eindrücke eines Reisenden in Sachen Kultur gelten können.

Zugleich aber wird der Stoff durch das figürlich virtuose Inspiel des Künstlers in etwas ganz Neues überführt. In einem hintergründig charmierenden Dialog mit den auf die Antike ausgerichteten Seh-Erwartungen der Betrachter überführt der Künstler den alten Stoff in eine ganz persönliche Formenwelt des Wunderbaren. Dieses Wunderbare ist mal in den verrätselten Bilderzählungen fassbar, mal im „Dialog" der Figuren miteinander, wobei man vergebens nach einem vordergründig fassbaren Sinn sucht. Für Georg Nassos bleibt die Kunst ein Spiel, seine Bildräume entziehen sich ebenso jeglicher krampfhaften kulturgeschichtlichen Sinnsuche wie einer Deutung aufgrund biographischer Erlebnisse oder Herkunft. Sie bleiben magische Räume, die, mit phantastischen Figuren besetzt, die Grenzräume im obsessiven Spiel des Künstlers mit Phantasie und Farbobsession ausloten und einzig und allein der universalen Sprache des künstlerisch Schöpferischen sprechen.

Irmgard Sedler

„Monday-Monday",
70 cm x 50 cm,
Öl auf Leinwand,
2009

„Die fette Helena",
Eisen, Bootslacke
320 cm hoch,
1991

Rechte und die beiden folgenden Seiten:

Zu meinen Holzobjekten: In den verfallenen Ruinen, die verstreut in der Umgebung des Dorfes in der Provence existieren, sammelte ich auf meinen Spaziergängen immer wieder Spuren des Lebens aus der Vergangenheit, wie Holzstücke aus Möbeln, Dachsparren oder verwitterte Fensterläden. Manche faszinierten mich durch ihre witterungsbedingten Oberflächenstrukturen, so dass ich sie vor dem Schicksal der Verbrennung zum Zwecke des Wärmens rettete. Diese wurden dann zusammengesetzt und bemalt. Nun bekamen sie wieder einen Sinn, wurden ein Kunstwerk und sind zum Leben erweckt, ein spirituelles Recycling sozusagen.

rechts:
uraltes provençalisches Eichenbrett,
230 cm hoch,
Öl auf Holz,
2015,

ganz rechts:
uraltes provençalisches Eichenbrett,
225 cm hoch,
Öl auf Holz,
2013,
Privatbesitz

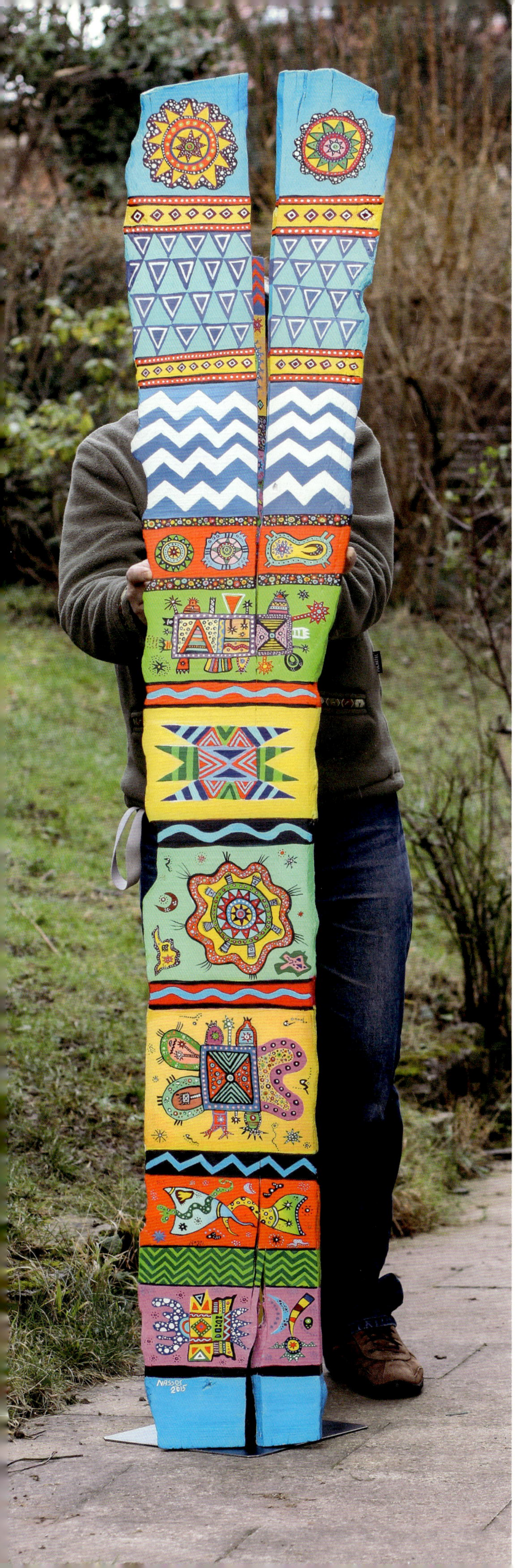

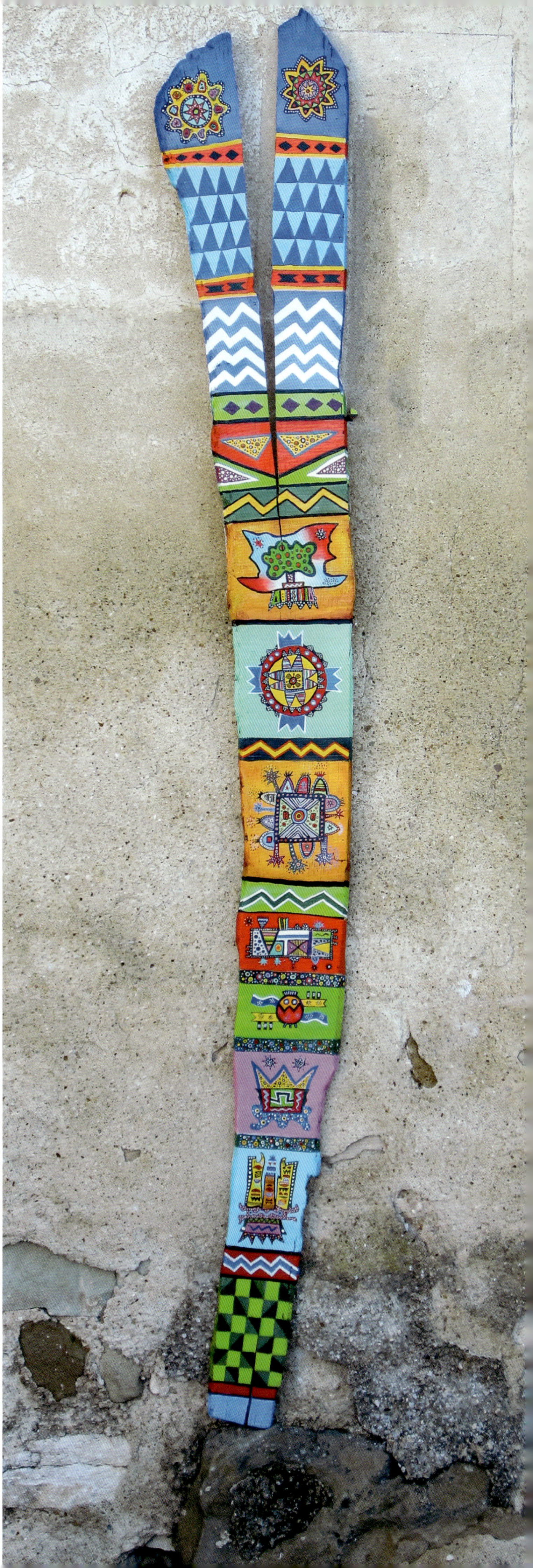

„Ménage à trois triangles",
65 cm x 50 cm,
Öl auf Holz, 2011,
Privatbesitz

„Ohne Titel",
64 cm x 52 cm,
Öl auf Holz,
2000,
Privatbesitz

„Ohne Titel", 68 cm x 75 cm, Öl auf Holz 2006, Privatbesitz

„Jia mas", 175 cm x 80 cm, Öl auf Holz 2005, Privatbesitz

Fulda oder der Mann mit dem Koffer am Seil

1969

Geläutert von den Ereignissen in London, wollte ich von nun an unbedingt ein aufrichtiges, „nichtkriminelles" Leben beginnen.

Fulda schien mir dafür der passende Ort zu sein. Niemand kannte mich hier. Vor allem aber lebte in der Nähe, in Bad Salzschlirf, meine damals dreijährige Tochter Veronika mit ihrer Mutter.

Zunächst quartierte ich mich im „Wienerwald" ein, einem Hotel mitten in der Stadt. Arbeit fand ich im nahegelegenen Schnellimbiss als Kellner, doch schon bald wechselte ich in den Offiziersclub der US-Army. Immer wieder grübelte ich, wie ich Kontakt zu meiner Tochter aufnehmen könnte, die ich seit ihrer Geburt nicht gesehen hatte. Die Mutter gestattete es nicht, sie wollte zuerst Geld sehen.

Ein einziges Mal klingelte ich an ihrer Tür und wurde prompt abgewiesen. Weitere Versuche unternahm ich von da an nicht mehr. Zu eindeutig waren in dieser Zeit die Rechte des Vaters am eigenen Kind geregelt: Es gab keine!

Mit der Zeit wurde mir das Wohnen im „Wienerwald" zu kostspielig und ich nahm mir ein preiswerteres Zimmer in einer Pension am Petersberg, einem Vorort von Fulda. Die Pension beherbergte immer wieder Musiker aus Polen oder der Tschechoslowakei, die rund um Fulda auf Tournee waren.

Alle paar Wochen geschahen hier jedoch mysteriöse Dinge. Frau Korte, die Wirtin, bekam glasige Augen und lallte. Auch der Wirt war wie ausgewechselt. Sonst die Ruhe und Freundlichkeit in Person, erprobte er seine neue rauh-heisere Stimme im Befehlston. Derweil wurde, sehr diskret, der geräumige Festsaal mit Bühne für eine Veranstaltung dekoriert. Korte passte auf wie ein Schießhund, dass niemand auch nur einen Blick hineinwarf. Kurz darauf standen teure Autos mit Nummernschildern aus ganz Deutschland auf dem Parkplatz.

Was dahintersteckte, erfuhr ich zunächst nicht, denn ich arbeitete inzwischen bis in die Nacht in der Disco „Palette" und kehrte erst in den frühen Morgenstunden in die Pension zurück, wenn die geheimnisvollen Veranstaltungen längst vorbei waren.

Die „Palette" war ein beliebter Treffpunkt. Inhaber der Disco war Johannes, den alle nur „Heino" nannten. Heino war ein Wikingertyp. Blond, mit blauen Augen, die auch nachts von einer Sonnenbrille verdeckt waren, hatte er eine frappierende Ähnlichkeit mit dem Original.

Der einzige Kellner in dem Tanzschuppen war der „Tiger". So nannten mich die Gäste, weil ich lauter als die Musik brüllen und katzengleich die Getränke zwischen den Tanzenden hindurchbalancieren konnte. Der Job in der Provinzdisco machte Spaß, aber der Verdienst reichte knapp für Miete und Klamotten.

Heino stand meistens unbeweglich hinter der Bar und machte seinem Spitznamen alle Ehre. In mein Leben war so etwas wie Normalität eingesickert. Mit Veronika war ich dagegen kein Stück weitergekommen. Jeglicher Kontakt wurde mir verweigert.

Inzwischen hatte ich im zweiten Anlauf die Führerscheinprüfung bestanden, womit sich völlig neue Möglichkeiten ergaben. Und auch in der Pension war alles wieder wie gewohnt: Frau Wirtin war nett und hilfsbereit, Herr Korte höflich und leise.

Bis an einem Samstag die mir schon bekannten Anzeichen davon kündeten, dass etwas im Gange war. Die Wirtin, mit starrem Blick, trug mal wieder Schnaps-Parfüm und Korte wachte polternd vor dem Saal, in dem Handwerker arbeiteten und Lautsprecherproben tönten.

An jenem Abend wurde ein wichtiges Fußballspiel im Fernsehen übertragen. Selbst in der „Palette" war nichts los, so dass ich früher als üblich zurückkam. Kurz vor Mitternacht stand ich vor verschlossener Tür: Sie war von innen verriegelt. Mein Schlüssel half mir wenig. Durch die Scheibe konnte ich Frau Korte sehen, die unbeweglich wie eine Statue mitten im Eingangsbereich stand und reichlich verloren wirkte.

Portrait G. M. Nassos, Zeichnung von Waltraud Monika Fischer †, Tusche auf Papier, 1979, 60 cm x 70 cm

*Januar 1969
als Kellner in Fulda*

Der Weg zum Hinterausgang führte mich über einen kleinen Hof direkt an den Mülltonnen vorbei. Die Hintertür war offen und ich schlich hinein.

Im Inneren hörte ich den Klang eines inbrünstigen Männerchores. Liedfetzen wie „… hatt' einen Kameraden" drangen aus dem Festsaal. Die Seitenwände waren beweglich und ließen sich einen Spalt weit öffnen. Jetzt wollte ich es wissen! Was ich sah, verschlug mir den Atem.

Lange rote Fahnen, in deren Mitte auf weißem Kreis das Hakenkreuz prangte, dekorierten die Bühne; vor dem Rednerpult stand ein Mann in Uniform, um den Arm eine rote Binde, Hakenkreuz wieder inbegriffen. Sechzig, siebzig Männer standen stramm und sangen. Als der Gesang endete, legte der Mann am Stehpult eine Schallplatte auf. Eine krächzende, sich überschlagende Stimme tönte aus den Lautsprechern. Auf das weinerlich schreiend fragende „… wollt ihrrrrrrr den totalen Krrrrrrrieg?" brüllten die Stehenden ihr „Jaaaaahhh!" im Chor zurück, den rrrrechten Arm zum Hitlerrrrgrrrruß ausgestrrrrreckt.

Würg. Ich hatte genug gesehen. Aus diesem Nazinest musste ich schnellstens verschwinden. Zunächst kehrte ich in den teuren „Wienerwald" zurück.

Detlef, ein befreundeter Gast der „Palette", wunderte sich nicht im geringsten über meine Beobachtungen auf dem Petersberg. Fulda sei durch und durch schwarzbraun, klärte er mich auf. Mit einem Mal war mir dieser Ort unerträglich geworden, in dem ich nicht einmal meine Tochter sehen durfte. Nur der Geldmangel hinderte mich daran, sofort abzuhauen. Detlef bot an, mich bei Bedarf nach Frankfurt zu fahren, und so reifte in meinem Kopf ein Plan, allerdings nicht der eines Ehrenmannes.

Freitag war in der Regel der Tag des größten Umsatzes in der „Palette" – und dieser sollte mein Fluchtgeld werden. Der Plan sah vor, um Mitternacht mit den Einnahmen des Abends nach Frankfurt abzuhauen, um von dort aus nach London zu kommen. Die Miete im „Wienerwald" war mir ebenfalls zu einer Last geworden, die ich nicht unbedingt tragen wollte.

Detlev war von meiner kriminellen Energie hellauf begeistert und bot sich mir sofort als Fahrer an. Die Fahrkarte für den Zug Frankfurt-London hatte ich bereits in der Tasche.

Nachts um halb drei war im „Wienerwald" nur die Rezeption besetzt. Mein Zimmer im ersten Stock befand sich direkt über der Eingangstür. Auf dem stillen, menschenleeren Platz vor dem Hotel spazierte Detlef im Kreis herum und spielte den Betrunkenen. Ich würde meinen Koffer mit einem Seil aus dem Fenster herunterlassen, er ihn im Empfang nehmen. Drohte Gefahr, würde er das Deutschlandlied pfeifen: in dieser Umgebung eine hoffentlich perfekte Tarnung.

Kaum hatte ich begonnen, den Koffer aus dem Fenster abzuseilen, fing Detlef draußen an zu pfeifen. Ich hielt inne und sah, dass der Koffer knapp einen Meter über dem Kopf des Rezeptionisten baumelte. Der Gute war für ein bisschen frische Luft vor die Türe gegangen. Kopfschüttelnd beobachtete er den Betrunkenen, der eine bekannte Melodie vor sich hinpfiff.

Ich erstarrte am offenen Fenster. Der Koffer bewegte sich nahe der Mauer leise hin und her. Schrammte er dagegen, wäre es aus mit mir. Nach einer fast ewig dauernden Minute ging der Kerl wieder hinein und schloss die Tür.

Detlef übernahm den Koffer und verstaute ihn im Auto. Dann kam meine letzte Nacht im „Wienerwald".

Plan A, Teil zwei, der Freitagabend: Die Disco war brechend voll, fetter Umsatz garantiert. Detlef saß an der Bar, ich versorgte ihn mit Whisky. Abgemacht war, genau um Mitternacht die Fliege zu machen. Dazu musste Detlef etwas früher hinausgehen und das Auto mit laufendem Motor vor der Disco parken. Der „Tiger" sollte in Kellneroutfit mit der Abendkasse zu ihm ins Auto springen und ab sollte es gehen.

Ich bediente die Gäste mit großer Hingabe. Nicht nur, um den Umsatz zu steigern, vielmehr waren mir einige von ihnen mit der Zeit so sympathisch geworden, dass ich traurig war, mich nicht von ihnen verabschieden zu können.

Doch der Whisky hatte nicht die erwünschte Wirkung auf Detlef. Im Gegenteil: Ihm wurde ihm das Ganze plötzlich mulmig. Auf den Wegen zwischen den Gästen und der Bar bedachte ich ihn mit aufmunternden Worten wie „Mann, reiß dich zusammen, wir ziehen das jetzt durch!"

Ohne Erfolg. Kurz vor Mitternacht, der Umsatz hatte schätzungsweise 450 Mark erreicht, weigerte er sich, das Auto zu holen. Der Plan stand auf der Kippe. „Detlef, bitte! Lass mich nicht hängen", redete ich mit Engelszungen auf ihn ein. „Hier, trink noch einen, und dann los." Der letzte Whisky schien ihm wieder Mut gemacht zu haben, denn er stand auf, um das Auto zu holen.

Es war halb eins, als ich vorgab, kurz Luft schnappen zu wollen. Hinter mir hörte ich einen Gast laut nach dem „Tiger" rufen. Sollte er mich hier finden, kurz vor dem Sprung? Also nichts wie rein ins Auto, doch wieder zögerte Detlef. Meine Nerven lagen blank. „Fahr los, verdammt nochmal", schnauzte ich ihn an. Endlich fuhr das Auto los, ein wunderschöner alter DKW mit Holzleisten außen und einer Holzvertäfelung als Armaturenbrett.

Auf der Landstraße herrschte dichter Nebel, so dass wir nur langsam vorankamen. Um kurz nach fünf würde der Zug nach Frankfurt abfahren. Den musste ich einfach erreichen.

Als wir endlich auf der Autobahn waren, hatte sich auch der Nebel gelichtet. Der alte DKW nahm Fahrt auf und ich entspannte mich auf dem Beifahrersitz. Es gelang mir sogar, mein schlechtes Gewissen zu verdrängen und mich auf London und Jane zu freuen. Mit einem Mal gab es ein Geräusch, als ob ein paar Hundert Teller auf einem Betonboden zerschellen würden. Und schon blieb der schöne alte DKW mit knirschendem Getriebeschaden auf dem Standstreifen stehen. War das die Strafe des Allmächtigen für meine Sünden? Du sollst nicht stehlen!

Da hielt ein Fiat mit italienischen Kennzeichen neben uns. Ob wir Hilfe bräuchten? Oh ja! Auf meine auf Englisch gestammelte Frage, ob sie mich mitnehmen könnten, hieß es nur: „Sì, sì – no problem."

So kam ich zum Darmstädter Bahnhof und erreichte einen Zug nach Frankfurt, der kein anderer war als mein Zug nach London. So gerettet, war meine bußfertige Scheinheiligkeit oder scheinheilige Bußfertigkeit schnell verflogen.

Auf der Fähre von Ostende nach Dover schnippte ich den Zimmerschlüssel des „Wienerwald" in den Ärmelkanal. In Dover angekommen, rief ich Jane an. Seit meiner Abreise aus London hatte sie kein Lebenszeichen von mir erhalten, weshalb ich ihrer Distanziertheit keinerlei Bedeutung beimaß. Wir verabredeten uns für den Mittag in der Cafeteria der Uni in Moorgate. Ihre Begrüßung war recht förmlich, doch auch darauf gab ich nichts weiter.

In der Cafeteria war merkwürdigerweise außer uns kein Gast zu sehen. Kaum hatten wir uns einen Tee geholt, als vier Herren an unseren Tisch kamen und höflich fragten, ob sie sich dazusetzen dürften. Die Gentlemen

„Der Flüsterer",
100 cm x 120 cm,
Öl auf Leinwand,
1987

umkreisten mich und zeigten fast gleichzeitig vier Dienstmarken. "Scotland Yard, are you Mr. Nassos?" Bevor ich noch mit „Yes" antworten konnte, schnappten schon die Handschellen zu. Jetzt wusste ich, warum Jane so komisch gewesen war!

Noch am selben Tag wurde ich Insasse des Gefängnisses von Brixton; im Süden von London, wo ich bis zur Gerichtsverhandlung in U-Haft sitzen sollte.

In meiner Dreibettzelle hießen mich ein Afrikaner, ein Hüne von Mann, schwärzer als schwarz, und ein kleiner Rothaariger mit unzähligen Sommersprossen im Gesicht willkommen. Die beiden lachten sich halbtot, als ich ihnen, ganz deutsch, die Hand geben wollte. Meine anfängliche Furcht verflog schnell, denn sie waren freundlich und liebenswert und rissen Witze, über die wir von morgens bis abends lachten.

Basile stammte aus Ghana. Er war bei einer Kontrolle am Hyde-Park mit einem Kilo „Mary-Jane" im Kofferraum seines Autos erwischt worden. John, der Rotschopf, war – wie konnte es anders sein – Ire. Als Kleptomane war er zum x-ten Mal im „Harrods" beim Klauen ertappt worden. Beide warteten auf ihre Verhandlung.

Die Wärter waren locker und nett. Die Zelle stand tagsüber offen, so dass wir im Flur spazierengehen konnten. Schließlich waren wir nur Untersuchungshäftlinge. Auch das Essen war ordentlich und reichlich.

Schon nach zwei Tagen waren wir eine verschworene Lachzellenwohngemeinschaft und erzählten uns wahre und erfundene Geschichten, um die Zeit totzuschlagen. Das wenige, was wir hatten, wurde brüderlich geteilt. Zu meiner Verwunderung betete Basile jeden Abend für uns, sobald das Licht aus war.

Mir wurde ein junger Pflichtanwalt zugeteilt, der einen engagierten Eindruck machte. Nach 14 Tagen U-Haft kam meine Verhandlung. Ich war angeklagt wegen des Diebstahls in „Bobbys Bar". Dem Richter versuchte ich klarzumachen, dass ich von mehreren Stapeln Geldscheinen nur fünfzig Pfund an mich genommen hatte. "Sir, I was hungry", verteidigte ich mich. Meine restliche Barschaft wurde konfisziert und ging an „Bobbys Bar".

Der Richter verurteilte mich zu drei Monaten Gefängnis, die drei Jahre zur Bewährung ausgesetzt wurden. Hätte er gewusst, dass auch die einbehaltene Kohle geklaut war, wäre das Urteil mit Sicherheit anders ausgefallen. Er ermahnte mich, nicht mehr ohne Arbeitspapiere zu jobben. Andernfalls hätte ich die drei Monate abzusitzen und würde zusätzlich nach Griechenland ausgewiesen werden. Beim Hinausgehen rief er mich ohne meinen Anwalt zurück und drückte mir heimlich zwanzig Pfund in die Hand. Bei so viel Fairness plagte mich mein Gewissen doch sehr!

Der Abschied von Basile und John fiel mir schwer. Gerne wäre ich noch eine Weile bei den zwei Freunden im Knast geblieben.

Wieder einmal wusste ich nicht wohin. Basile schrieb mir eine Adresse auf eine leere Zigarettenschachtel. „Da gehst du jetzt sofort hin. Meine Familie wohnt dort, die helfen dir weiter. Grüße sie von mir und sage ihnen, dass es mir gut geht."

Zum Schluss steckte er mir noch etwas Kleingeld für die „Tube" zu. Wir drei Männer lagen uns fast weinend in den Armen. „God is with you", rief mir Basile hinterher.

Vom Knast fuhr ich mit der „Tube" direkt zu Basiles Familie in der Nähe der Portobello Road. Bis auf ein vermutlich adoptiertes weißes Kind waren alle Familienmitglieder kohlrabenschwarz. Mindestens sieben Kinder und ein Dutzend Erwachsene wohnten in einem Haus. Ich wurde herzlich aufgenommen und musste genauestens von Basile und dem Knast berichten.

Mir wurde eine Minikammer als Schlafplatz zugewiesen. Zum Abendessen saßen alle um den Tisch herum, gospelten Gebete und priesen den Herrn. Als die Kinder im Bett waren, erzählte ich, warum ich im Gefängnis in Brixton gewesen war und dass ich nun

„Börsenparty",
110 cm x 150 cm,
Öl auf Leinwand,
1988

für mein weiteres Leben eine saubere Weste behalten wollte, worauf Gott umso lauter gepriesen wurde.

Neben meinem Bett lagen mehrere Ausgaben von „The Watchtower". Aha, die Zeugen Jehovas, deshalb so viele Gebete, dachte ich. Drei Tage genoss ich die Gastfreundschaft der Basile-Familie. Mit einer von ihnen bezahlten Fahrkarte nach Utrecht in der Tasche verabschiedete ich mich von diesen liebenswerten Leuten. Und wieder hatte ich eine Adresse dabei.

Auf der Kanalfähre dachte ich an den Schlüssel vom „Wienerwald", der irgendwo in der Tiefe vor sich hin rostete. Auch an Detlef, „Heino" und die Gäste der „Palette" musste ich immer wieder denken. Sie alle waren sicherlich sehr von mir enttäuscht, und ich gelobte, alles in Ordnung zu bringen, sobald ich zu ehrlichem Geld gekommen war.

Ich dachte an die braven Afrikaner in London, die mir so selbstlos geholfen hatten, und an den mildtätigen Richter, der mir, trotz Verurteilung, auch noch Geld zugesteckt hatte. Ohne Zweifel stand mir das Glück zur Seite, aber wie lange noch? Es war an der Zeit, etwas aus meinem Leben zu machen. So konnte es auf keinen Fall weitergehen!

Meine Unterkunft in Utrecht bei Jan und Antje war ein helles, modern eingerichtetes Zimmer mit Blick in einen Garten. Zu meiner Verwunderung umarmten sie mich bei meiner Ankunft. Offenbar waren sie so gut mit Basiles Familie befreundet, dass sie einen Freund der Freunde selbstverständlich ins Herz schlossen.

Ich meldete mich an, um Arbeitspapiere zu erhalten. Da mir das als Grieche nicht möglich war, wurde ich wieder zum Tschechen Jiří Trdlička.

Der Prager Frühling war den Tschechen im August 1968 von ihren Brudervölkern ausgetrieben worden, allen voran von den Russen. Daher hatten die Tschechen bei den Westeuropäern einen Stein im Brett. Also wurde ich zum politischen Flüchtling aus Pilsen, was ja im Prinzip auch stimmte – schließlich war es meine Geburtsstadt. Die Aussicht auf Asyl verschaffte mir eine vorläufige Arbeitserlaubnis. Offenbar geht auf dieser Welt eben nichts ohne faule Tricks, dachte ich bei mir.

Dann stand ich in einer kleinen Fabrik für Metallverarbeitung an der Drehbank. Doch kein Vergleich zu Stuttgart: Hier war alles entspannt. Es gab keinen Akkord-Stress, sondern viel Abwechslung an der Maschine, der Tag begann gemütlich um neun Uhr morgens, ohne Stechuhr. Traumhaft.

Das Leben in Utrecht wurde zur schönen Routine. Am Wochenende ging's ins Kino oder in einen der zahlreichen Clubs zum Tanzen. Im Wintergarten spielte ich mit Jan abends Schach, und er sprach dabei über seinem Glauben, der ihn glücklich machte. Auch die Kollegen in der Fabrik und der Chef waren Zeugen Jehovas.

So verging der erste Monat. Im zweiten meldete ich mich zur Nachtschicht, um etwas mehr Geld zu verdienen, denn ich wollte ja „Heino" die geklauten 450 Mark zurückbezahlen. Am Ende des dritten jedoch wurde es ungemütlich. Zwei Polizisten in Zivil besuchten mich während der Nachtschicht und unterbrachen mein meditatives Tun an der Drehbank. „Heer Nassos, we moeten nemen naar het politiebureau met!" Verdammt, woher wissen die denn meinen ‚wahren' Namen?, überlegte ich entsetzt, als mir einfiel, dass ich ihn bei Jan und Antje angegeben hatte, die mich vermutlich so angemeldet hatten.

Auf der Polizeiwache wurde mir eröffnet, dass man mich nach Griechenland ausweisen würde. Ein Horror! Allerdings könne ich mich noch zwischen Flugzeug und Zug entscheiden. Hoffnung keimte in mir auf. Ohne Zögern wählte ich den Zug. „Wir müssen Sie im Zug bis zur deutschen Grenze begleiten, dann fahren Sie allein weiter", so die Polizisten. Das war Glück im Unglück. Aber was, wenn mich nun auch die deutsche Polizei wegen der Geschichte in Fulda suchte?

Unter Aufsicht der Zivilen durfte ich am nächsten Tag meinen Koffer packen und

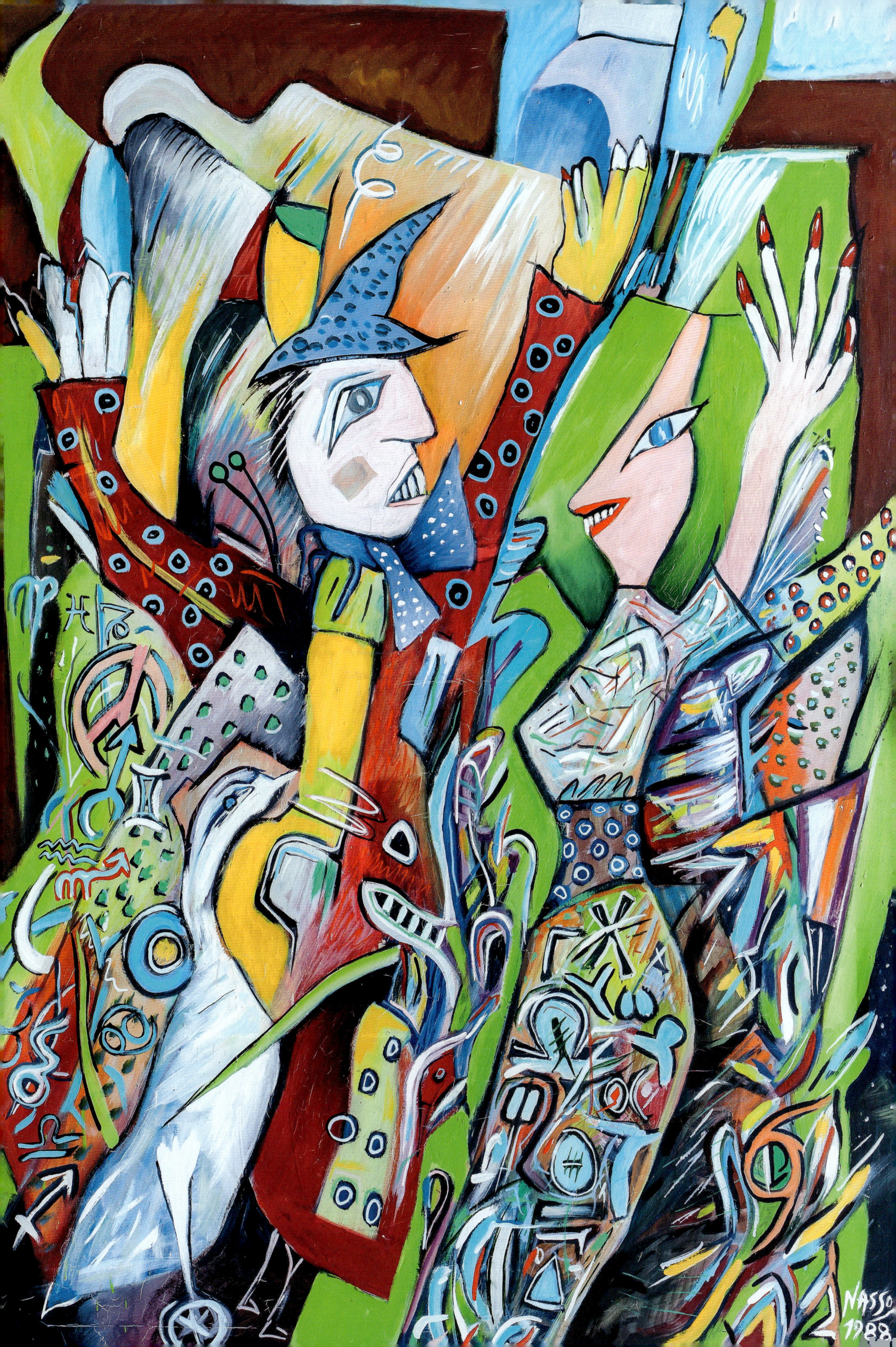
NASSO
1988

mich von Antje und Jan verabschieden. An der Grenze verschwanden meine Begleiter. Der deutsche Zoll würdigte mich keines Blickes. Der Zug fuhr über Aachen, Köln, Koblenz, Frankfurt, Karlsruhe und Stuttgart nach München und von dort über Salzburg und den Balkan bis Athen.

Während der Fahrt hatte ich Zeit, über die beiden letzten, bewegten Jahre nachzudenken. Eines wurde mir klar: So konnte es nicht weitergehen. Vielleicht musste ich Geduld haben und einfach eine Zeitlang als Mechaniker arbeiten. Ich musste endlich meine Bestimmung auf dieser Welt herausfinden.

Und wo verließ ich den Zug? Natürlich in Stuttgart. Am Schalter ließ ich mir die 120 Mark für die restliche Strecke nach Athen ausbezahlen. Und was jetzt?

In einer Wirtschaft nahe der Königstraße studierte ich die Stellenanzeigen in der Lokalzeitung. „Firma Progress in Stuttgart-Botnang sucht dringend Mechaniker, möbliertes Zimmer vorhanden." Na also, zwei Fliegen mit einer Klappe, Wohnen und Arbeit!

Kurz darauf arbeitete ich in der Fabrik und wohnte in einem möblierten Zimmer bei einer katholischen Vermieterin, Trägerin des silbernen Kehrwochenbesens am Bande. Drei Monate lang erschien pünktlich ich zur Arbeit und machte sogar Überstunden. Die Abende verbrachte ich als Science-Fiction- und Groschenromane lesender Eremit. Nur selten blieb mir noch die Energie zu malen. Allerdings waren die entstandenen Bilder allesamt am nächsten Tag verschwunden.

Schließlich gab die Hauswirtin zu, die „Papierle" mit den Kritzeleien jedesmal zu entsorgen, wenn sie mein Zimmer aufräumte, und gab mir bei der Gelegenheit Anweisungen, wie ich das WC zu benützen hätte, damit alles schön reinlich bliebe.

Es war Juli 1969, die erste Mondlandung stand bevor. Ich hatte bei der Arbeit ein kleines Transistorradio in der Tasche und hörte über Ohrhörer der Live-Übertragung zu. Die Verwarnung des Meisters überhörte ich; da riß er mir den Stöpsel aus einem Ohr. Reflexartig packte ich ihn am Kragen; fast hätte ich ihm eine gescheuert. Natürlich stand ich eine halbe Stunde später auf der Straße.

Mir war es recht. Das war nicht meine Welt. Diese Form der Arbeit zehrte an meinen Kräften und lähmte meinen Geist. Ich brauchte etwas Sinnstiftendes, das mich als ganzen Menschen ansprach. Etwas, mit dem ich mich wirklich identifizieren konnte.

„Ohne Titel",
30 cm x 40 cm,
Öl auf Leinwand,
2009

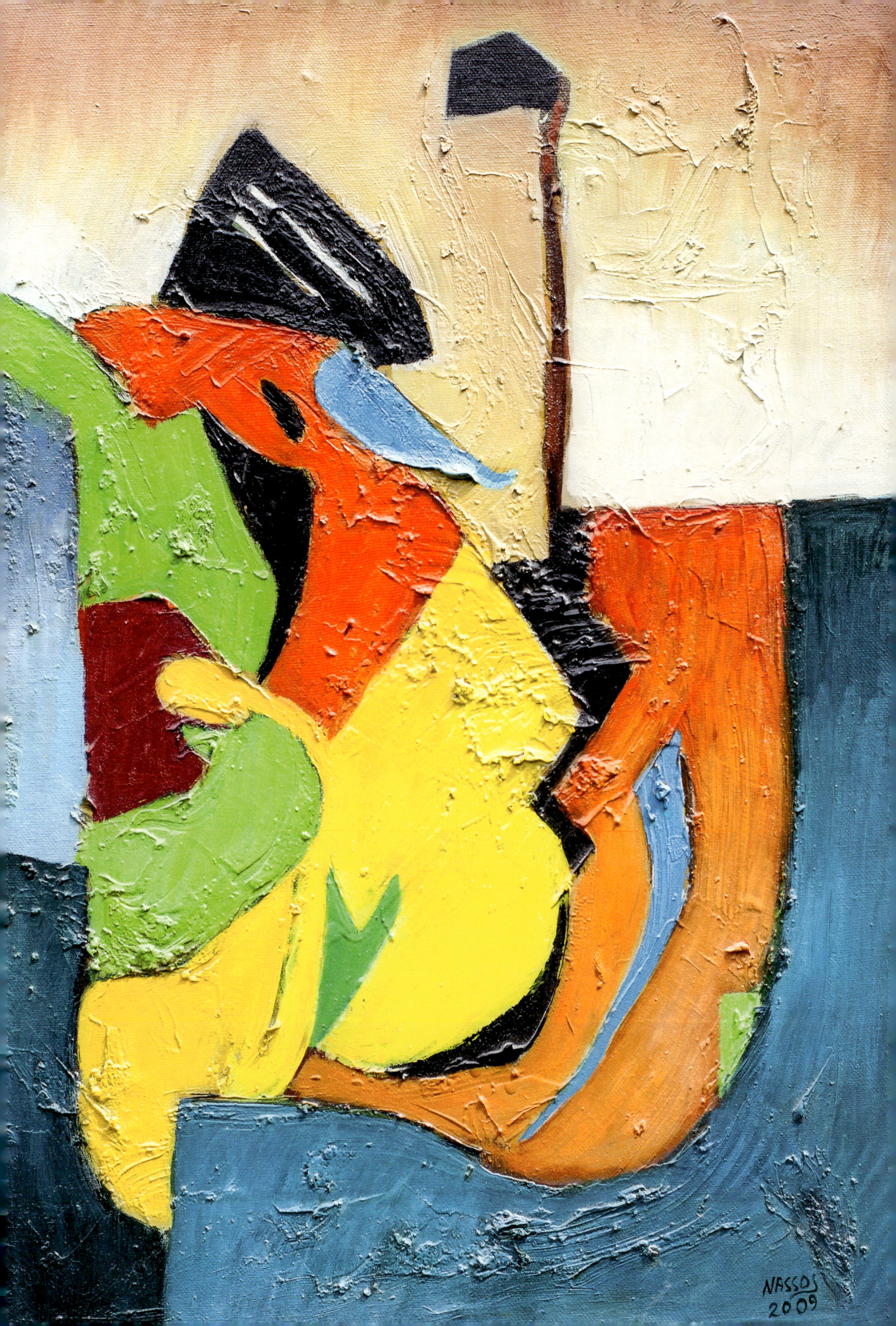
NASSOS
2009

„Fundstücke",
30 cm x 40 cm,
Öl auf Leinwand,
1988

rechte Seite:
„Flamencotänzerin",
57 cm x 85 cm,
Öl auf Leinwand,
1986,
Privatbesitz

NASSOS 1986

„Kariert ohne Chance", 18 cm x 23 cm, Aquarell, 2009

„Blaurondelle", 14 cm x 20 cm, Aquarell, 2009

„Herbstlich", 25 cm x 30 cm, Aquarell, 2007

„Zersteuung", 30 cm x 40 cm, Aquarell, 2009

„Ohne Titel", *17 cm x 23 cm, Aquarell, 2014*

„Dreiecksspirale", 19 cm x 29 cm, Aquarell, 2012

Panta rhei

„le bicentenaire", die zweihundertjährige Wiederkehr der französischen Revolution von 1789, wurde das ganze Jahr 1989 über in Frankreich gefeiert. Nur in „meinem" Dorf mit seinen 35 Einwohnern passierte nichts, außer dass die Tricolore vor dem Mini-Rathaus auf dem Mini-Dorfplatz am Mast flatterte.

Monsieur Anselm Aubert war hier schon seit Ewigkeiten der Maire, der Bürgermeister. Er bestellte seine drei Weinberge und nannte einige Kirsch- und Pfirsichbäume sowie ein Gemüsefeld sein eigen. Im Sommer fuhr er eine reiche Ernte an Honigmelonen ein und sein Lavendelhonig war einmalig gut. Aubert war ein freundlicher, ruhiger Landmann Mitte sechzig. Er war der letzte Bauer im Dorf, der noch von dem lebte, was sein Land hergab. Täglich tuckerte er mit seinem Uralt-Traktor auf den Feldern herum. Sein Amt als Bürgermeister führte er in Würde und Gelassenheit. Außer ihm waren noch sechs Männer im Gemeinderat, einfache Leute, die direkt im Dorf und außerhalb wohnten.

Im Frühjahr 1989 bat mich ein Sammler in Stuttgart um ein Triptychon, das sechs Meter lang und zweieinhalb Meter hoch sein sollte: viel zu groß für mein Atelier. Doch hinter dem Haus lag ein einsamer kleiner Platz. Er war von der einen Seite über eine Betontreppe mit 17 Stufen erreichbar, von der anderen über eine schmale Gasse. Bald lagen dort meine Leinwände auf dem Asphalt bereit, wo ich sie mit breiten Pinseln bearbeiten konnte.

Zu Beginn der Arbeit dominierten drei Farben. Wahrscheinlich unbewusst von der flatternden Tricolore beeinflusst, wählte ich Blau, Weiß und Rot. Die Blechbüchse mit dem Blau stand unglücklicherweise am Rand der Treppe, und so kam, was kommen musste: Eine ungeschickte Berührung mit dem Fuß und die vermaledeite Büchse kippte um. Ein wunderschönes Ultramarinblau ergoss sich in einem ebenso schönen Verlauf die Stufen hinab.

Da es mir um die ausgelaufene Farbe Leid tat, verteilte ich sie mit dem Pinsel auf den Stufen und gab ein wenig Weiß dazu, um der hässlichen Betontreppe einen ästhetischen Kontrast zu verpassen.

Am nächsten Tag wurde weiter am Triptychon gemalt oder vielmehr getropft – ein Verfahren, das von Jackson Pollock „Dripping" genannt wurde. Irgendwann stand Monsieur Aubert neben mir und fragte mich, was das Kunstwerk denn darstellen solle. Meine Erklärung fiel dürtig aus, denn es war nur der Urzustand des abstrakten Bildes zu sehen, und ich wusste selbst noch nicht genau, was es einmal werden sollte. Monsieur Anselm

„Bukefalos",
150 cm x 300 cm
Öl auf Leinwand,
1990

Foto V. Trost

betrachtete das Bild von allen Seiten und meinte, die Farben erinnerten ihn an etwas, doch komme er im Moment nicht drauf. Als er die Treppe hinunterging, auf deren Stufen die Farbe inzwischen getrocknet war, meinte er, das sei doch fast eine Fortsetzung des Bildes.

An diesem Tag wurde ich mit den Vorarbeiten an den Leinwänden fertig. Den Rest von Blau, Rot und Weiß verpinselte ich daraufhin getrost auf den Stufen der Betontreppe und schuf damit einen schönen Überlauf von Rot in Blau: erst in das helle, dann in das dunklere. So blieb die Treppe einige Wochen lang, ohne dass ich darauf achtete. Ich vollendete das Bild, mein Sammler war begeistert und wir einigten uns auf den Preis.

Eines Tages hatte ich wieder einen Rest der drei Treppenfarben übrig und dazu noch etwas Gelb. Mir fiel die Treppe wieder ein und schon waren zwei weitere Stufen im selben Duktus bemalt. Wie es aussah, hatte niemand etwas dagegen; ganz im Gegenteil, der Nachbarsfamilie und zwei Bewohnern vom anderen Ende des Dorfes gefiel es sogar sehr.

So ergab es sich, dass bis zum Sommer nach und nach alle Treppenstufen in einer gefälligen Komposition aus Blau-Weiß-Rot mit gelbgrünen Einsprengseln bemalt waren. Ich war stolz auf mein betonverschönerndes Kunstwerk und nannte es „panta rhei", weil es so aussah, als würde farbiges Wasser die Stufen hinunterfließen.

Im Sommer ist die kleine Ortschaft quicklebendig. Der Clan Péchenard kommt aus allen Himmelsrichtungen hierher in die Sommerfrische. Die alte, restaurierte Windmühle am Rand des Dorfes beherbergt dann Provenceliebhaber für eine astronomische Miete. Alle ehemaligen Hausruinen, halb oder ganz restauriert, sind plötzlich für einige Wochen bewohnt. In dem mitten im Ort gelegenen Chateau, Besitz einer reichen Familie aus Paris, ist der Bär los. Manchmal kommen deren Promi-Gäste sogar mit dem Hubschrauber an. Ein Fest folgt auf das andere. Der Höhepunkt ist der 14. Juli, der französische Nationalfeiertag. Und auch im Dorf wurde nun, am zweihundertsten Jahrestag des Sturms auf die Bastille, ein großes Fest veranstaltet.

Die kolorierte Treppe wurde von den Sommerfrischlern erstaunt, aber überwiegend wohlwollend zur Kenntnis genommen. Auch Monsieur le Maire lief rauf und runter, ohne je ein kritisches Wort zu finden.

Am 15. August, dem traditionellen Marienfeiertag, wurde wie jedes Jahr ein Boule-Wettbewerb auf dem Sandplatz ausgetragen. Abends wurde nach der Siegerehrung wie immer ein großes Buffet aufgebaut, zu dem jede Familie Unmengen an selbstgemachten Leckereien mitbrachte. Dann wurde die ganze Nacht hindurch gefeiert.

Einige Tage später leerte sich das Dorf und der normale Rhythmus kehrte wieder ein. Das vertraute Tuckern von Monsieur Auberts Traktor war das einzige Geräusch, das die zurückgekehrte Stille hin und wieder unterbrach. Die bunt bemalte Treppe schien inzwischen zum Dorf zu gehören, als sei es schon immer so gewesen.

Weihnachten stand vor der Tür; genau am 24. Dezember brachte mir der Briefträger ein Einschreiben des Bürgermeisteramtes, das exakt fünfzig Schritte von meiner Tür entfernt war. Der Inhalt des Briefes verschlug mir die Sprache. „Sie haben öffentliches Eigentum unerlaubt bemalt und damit beschädigt. Außerdem ist es für die Benutzer der Treppe gefährlich geworden, diese zu benutzen, da sie ausrutschen könnten. Die ‚élucubrations pictorales' sind innerhalb von 24 Stunden zu entfernen." Stempel des Dorfes, Unterschrift Le Maire, Anselm Aubert. Sollte ich lachen oder weinen? Seit seiner Entstehung vor fast einem Jahr hatte sich kein Mensch darüber beschwert. Und nun das, ausgerechnet am Heiligabend! Was mich am meisten aufregte, waren die „élucubrations pictorales", eine Wortwahl, die mich frösteln

ließ – bedeutet sie doch etwas wie „entartete Kunst". Und warum, verdammt und zugenäht, das Ganze erst jetzt?

Meine Beziehung zum Bürgermeister hatte ich für gut, ja fast schon freundschaftlich gehalten. Wir waren Nachbarn, er wohnte nur zwei Häuser weiter. Was hatte diesen einfachen Mann dazu gebracht, von „élucubrations pictorales" zu reden? Wer hatte ihm diese Worte in den Mund gelegt? Und warum war er nicht persönlich zu mir gekommen, um zu sagen, dass die Treppe wieder in ihrem Urzustand zurückzuversetzen sei? Ich verstand die Welt nicht mehr. Erstmal schaltete ich auf stur.

An Silvester klopfte es an der Tür. Zwei Uniformierte der Gendarmerie von Apt wollten mich wegen der Treppe vernehmen. Es folgte eine Begehung des inkriminierten Objekts.

„Panta rhei", alles fließt, heißt die Treppe jetzt, sagte ich und erklärte, wie das Werk entstanden war. Außerdem sei das Ganze als Hommage an die Französische Revolution zu sehen, was man an den Farben Bleu, Blanc und Rouge unschwer erkennen könne. Die beiden Herren in der französischen Uniform waren sichtlich beeindruckt und führten mich nicht ab. Um die Ecke sah ich ein paar Schatten, die alles beobachteten und vermutlich ein Klicken der Handschellen hören wollten. Doch die Polizisten meinten, für Kunst nicht zuständig zu sein, und fuhren wieder weg.

Die Treppe überstand den Januar, den Februar, den März. Auch der April ging ins Land und Panta-Rhei lebte immer noch.

Mitte Mai lag wieder ein „recommandé" im Briefkasten, diesmal vom Gericht in Avignon. Das Schwurgericht, „la grande instance", ließ mir eine Vorladung für den Morgen des 15. Juni zukommen. Die spinnen, diese Provençalen, dachte ich. Müssen die denn wirklich wegen dieser Kleinigkeit das große Schwurgericht bemühen?

Ich reagierte mit einem höflichen Schreiben an Herrn Aubert, das ich ihm persönlich

Foto Otto Hablizel

übergab. Darin bat ich um etwas Geduld, da sich die Farbe mit Sicherheit irgendwann von alleine wieder von den Stufen lösen würde. Ob er nicht verstehen könne, dass ich als Künstler außerstande war, mein Werk zu zerstören? Wir hätten uns doch all die Jahre hinweg immer gut verstanden, schrieb ich und wollte wissen, was ihn denn dazu gebracht habe, ein bisschen Farbe mit solchem Aufwand zu bekämpfen. Ob wir das Problem nicht bei einem Glas Pastis bereden könnten, endete ich.

Monsieur le Maire blieb stumm. Wenn er mit dem Traktor vorbeifuhr, grüßte er mich nicht mehr. Auch die anderen Dorfbewohner redeten plötzlich nicht mehr mit mir. Ich überlegte ernsthaft, Panta-Rhei zu vernichten, um den Frieden im Dorf wieder herzustellen. Nichts geschah, außer dass die Verhandlung auf den September verschoben wurde.

Inzwischen hatte ich mir Maître Celovici, der nebenberuflich Schäfer und Kunsthistoriker war, zum Anwalt genommen. Auch wenn das Treppen-Kunstwerk jetzt sofort beseitigt würde, werde es trotzdem zur Verhandlung kommen, sagte er. Was für ein Schrecken, als wir pünktlich um acht Uhr im Gerichtsaal ankamen! Eine Menge Leute waren bereits da. Waren die alle wegen mir gekommen? Anwälte und Richter in Roben unterhielten sich vor dem Richtertisch. Etliche Polizisten in Uniform und mit der Pistole im Halfter waren links und rechts entlang der Wand postiert. Ich bekam es mit der Angst zu tun.

Drei Richter und eine Staatsanwältin nahmen Platz am erhöhten Richtertisch. Mein Anwalt und ich setzten uns in die erste Reihe. Als der Fall aufgerufen wurde und ich zum Tisch der Angeklagten gehen wollte, hielt mich mein Anwalt am Sakko zurück. „Wir sind noch nicht an der Reihe", flüsterte er mir zu.

Drei Männer in Handschellen wurden von Polizisten zur Anklagebank geführt. Es ging um einen gemeinschaftlich verübten Mord. Nach einer halben Stunde erging das Urteil: ein Lebenslänglich und zwei hohe Haftstrafen. „Jesusmariaundjosef", seufzte ich, „wo bin ich da nur gelandet? Hätte ich doch einfach nur die Stufen sauber gemacht. Das wird teuer – oder ich muss gar auch noch in den Knast!"

Die nächsten Angeklagten, zwei feine Herren im Anzug, bekamen jeweils dreieinhalb Jahre wegen etlicher EG-Millionen, die sie in die eigenen Taschen geleitet hatten. Weiter ging es mit Drogendealern, Prostituierten und Räubern.

Die blonde Staatsanwältin war in ihrer schwarzen Robe eine eindrucksvolle Erscheinung. Ihre Plädoyers trug sie präzise und so emotional vor, als ob sie selbst von den Taten der Angeklagten betroffen wäre. Diese Frau schien durchaus imstande, mir fünf Jahre Galeerenfron an den Hals zu hängen.

Panta-Rhei kam kurz vor der Mittagspause dran. Der Gegenanwalt schilderte meine Untat in düsteren Worten und lamentierte lautstark, es sei Gemeindebesitz beschädigt worden. Zum Beweis legte er ein Foto vor. Ein Lächeln huschte über das Gesicht der Staatsanwältin, gefolgt von einem deutlich hörbaren: „Wirklich sehr schön".

Mein Anwalt begann mit der Verteidigung: „Monsieur Nassos ist ein international anerkannter Künstler, mit Abschlussexamen der Kunstakademie ..." etcetera blabla.

Die Staatsanwältin unterbrach ihn und fragte mich, wie es zu der Tat gekommen sei. Wortreich schilderte ich Panta-Rheis Geschichte und erklärte, dass es meine Hommage an die Französische Revolution sei. Dass jetzt mit Kanonen auf Spatzen geschossen werde, fügte ich hinzu, verstünde ich umso weniger, als sich seit der Entstehung

„Wiedervereinigung"
300 cm x 225 cm
Öl auf Leinwand,
1989

niemand darüber beklagt habe, auch nicht Monsieur le Maire.

Ob ich denn mit dem Bürgermeister in der Vergangenheit auf Kriegsfuß gestanden hätte, fragte mich sanft die Frau Staatsanwältin. Nein, entgegnete ich, in seinem Salon hingen sogar Bilder von mir, die er mit Tomaten und Melonen beglichen hätte. Hinter mir im Saal ertönte lautes Gelächter. Die Richter grinsten.

Förmlich wandte sich Mme. la Procureur de la République nun an den Gegenanwalt. „Monsieur", sagte sie, „ist es für ihre Gemeinde nicht beschämend, dass man einen anerkannten Künstler, der eine hässliche Betontreppe verschönert hat, vor das Schwurgericht bringt? Dafür ist, ganz nebenbei erwähnt, auch nicht dieses Gericht zuständig, was Ihnen als Anwalt bekannt sein sollte", fuhr sie fort. Aber ein Künstler, der der Französischen Revolution huldige, gehöre sowieso nicht vor ein Gericht. Man müsse ihm sogar dafür danken, dass er dieses Land ästhetisch bereichere! Wenn sie morgens von außerhalb nach Avignon fahre, sehe sie überall architektonische Monsterbauten und Beton, wohin das Auge schaue. Nun kam sie in Fahrt: „Da kommt nun ein griechischer Maler nach Frankreich und schafft etwas Wunderschönes, und ich soll ihn dafür anklagen? Nein, dieser Mann und diese Treppe dürfen nicht bestraft, sie müssen freigesprochen werden!" Die drei Richter nickten. Dankbar für diese Abwechslung und das Mittagessen vor Augen, klappten sie ihre Akten zu. Der Maître und ich gingen schnurstracks ins nächste Bistro, um das gute Ende zu begießen. (Wie ich Jahre später erfuhr, war der Erfinder von „elucubrations pictorales" nicht etwa der Bürgermeister, sondern der Orts-Kommunist Jean-Ferdinand gewesen).

Am nächsten Tag erschien „Le Provençal" mit der Schlagzeile „Die Treppe von Gignac wurde freigesprochen!" In einigen überregionalen Zeitungen konnte man lustige, als „histoire de clochemerle" getarnte Artikel über die Treppe lesen. Auch im Radio wurde darüber berichtet. Und ich? Diese Form der Öffentlichkeitsarbeit war nicht die Werbung, die ich mir wünschte. Zudem befürchtete ich, dass die Leute im Dorf böse auf mich sein würden, weil der Prozess zum Bumerang geworden war und Gignac vor der „Welt" lächerlich gemacht hatte.

Ich sollte Recht behalten. Die Stimmung im

Dorf war auf den Tiefpunkt gesunken. Nur mein Freund und Nachbar Antoine sprach noch mit mir, die anderen grüßten nicht einmal mehr.

Immer wieder kamen Neugierige, um die berühmte Treppe anzuschauen, aber die Urheber von „élucubrations pictorales" sannen bestimmt schon auf Rache. Wie sollte ich in dieser düsteren Stimmung noch malen? Ich packte meine Bilder und Siebensachen ins Auto und fuhr nach Stuttgart. Dort lud mich mein Freund Kostas zu sich auf die Insel Ikaria ein. Da fiel mir auf, dass ich Pass und Führerschein in der Provence vergessen hatte.

Zwei Wochen später war ich wieder da. Unter der Tür – nicht im Briefkasten! – lag eine Vorladung zum Einzelrichter nach Apt. Die Verhandlung hatte bereits vor zwei Tagen in meiner Abwesenheit stattgefunden. Das Urteil lautete: „Die Farben an der Treppe sind innerhalb von 14 Tagen zu entfernen. Sollte dies nicht fristgerecht geschehen, hat der Angeklagte pro überzogenem Tag 200 Francs zu bezahlen. Zusätzlich wird eine Strafe von 3000 Francs (450 €) verhängt."

Dann wird es wohl nichts mit der Reise nach Ikaria, dachte ich verbittert. Wie bauernschlau und hinterlistig die sind! Haben einfach abgewartet, bis ich verduftet bin, damit ich mich nicht wehren kann. Sollen sie doch ihren kleinlichen Sieg haben.

Dann bekam ich Besuch von David Crocket. Er kam wie gerufen. „Willst du dir tausend Francs verdienen?", frage ich ihn. „Dann nimm einen Spachtel und ein starkes Lösungsmittel und mach diese verdammte Treppe wieder genau so hässlich, wie sie vorher war. Kein Restchen Farbe darf übrigbleiben!"

Fünf Tage später existierte Panta-Rhei nur noch auf Fotos. David hatte ganze Arbeit geleistet. Die Leute grüßten plötzlich wieder freundlich, waren umgänglich und fragten scheinheilig, wie es mir denn so gehe. „Prächtig", antwortete ich wahrheitsgemäß.

Im Freundeskreis in Apt waren die Meinungen zur Treppe geteilt. Einer davon, Marc Gautieur, war der Ansicht des Bürgermeisters gewesen. Eines Tages zeigte er mir seine neueste Kunsterwerbung: Schön eingerahmt und in einem gut geschnittenen Passepartout bestens zur Geltung gebracht, erkannte man blaue und rote Farbpartikel, die mit Grau vermischt und auf gelbes Hintergrundpapier geklebt waren. Unten war mit Kuli die Zahl zwölf in einer unleserlichen Schrift hineingekritzelt.

„Von wem ist das?", fragte ich ihn. „Na, von dir, mein Bester. Erkennst du es denn nicht? Es ist die Stufe zwölf von deiner Treppe!"

Dieser verdammte Heuchler! Erst gegen die Treppe wettern und dann heimlich Reste davon kaufen. Er war nicht der einzige: Bei Familie Blanc in Gordes entdeckte ich, teuer eingerahmt, Stufe Neun; bei Patrick Cume Nummer Sieben.

David Crocket, dieser Halunke, hatte die Farbreste von jeder Stufe auf gelbes Papier geklebt und alle 17 Stufen für jeweils tausend Francs in der Gegend verkauft! Deshalb sah ich ihn auch seit Tagen nicht mehr.

Die zusätzliche Strafe von 3000 Francs hatte ich vergessen und alle Mahnungen unbeantwortet gelassen, sodass mir endlich der Gerichtsvollzieher auf die Pelle rückte. Als er bei mir zu Hause am Tisch saß, redete ich solange auf ihn ein, bis er mich plötzlich fragte, ob er meine Bilder sehen dürfe.

Er durfte! Von den Zodiac-Radierungen war er so begeistert, dass er gleich drei davon für zusammen 4500 Francs kaufte. So konnte ich, statt Strafe zu zahlen, die Häfte des Bußgeldes selbst kassieren.

Das unbeabsichtigte Leben mit der Kunst

Nach meinem Rauswurf aus der Fabrik in Botnang übte ich Autofahren. Ich mietete für einen Tag einen Opel und fuhr herum. Meinen Führerschein hatte ich kurz davor, im Februar 1969 in Fulda, gemacht. Meine Fahrpraxis war gleich null.

Als ich das Auto zurückgab, erlebte ich einen nervösen Vermieter. „Noi, älle ontrwegs, noi, au morga hänni koin frei". Er legte den Hörer auf, murmelte „zu geizig für eine Anzeige" und sagte zu mir gewandt: „Junger Mann, wenn'S schaffe wollet, no rufet Se den Karle an, der lässt mir koi Ruh". Was für eine Arbeit das sei, fragte ich. „Ha d'Leut rumfahre, auf d'Funkausstellung, so ebbes wie Funktaxi."

Am nächsten Tag war ich Funktaxifahrer für die Promis: Ich hatte die Haare zusammengebunden und trug ein weißes Hemd mit rotem Halstuch, schwarze Weste und gebügelte Hose. Ich kutschierte Udo Jürgens, Sandy Shaw und andere Showgrößen von damals in Stuttgart herum. Leider war der Job von kurzer Dauer. Mein letzter Fahrgast wollte von Parkhotel zum Flughafen gefahren werden. Der Mann war mir unbekannt. Schon beim Einsteigen grüßte er nicht. „Flughafen, aber dalli", befahl er. Die Stuttgarter Weinsteige führt in Serpentinen aus dem Talkessel auf die Fildern, wo auch der Flughafen ist, und ich war die Automatik des schwarzen Mercedes nicht gewohnt.

Dichter Verkehr mit stop and go. Mein Gast beschwerte sich lautstark über das Ruckeln des Autos. Immer wieder – bis ich umkehrte und ihn bat, am Bahnhof ein anderes Taxi zu nehmen. Kurz danach wurde ich zur Zentrale gerufen. Herr „Karle" drückte mir kurz und schmerzlos meine Papiere in die Hand. Das war's mit dem Taxifahren. Immerhin konnte ich meine Fahrpraxis verbessern. Übrigens, der Fahrgast war Herr Fischer-Dieskau, der Bariton.

Sizilien

Inzwischen wohnte ich in einer billigen Kellerabsteige im Stuttgarter Westen. Ich malte wie besessen kitschige Clowns und kubistische Bilder auf Seidenpapier. Dass es Kunst war, was ich da fabrizierte, kam mir nicht in den Sinn. Der einzige Zweck bestand darin, die Bilder zu Geld zu machen, indem ich sie in der Unterführung am Stuttgarter Hauptbahnhof anbot. Nach sechs Tagen war kein einziger verkauft. Musste ich wieder Arbeit suchen, um nicht zu verhungern? Und dann geschah das Wunder. Ein Paar kaufte sämtliche (unsignierten) Kitschbilder und die „Kubisten" obendrein. Fast dreitausend Mark: So viel Geld hatte ich noch nie auf einmal in der Tasche gehabt. Gerettet!

Am selben Abend lernte ich in der Studentenkneipe „Tangente" zwei Mädchen aus Heidelberg kennen, die per Anhalter unterwegs nach Italien waren. Ob ich mitmachen würde? Sie hätten Angst, alleine zu trampen.

Aber gerne.

Sie schliefen eine Nacht in meiner Absteige im Schlafsack, andertags kündigte ich das Zimmer. On the road again! Daumen hoch, und nach drei Tagen waren wir in Sizilien. Messina, Taormina, Syracus – alles erinnerte mich an Griechenland. Zurück ging's per Eisenbahn über Neapel, Rom und Mailand.

Zurück in Deutschland, fragten mich die beiden jungen Heidelberginnen: „Warum kommst du nicht mit uns?"

Heidelberg

In den ersten Tagen übernachtete ich in einem Gartenhaus bei einem der Mädchen.

Ihr Vater hatte eine kleine Firma, die für die Autoindustrie herstellte. Als er hörte, dass ich Mechaniker war, wollte er mich sofort einstellen. Ich dankte und suchte schnell das Weite. Ihm blieb viel erspart.

Die Studentenstadt Heidelberg gefiel mir sehr. In der Bergheimer Straße mietete ich für wenig Geld eine kleine, einfache Dachkammer.

Trotzdem: Ein Job musste her. Das Geld war alle. In der Stadt kannte ich niemanden. Zuerst versuchte ich, die Clownsbilder auf dem Universitätsplatz zu verkaufen. Niemand kaufte den Kitsch. Am zweiten Tag sprach mich ein Mann mit Pferdeschwanz an. Kostas war Student der Philosophie. Da ich pleite war, lud er mich zum Essen in die Mensa ein. Abends trafen wir uns in einem Lokal wieder, und ich lernte eine „Parea", eine Clique griechischer Studenten kennen. Der Wirt, ebenfalls Grieche, stellte mich anderntags als Kellner ein, an vier Abenden die Woche – ideal! Da blieb genug Zeit, die Stadt zu erkunden. Jetzt, 1969, herrschte in Griechenland seit zwei Jahren die Militärdiktatur. Viele der Studenten waren aus diesem Grund nach Heidelberg emigriert. Manche bekamen politisches Asyl, manche lehnten es ab, weil ihnen dann das Geld aus Griechenland gekappt worden wäre, das sie zum Studieren brauchten. Doch um hier zu studieren, musste man Deutsch können. Als mich eines Abends ein junger Grieche bat, für ihn die Prüfung in Deutsch an der Uni zu machen, sagte ich zu, nicht zuletzt aus Neugier auf die Universität.

Als sein Name aufgerufen wurde, beantwortete ich die Fragen des Prüfers auf Deutsch, und schon war der junge Grieche zum Studium zugelassen. Abends gab's dafür einen Hunderter. Eine Woche später folgte der nächste Grieche. Diesmal rasierte ich meinen Bart ab und trug einen geliehenen Anzug, und wieder verdiente ich meine Miete. Das wiederholte sich einige Male. Jedes Mal veränderte ich mein Äußeres, während sich zwei Prüfer abwechselten. Eines Tages fragte einer der beiden, ob er mich nicht schon mal gesehen hätte. Da wusste ich, dass es Zeit wurde aufzuhören. Einige der Griechen, die durch meine Hilfe studieren konnten, sind nach der Diktatur zu Amt und Würden gekommen.

Durch die vielen griechischen Freunde, die alle ein hohes Bildungsniveau hatten, verbesserte sich mein griechischer Wortschatz. Im „Le Palm" diskutierten wir bis spät in die Nacht, vor allem über Politik. Schon zum Frühstück im legendären „Kakaobunker" traf man sich, um die neuesten Entwicklungen der Koalition in Bonn, über den Hoffnungsträger Willy Brandt, Vietnam, die Diktatur in Griechenland und anderes zu diskutieren und die Zeitungen, die dort auslagen, zu lesen und zu kommentieren.

Heidelberg war von „Flower-Power" durchweht. Zahlreiche Kneipen mit guter (und lauter) Musik sorgten für das Gefühl, in San Francisco oder in Swinging London zu sein. In kürzester Zeit gewann ich mehr Freunde und Bekannte als je zuvor. Die Kontakte zwischen den größtenteils jungen Leuten waren unkompliziert. Meine Kellnerarbeit beim Großen Wirt am Ende der Kettengasse fand leider ein abruptes Ende. Durch eine Unaufmerksamkeit kippte eine „Minos Grillplatte" über eine feine Tischgesellschaft. Kann ja dem besten Kellner mal passieren! Entlassen. Schon am nächsten Tag war ich Barmann in der Tanzdisco von Herrn Lichtenstein am Anfang der Kettengasse.

Wenn ich nicht mit den Freunden unterwegs oder bei der Arbeit war, malte ich heimlich in meiner Dachkammer. Die Besuche im „Kurfürsten", dem Kunstmuseum in der Hauptstraße, inspirierten mich am meisten. Es war die Zeit, in der mich immer wieder inkognito eine sehr schöne Frau besuchte, Karolin M., ein gefragtes Fotomodell, die ab und zu die Titelseite einer der diversen Modezeitschriften zierte. Ich hatte sie in Stuttgart, vor der Reise nach Sizilien, kennengelernt; sie war verheiratet. Manchmal nahm sie sich zwischen zwei Fotoshootings Zeit für mich, ihren Vagabunden. Mit ihr auszugehen war ein Genuss. Wenn ich, der langhaarige Hippie mit Che-Bart, Parka und Jeans, mich stolz wie ein Gockel mit ihr zeigte, perfekt in Markenklamotten gekleidet, wie sie war, dann zog ihre Schönheit die neidischen Blicke der Männer regelrecht an.

Bei einem ihrer seltenen Besuche entdeckte sie die Bilder, die ich in der kleinen Dachkammer unter dem Bett hortete. "Warum machst du nichts daraus? Schade, dass du sie unter dem Bett versteckst", sagte sie. Es sei nur eine heimliche Beschäftigung, erklärte ich ihr. „Willst du immer nur Kellner bleiben?", fragte sie zurück.

Kunstakademie

Bei ihrem nächsten Besuch hatte sie in Erfahrung gebracht, dass anderntags an der Kunstakademie in Stuttgart eine Aufnahmeprüfung stattfinden würde. Probieren wir's mal, dachte ich. Wer weiß ...?

Es war ein warmer, sonniger Frühsommertag. Ich durfte ihren roten Cabrio-Mercedes auf der Autobahn von Heidelberg nach Stuttgart fahren, mit offenem Verdeck. Was für ein Spaß! Aber schon wieder Stuttgart. Dieser Stadt konnte ich nicht entfliehen!

Die Aufnahmekommission wurde von Professor Hugo Peters geleitet. Bestimmt hatten die meisten der jungen Leute, die da anstanden, um aufgenommen zu werden, Abitur und stammten aus Familien, in denen Bildung eine Selbstverständlichkeit war. Dem hatte ich nur meinen Mechaniker-Facharbeiterbrief entgegenzusetzen.

Als ich an der Reihe war, konnte ich das Zittern nicht unterdrücken. Professor Peters nahm sich Zeit zur Begutachtung meiner Mappe. Schließlich sagte er freundlich: In einem halben Jahr kommen Sie wieder. Mit Aktzeichnungen. Und mehr Naturstudien bitte.

Jetzt wusste ich, was zu tun war. In Heidelberg machte ich mich konsequent an die Arbeit. Hunderte Male zeichnete ich die alte Neckarbrücke vom Philosophenweg aus und das alte Schloss über der Stadt, das die Franzosen im 17. Jahrhundert mit ihren Kanonen in eine romantische Ruine verwandelt hatten.

Wenn Karolin da war, posierte sie in der kleinen Dachkammer geduldig und gerne als Aktmodell, sei es im Sitzen, Stehen oder Liegen. Modell war ja ihr Beruf! Das halbe Jahr verging wie im Flug, und dann – bestand ich die zweite Eingangsprüfung. So schrieb ich mich im Wintersemester 1970/71 als Student der freien Künste an der Akademie der Bildenden Künste ein. Und wo? In Stuttgart! Ich konnte es kaum glauben. Heidelberg adieu! Ausgerechnet wieder zurück in die dröge und spießige Stadt, die Stuttgart damals war!

Die Kommilitonen in der Klasse Peters nahmen mich gerne auf, und so verlor ich die Angst und Unsicherheit dessen, der kein Abitur, keine höhere Bildung zu bieten hatte, keinen monatlichen Scheck von den gutbürgerlichen Eltern und keine staatliche Bafög-Hilfe (die damals „Bad Honnef" hieß), sondern nur seine Mechanikerlehre.

Das neue Leben als Student erwies sich als genau das, was ich seit Jahren gesucht hatte. Ich spitzte die Ohren, riss Augen auf und sog wie ein Schwamm alle Eindrücke auf. Mein Sehen und Denken veränderten sich in Riesenschritten. Die verriegelten Türen in meinem Kopf öffneten sich eine nach der anderen.

Die ersten Tage auf der Akademie verwirrten mich ein wenig. Niemand sagte mir, was ich tun sollte. Zwar hatte ich einen Arbeitsplatz in der Klasse Peters, doch außer zwei Terminen Aktzeichnen pro Woche konnte man selbst entscheiden, wo und was man lernen wollte. Den Stundenplan gestaltete man selbst. Es gab weder Anwesenheitspflicht noch Stempeluhren. An diese Freiheit musste ich mich erst einmal gewöhnen. Vor allem die Vorlesungen der Kunstgeschichte beim legendären Professor Fegers waren eine einzige Bewusstseinserweiterung. Die Studenten hingen an seinen Lippen, kein Mucks war zu hören, am Schluss seiner Vorlesung gab es jedesmal lang anhaltenden Applaus.

Leider blieben jedoch neben der Kunst die lästigen Nebenprobleme bestehen: Arbeit und Geld, Unterkunft und Aufenthalt.

Zunächst fuhr ich für ein Kaufhaus frühmorgens Kühlschränke und Waschmaschinen aus, bevor ich mittags zur Kunstakademie ging. Diese Arbeit währte nur einen Monat: Beim Einfahren in eine Tiefgarage entging mir, dass der Lastwagen höher war als die

Höhe der Einfahrt ... Zudem wurde ein ganzes Monatsgehalt konfisziert, als herauskam, dass ich seit einigen Jahren Schulden bei der Krankenkasse hatte. Ein Monat Knochenarbeit für nichts. Aber egal, das Leben ging weiter! Autoteile ausfahren war mein nächster Job. Hier dauerte es immerhin ganze vier Monate, bis ich eines Morgens die Brüstung einer Straßenbahnhaltestelle rammte, um den Polizisten, der den Verkehr auf der Kreuzung regelte, nicht zu überfahren. Das Fahrzeug sah auf der linken Seite ziemlich verbeult aus. Am Nachmittag ramponierte ich bei einem Wendemanöver die rechte Seite des nagelneuen Transporters. Mein Chef war not amused. Da beschloss ich, dass dies mein letzter Fahrerjob war.

Die Gaststätte „Brett"

Kurze Zeit später fand ich die ideale Arbeit im „Brett", der legendären Anarchokneipe im Stuttgarter Bohnenviertel, die heute noch existiert. Drei-viermal in der Woche abends kellnern, tagsüber an der Kunstakademie studieren, lautete jetzt mein Alltagsplan. Die Arbeit teilte ich mit Tasso Athanasiadis, einem Original der Stuttgarter Altstadt – allerdings nur, wenn sein Fuß schmerzfrei und frisch verbunden war, denn andernfalls verströmte eine Wunde, die nicht verheilen wollte, einen grausig leichenhaften Geruch. Das ging so bis zu seinem Tod – und von diesem Tod habe ich eben erfahren, als ich dies schrieb!

Dennoch war Tasso nicht krankenversichert. Er war ein Grieche, der kein Griechisch sprach und weder einen deutschen noch einem griechischen Ausweis hatte, ja, nicht einmal staatenlos war er. Für die Behörden existierte er nicht. Jahrzehnte später erbarmten sich die Griechen seiner und stellten ihm einen Pass aus. Seitdem sprach er das „kalimera" perfekt aus. Damals vertrug der liebe Tasso locker zwölf halbe Bier, fünfzehn Jägermeister und etliche Kurze, die er an seinen freien Tagen an seiner Arbeitsstätte konsumierte, inklusive geschätzter drei Kilo Nikotin von Roth-Händle. Ich bin Zeuge, denn ich bediente ihn. Später trank er Tee und wurde ein militanter Nichtraucher.

Die Arbeit im „Brett" brachte so viel ein, dass ich davon leben konnte. Sobald eine

Foto Otto Hablizel

gewisse Menge Bier die Kehlen heruntergeflossen war, stieg der Dezibelpegel der Debattierer exponentiell an. An sieben von sieben Abenden war das Lokal brechend voll. Der Flipper in der Ecke hatte Dauerbetrieb, die Musikbox plärrte die Songs von den Doors und Jimmy Hendrix. Die legendären Wirtsleute, Evdoxia und Panagiotis, bildeten den Ruhepol im Chaos. Panagiotis registrierte rechtzeitig, bevor die Dikussionen von Verbalen ins Brachiale kippten, wenn es zwischen den Kampfhähnen brenzlig wurde.

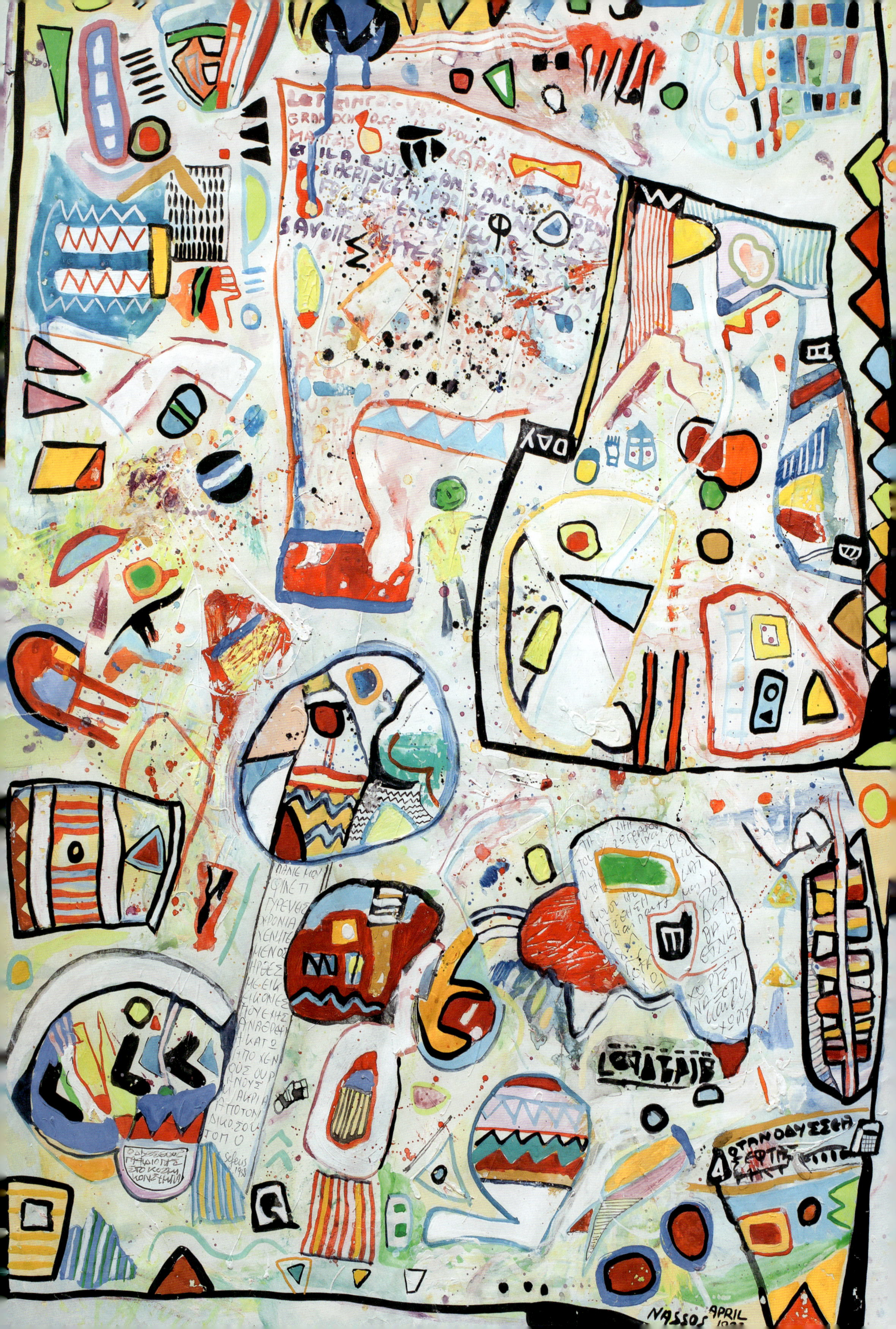
DAY
NASSOS APRIL

„Farbiges Gedicht",
60 cm x 80 cm,
Mischtechnik auf Papier, 1992

Eine Tischrunde Schnaps aufs Haus, und die Gemüter beruhigten sich. „Politik nix gut reden, Fußball besser!", war sein Credo. Natürlich ging es weiter mit Politik. So bestätigte sich Oskar Wildes Bonmot: „Das Problem des Sozialismus liegt darin, dass er zu viele Abende kostet." Kurz, Panagiotis betätigte sich als Schiri, während Evdoxia hinter der Theke schuftete.

Unter die Literaten, Journalisten, Schauspieler, Architekten, Designer und Künstler jeglicher Sparte mischten sich am Wochenende die Jugendlichen aus der Halbhöhenlage der Stadt, um die Anarcho-Atmosphäre der Kneipe einzuatmen.

Unvergessen sind mir einige der Stammgäste.

Da war Atze, ein ehemaliger Olympionike und Polizist. Beruf und Sport hatte er aufgegeben, als sich seine Angebetete umbrachte. Abends war er der erste am Stammtisch und ging, bis zum Rand abgefüllt, als letzter, ein Riese mit langen schwarzen Haaren und Rauschebart. Er endete auf Santorini durch Suizid.

Da war Berti, der Philosoph, ein talentierter Redner und Trinker vor dem Herrn, der in einem Gartenhaus bei Tübingen wohnte und dort an seinem Erbrochenen erstickte.

Da war der Verlagslektor Thomas, Meister der scharf geschliffenen Worte, deren wichtigste er mit unsichtbaren Buchstaben auf dem Kneipentisch unterstrich – linksbündig natürlich.

Da waren Anna-Maria Meinhof, die viel zu jung starb; Gisèle „la rouge", die ab und zu auch bediente; und die Künstlerin Barbara Schröder.

Und schließlich Johann K., Schüler von Bertolt Brecht, der seinen Meister nach ein paar Bier auswendig rezitierte, sowie der Anwalt Rezzo, der später Politiker wurde.

Bei den überlebenden Gästen, die das Lokal noch heute als Rentner aufsuchen, sind die beiden Wirtsleute in guter Erinnerung.

Schwieriger als mit der Arbeit war es mit dem Wohnen: Manchmal übernachtete ich im Klassenzimmer in der Akademie, und zwar nicht als einziger. Später wohnte ich in einem auf Ziegeln aufgebockten alten VW-Bus hinter dem Bildhauerbau, umgeben von einem verwilderten Garten mit Bäumen. Zum Heizen diente mir im Winter ein kleiner Ofen, dessen Kaminrohr aus einem Fenster lugte. Vorhänge, Tisch, Bett und ein Nachttopf machten das Zigeunerleben perfekt. Mein Besitz passte in einem Koffer.

Doch mein Aufenthaltsstatus in Deutschland war nicht mehr gewährleistet. Die Griechen hatten mir die Staatsbürgerschaft aberkannt, nachdem ich an einer Demo gegen die Diktatur teilgenommen hatte, bei der das Konsulat besetzt worden war. So entschied ich, wie viele Griechen damals, politisches Asyl zu beantragen. Dabei half mir Klaus Croissant, der damals noch nicht Baader-Meinhof-Anwalt war: Er fuhr mit mir nach Zirndorf, wo mir das Asyl gewährt wurde. Dadurch erhielt ich endlich Anrecht auf Bafög und sparte so pro Semester eine erkleckliche Summe, die ich bis dahin selbst hatte aufbringen müssen.

Sonderborg

Im zweiten Semester wurde der international bekannte Künstler K. R. H. Sonderborg mein Professor. Nach dem 2. Weltkrieg wurde er zum Protagonisten des Informel, jener abstrakten, jedoch gegen die geometrische Abstraktion gewandten Kunstrichtung, die sich im Verlauf der 40er und 50er Jahre dem Prinzip der „Formlosigkeit" verschrieben hatte und die auch unter dem Begriff „Tachismus" bekannt geworden ist. In seiner 9. Ausgabe des Jahres 2008 schrieb der „Spiegel" über ihn:

„K. R. H. Sonderborg, 84. Seine Malerei ist abstrakt, trotzig, eindrucksvoll, meistens schwarzweiß. Kurt Rudolf Hoffmann, Sohn eines Jazzmusikers, der sich später, angelehnt an seinen dänischen Geburtsort, den Künstlernamen Sonderborg gab, war schon als junger, dandyhaft gekleideter Kaufmannslehrling ein Unangepasster. Wegen seiner Vorliebe für Swing wurde er 1941/42 im KZ Fuhlsbüttel inhaftiert. Nach dem Krieg entwickelte er, dem seit Geburt die rechte Hand fehlte, eine Ruhelosigkeit: im Leben und eben in der Malerei. Er schloss sich der Künstlergruppe ZEN 49 an, stellte auf der Biennale und der Documenta aus, lehrte in Stuttgart und zog als ‚Maler ohne Atelier' umher. K. R. H. Sonderborg starb am 18. Februar 2008 in Hamburg."

Sonderborg war ein Glücksfall für mich. Schon seine Biographie faszinierte mich; ich respektierte ihn als Vaterfigur. Ohne ihn wäre meine Entwicklung zum freien Kunstmaler nicht möglich gewesen.

In der Akademie war der Großmeister des Informel wortkarg. Aber auf den zahlreichen Exkursionen taute er auf und erzählte von der Kunst der Nachkriegsjahre in Deutschland und in der Welt. Er besaß ein Atelier in den USA und eins in Paris – ein beneidenswerter Kosmopolit, dessen Kunst weltweit anerkannt war.

Zunächst hatte ich Schwierigkeiten, seine Maltechnik zu akzeptieren. Erst breitete er seine Werkzeuge – Pinsel, Rakel und andere Instrumente zur Farbverteilung sowie Farbtöpfe, meistens Schwarz – auf dem Boden aus; dann kamen Papier oder Leinwände hinzu. Schließlich legte er laute Musik auf, meistens einen guten Jazz, und tänzelte um seinen Malplatz herum.

Es folgte ein Moment der Ruhe, und das, was dann geschah, war nichts anderes als eine Explosion. Hochkonzentriert tunkte er die Pinsel in die Farbe, verteilte sie auf dem Malgrund und begann, sie mit den Rakeln dynamisch zu verteilen. Kurz darauf war das Kunstwerk fertig. Der Titel gab die Dauer an: „10.45 - 11.22". Dazu Entstehungsdatum und Signatur.

Es dauerte eine Weile, bis ich mich mit dieser Art der Malerei anfreunden konnte. Die Begriffe „abstrakt" und „Abstraktion" waren mir zwar geläufig, doch Malen war für mich damals schlicht die Wiedergabe der Realität. Nach und nach arbeitete ich mich in die Welt der Kunst vor. So viele neue Kontinente waren zu entdecken! Mein wichtigster Wegweiser war das Sehen. Durch das Anschauen von Kunst in Büchern, Museen und Ausstellungen erweiterte sich mein Verständnis, schärfte sich mein Blick. Kunst, lernte ich, darf nicht anstrengend und störend sein, sonst droht sie, Kitsch zu werden. Dann das Erlernen der verschiedenen Techniken, das langsame Vortasten in die Materie der Farben, die Erfahrung, den leeren Raum des Bildträgers malend und zeichnend, mit einem Pinselstrich zu erobern ... Das Malen zog mich in seinen Bann, nahm mich in Geiselhaft. Es wurde zu einer spirituellen Erfahrung. Die meditative Wucht der Malerei ließ mich nicht mehr los. Ich hatte keine Wahl mehr, etwas anderes zu machen.

Die Wahrnehmung der Welt, der nahen Umgebung, der Menschen um mich herum, ja sogar der Politik veränderte sich, wegen der Kunst und mit der Kunst.

Die saubere Wirklichkeit um mich herum erschien mir zusehends banal und hässlich, die Normalität wie Terror. Mit Hilfe der Kunst erschuf ich Parallelwelten, ja eine Gegenwelt zur Realität. Könnte es sein, dass Kunst ein Labor ist, in dem man das Leben ausprobiert, die Erfahrungen des Lebens in Kunst übersetzt? Jedes Erlebnis und jede Emotion, sei es positiv oder negativ, Depressionen und Daseinsfreude – alles unzählige Anregungen, die ein Maler umwandeln kann!

Die Selbstentfaltung bei der Herstellung von Kunst verhilft zur Herrschaft über das eigene Leben, führt weg von der Tyrannei ungeliebten Tuns. Kunst zu machen bedeutet, an der Demiurgie Gottes teilzuhaben – sind wir doch alle mit kosmischen Strukturen verbunden, die in der Kunst ihren Ausdruck finden.

Die Kunst spendet Kraft, gewährt Sicherheit; sie schützt vor den ästhetischen und moralischen Ansprüchen einer Gesellschaft, die das Neue ablehnt und jede Abweichung von den vermeintlichen Normen fürchtet. Denn die Kunst ist, wie Schiller sagte, eine Tochter der Freiheit.

Das unbeabsichtigte Leben mit der Kunst

Trotz meiner Existenzsorgen bin ich bis heute im Element der Freiheit, die mir die Kunst schenkt, zu Hause. Manchmal verschweige ich dieses Wohlgefühl, um keinen Neid zu erzeugen. Wie leicht denken die Leute: "Wir müssen schaffen, und der macht sich einen faulen Lenz? Von dem kaufen wir keine Bilder!" Manchmal war es wirklich so. Da lag ich einfach drei Tage hintereinander im Freibad und las ein Buch zu Ende. Oder spielte mit Freunden drei Tage und Nächte Poker. Oder schaute eine Woche lang im Fernsehen alle Filme bis zum frühen Morgen an. Zwei Wochen lang am Strand liegen! Nichtstun! Wenn Teilhaben am Leben Hedonismus ist, dann bin ich Hedonist. Ohne Obsessionen fühlt sich das Leben leer an. Ist Zeitvergeudung eine Sünde? Wer sagt das? Im Gegenteil: Die „Vergeudung" war meistens nutzbringend. Meine „Faulheit" erzeugte ein Depot, aus dem viele neue Kunstwerke entstanden.

Seit der Zeit meines Studiums betrachte ich mich nicht als Künstler, sondern als Maler. Ein paar Bilder oder Skulpturen machen

„Alles im grünen Bereich", 160 cm x 130 cm, Öl auf Leinwand, 1989/90

noch keinen Künstler. Ob dieser Titel mit dem Leben zusammenwächst, erweist sich erst im Lauf der Zeit.

„Die Kraft der Freiheit in der Kunst kann gar nicht hoch genug eingeschätzt werden: Der Künstler ist befreit von vielen Konventionen und dem Korsett der Norm. Er hat das Privileg, Grenzen zu überschreiten und neue Sichtweisen zu etablieren. Auf seinem künstlerischen Weg hat er unvergleichlich viel Raum, die Themen, Regeln und Ziele selbst zu bestimmen. Je mutiger und klarer er dabei voranschreitet, umso glaubwürdiger und bewegender ist seine Kunst" (Wolfgang Boesner).

Anfang der 1970er Jahre malte ich vorwiegend Bilder mit politischen Themen wie etwa die Generäle der griechischen Militärjunta: wild hingeworfene Fratzen von Militärs, Nazirichter, prügelnde Polizisten und andere Schergen der Menschheit. Die Achtundsechziger waren in vollem Gang.

Die nächste Malphase war die Wiedergabe der Natur im surrealen Ambiente, was ich jedoch bald eintönig fand und aufgab. Der Kunsttheoretiker Adolf Endell prägte 1898 den Satz (der oft fälschlich Kandinsky zugeschrieben wird): „Es gibt keinen größeren Irrtum als den Glauben, die sorgfältige Abbildung der Natur sei Kunst."

Die Achtziger wurden für mich in der Malerei die prägenden Jahre. Es war die Zeit der Neuen Wilden in Deutschland: Immendorf, Lüpertz, Baselitz, Blinky Palermo, Rainer Fetting, Salomé, Bernd Zimmer ... In meinem Atelier in der alten Schlosserei von Bernhausen entstanden neue expressive Bilder in großen Formaten. Die Erfahrungen der Malerei der letzten Jahre bündelten sich in einem neuen farbigen Universum. Nebenher entstand die Radierungsserie „Zodiac", deren Verkauf mir die Unabhängigkeit gab, mich ganz der Malerei zu widmen. „Die Kunst ist nicht autonom, der Künstler erst recht nicht. Aber wenn Kunst Kunst und der Künstler Künstler bleiben soll, darf der Anspruch auf Autonomie nicht aufgegeben werden. Kunst geht nach Brot, aber sie ist mehr als nur eine Ware" (John Cage).

„Ich verstehe nicht, warum die Leute Angst vor neuen Ideen haben. Ich habe Angst vor den alten" (John Cage).

Inzwischen ist meine Malerei eine farbenprächtige Ode an das Leben geworden. Eine Ode an die Freude, auf diesem Planeten zu sein. Die Freude darüber, dass mir die Malerei erlaubt, glücklich zu sein. Darüber, dass sie mir die Anerkennung und Wertschätzung der Mitmenschen ermöglicht hat. Dass sie mir den Luxus der Freiheit geschenkt hat. Dass sie eine überwältigende Kraft entfalten kann, die unser Leben positiv verändert.

Geboren bin ich, ohne dass ich es wollte. Sterben werde ich, ohne dass ich es will. So lasst mich doch leben, wie ich es will! Wie Epikur sagte: „So ist also der Tod, das schreckliche Übel, für uns ein Nichts. Solange wir da sind, ist er nicht da. Und wenn er da ist, sind wir nicht mehr."

Seite 36:
„Farbiger Individualist",
Version II, 2011,
50 cm x 70 cm,
Öl auf Leinwand

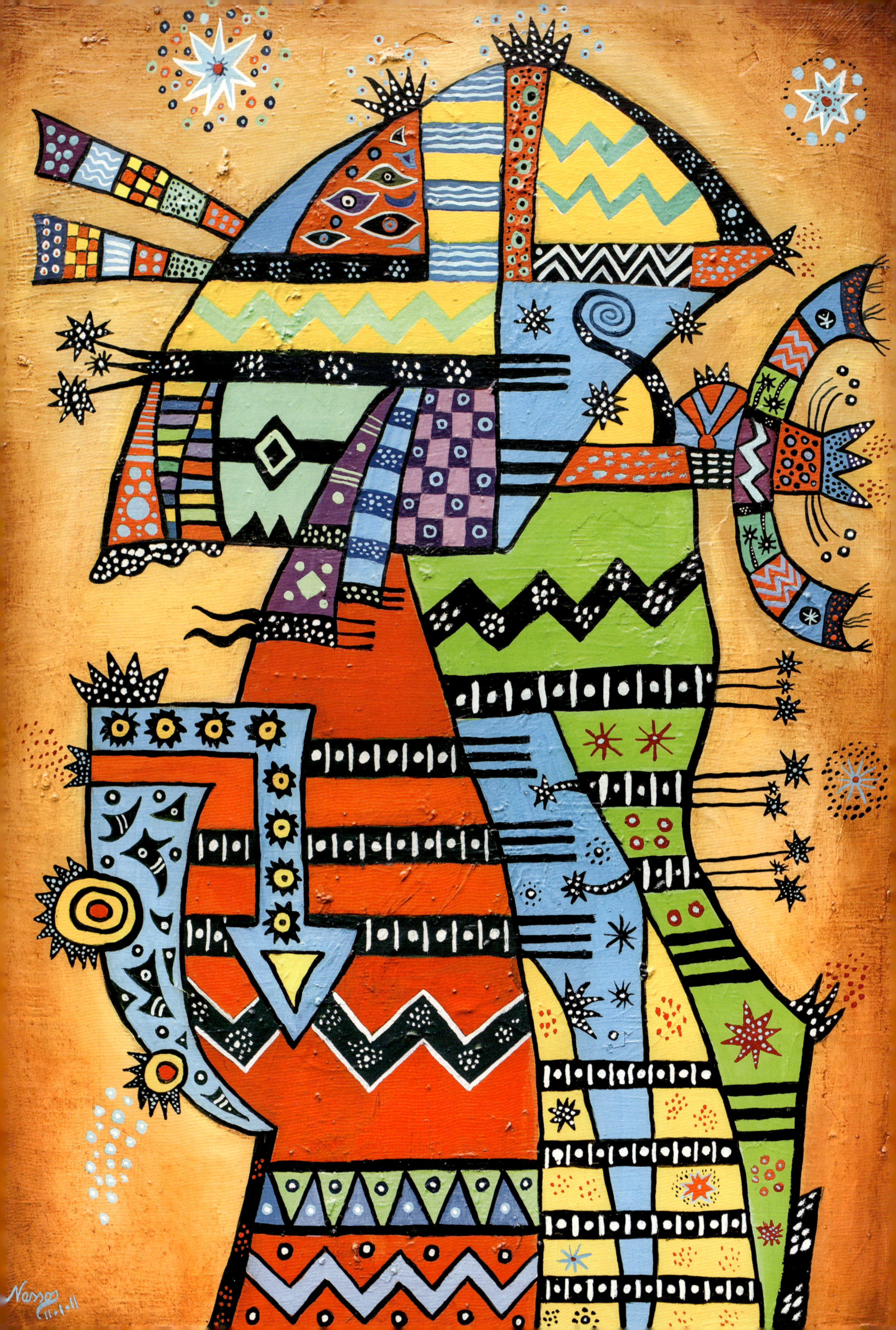

Marion: vom Zapata nach Montezuma Bay

Marion war ein fesches Mädchen, großgewachsen, eine Augenweide für jeden, der südländisches Temperament und Aussehen mochte. Mit ihrem fränkischen Dialekt, ihrem charmanten und feminin einnehmenden Wesen zog sie uns alle, Männer wie Frauen, in ihren Bann. Mit ihren schwarzen Haaren und den um ihre olividunklen Augen verstreuten Sommersprossen sah sie prächtig aus. Von der erotischen Ausstrahlung ganz zu schweigen!

Mancher von uns Jungs wäre seiner Freundin untreu geworden, falls Marion ... aber nur in Gedanken. Sie war die beste Freundin meiner damaligen Lebensgefährtin Monika. Da verbot es sich selbstverständlich für mich, auch nur in Versuchung zu geraten.

Aus der Provinz, von Ellwangen kam sie, noch jung genug, um in der „Großstadt" Stuttgart Visagistin zu lernen. Aus dem eher schüchternen Mädchen aus dem Abseits, hinter den Bergen, wurde bald eine gefragte Maskenbildnerin im Theater und im Fernsehen.

Marion in Costa Rica   *Foto: G.Nassos*

Mit einer Freundin bereiste sie, zu Fuß und mit Rucksack, Südamerika und lernte schnell Spanisch. Von dort brachte sie uns die neuesten Musiktrends und Tänze mit. Auf jeder Party, auf jeder Fete war sie der Mittelpunkt. Wenn sie tanzte, applaudierten wir begeistert. Mit ihrer intelligent-witzigen Laune versprühte sie stets gute Stimmung.

Ende der Achtzigerjahre sammelte sich die kreative Szene im sogenannten Südmilchareal unweit des Stuttgarter Hauptbahnhofs. Aufgegebene Fabriken und deren Bürogebäude wurden zu niedrigen Mieten in Ateliers und Wohnraum umfunktioniert. Designer, Modemacher, Bildhauer und Maler, Werbegrafiker, Tanzstudios, Tonstudios und Musiker, Bohemiens und Liedermacher, Nichtstuer und Hyperaktive versammelten sich im Quartier. Wie ein Magnet zog das Areal die Kreativen von überallher an.

Soziales Zentrum und Begegnungsstätte des Areals war das Zapata, gegründet von Xavier und seiner Ehefrau, die beide Künstler waren. In der ebenerdigen Betonetage mit großer Tanzfläche und überlanger Theke gab es den besten Caipirinha in town und die beste Latinomusik im Ländle, live oder aus der Konserve.

Außer den Regalen hinter dem Tresen, in denen die Gläser und Flaschen lagerten, gab es nichts, was als schmuckes Barinterieur gelten konnte, nur ein paar Barhocker, alle verschieden, da und dort einige Sitzgelegenheiten aus Kisten und Fässern, ein paar Bänke und hohe Tische. Das war die ganze Einrichtung des riesigen Raums. Alles war improvisiert aus Fundsachen und schöpferischer Fantasie. Der freie Platz diente dem Tanzen und eine improvisierte Bühne der Livemusik.

Im ersten Stock befand sich ein Labyrinth aus bemalten Nischen und Balken mit geheimnisvollen, lebendig-farbigen Symbolen aus dem unendlichen Fundus der Indios Süd-und Mittelamerikas im schummerigen Licht, da und dort ein altes Sofa oder ein Sessel zum Ausruhen.

Zapata war ein Geheimtipp, der sich allerdings schnell herumsprach, so dass sich dort in kurzer Zeit die Kulturszene der Stadt ein Stelldichein gab.

Dazwischen fanden sich einige Politiker vom Landtag, grün-gelb-rot-rosa und schwarz,

„Partielle Ansicht in der Ausstellungshalle von Marions Nordwandgalerie mit Obelisken und Eisenskulpturen", 1997

„Blaukreuz", 60 cm x 80 cm, Öl auf Leinwand, 2013 (Marion gewidmet)

alle zusammen inkognito am Tresen, friedlich vereint Caipirinha trinkend.

Die gesamte Szene des Areals inklusive des „Privatclubs" Zapata bewegte sich am Rande der Illegalität, in einem tolerierten Graubereich. Die Bürokratie drückte beide Augen zu. Keiner wusste, wie lange noch. Aber genau das war es, was die Besucher des Areals mit seinen Ateliers, seinen Künstlern aller Sparten und vor allem dem Zapata anzog.

Da war er, der dampfende Duft der undefinierbaren Nähe zu einer diffusen Anarchie, die unser getaktetes und kontrolliertes Alltagsleben nicht mehr zuließ.

Marion war fast jeden Abend mittendrin. Sie profitierte davon, dass sich ihr Domizil, ein Atelier, ja eher ein Loft und früher ein Bürogebäude, im Nebenhaus befand.

Und sie sammelte die Künstler um sich. Denn sie hatte einen heimlichen Plan.

Es kam, wie es kommen musste. Eines Tages musste das Zapata dichtmachen. Die genauen Umstände sind mir nicht bekannt. Bestimmt spielten auch die Steuerbegehrlichkeiten der Stadt eine Rolle. Auch die Künstler mussten gehen, die Gebäude wurden nach und nach abgerissen. Stattdessen wurde ein Mega-„Multiplex"-Kino hingeklotzt.

Das war die Stunde, auf die Marion gewartet hatte. Viele der Künstler waren ohne Ateliers als Notbehelf irgendwo bei Freunden untergekommen. Die Gäste des Zapata waren frustriert. In den Clubs der Innenstadt fanden sie nicht die Atmosphäre, die das Zapata ihnen gegeben hatte.

Auf der anderen Seite der Straße, neben dem Pragfriedhof, stand ein mehrstöckiges Gebäude, das von einem Autohaus aufgegeben worden war und leerstand. Marion hatte den Mietvertrag in der Tasche. Sie gewann die meisten der ehemaligen Areal-Künstler, die in der Stadt verstreut waren, als Untermieter dazu, für eine geringe Miete selbstverständlich. Marion ließ die Etagen des Gebäudes in Ateliers umwandeln, kleinere und größere, je nach Budget des Künstlers. Sie wuselte mit einem Meterstab die Stockwerke rauf und runter, wies den einen Grafiker dorthin, den Werbefotografen dahin und die Bildhauer in die ausgedienten „Showrooms" im Erdgeschoss des ehemaligen Autohauses Staiger.

Bemalter VW-Bus von José Briceno

Das oberste Stockwerk war der schönste, ja der sensationellste Raum im ganzen Haus. Ideal zum Ausstellen, zu schade, um ihn in Atelier-Waben zu zerteilen. Er maß fast vierhundert Quadratmeter und hatte ein rundes Glasoberlicht.

José Bricenio aus Peru, Antonio aus Kuba und ich saßen beim dritten Caipirinha in Marions großzügigem Loft und bewunderten ihr Improvisationstalent: Sie sprach in zwei Telefone gleichzeitig und dirigierte gestisch die Arbeiter einer Möbelfirma. Sie wollte uns eine Idee unterbreiten, war aber seit einer Stunde auf diese Weise beschäftigt und nicht imstande, auch nur ein Wort mit uns zu wechseln.

Da schrieb ich in Großbuchstaben auf einem Karton: WIR SIND DRÜBEN IN DER WURSTBUDE und versuchte ihre Aufmerksamkeit zu erhaschen, indem ich sie umkreiste und ihr das Schild vor das Gesicht hielt, bis sie es las und nickte, uns ihre fünf Finger zeigend und mit ihrer Armbanduhr wedelnd. Hoffentlich meinte sie fünf Minuten und nicht fünf Stunden!

Tatsächlich hielt sie sich an fünf Minuten. Während wir unsere Würste mampften, erklärte uns Marion ihren Plan. Sie wollte das obere Stockwerk mit der Riesenhalle zu einem Ausstellungsraum für die Künstler des

Hauses, mittlerweile fast siebzig an der Zahl, umwandeln.

„Und du, Georg", sagte sie, „machst die erste Ausstellung: Deine bemalten Metallskulpturen und die mulitikolorethnischen Riesenbilder sind genau das Richtige für den Einstand! Keine Widerrede! Antonio und José helfen dir dabei. Am besten, ihr lasst euch auch noch etwas einfallen, um die Eingangshalle, die Aufzüge und die Flure zu gestalten. Und noch etwas! Die Bar wird zwölf Meter lang sein, und zwar im Ausstellungsraum! Die wird ebenfalls von euch gestaltet. Ist das klar???"

So wurde Marion meine Part-time-Galeristin.

Wir nahmen die Herausforderung an und begannen, das Haus umzugestalten. José bemalte mit inka-intensiven Farben einen alten VW-Bus, der mit dem Aufzug nach oben gebracht wurde. Antonio und ich gestalteten das Innere und die Außentür des Lastenaufzugs mit Lackfarben im mittelamerikanischen Stil (wenn es den überhaupt gab).

Im Saal bauten die Arbeiter die zwölf Meter lange Bar aus Holz, die wir zu dritt an der Vorderseite bemalten.

Nach vier Wochen waren die Vorbereitungen für die Ausstellung beendet und 1200 Einladungen mit der Post verschickt. Meine Bilder hingen an den herbeigeschafften Stellwänden und die Skulpturen waren perfekt in dem großem Raum verteilt.

Eine Musikanlage war installiert, die Getränke geliefert, die Bar betriebsbereit und fünfzehn Leute als Personal engagiert.

Jetzt blieb uns nur noch eins: auf die Gäste zu warten. Die Vernissage war an einem Freitagabend um 19 Uhr anberaumt. Schon eine halbe Stunde vorher bevölkerten gut zweihundert Personen den Ausstellungsraum. Der DJ ließ erstmals sanfte Musik aus den Boxen erklingen. An der Bar kamen die Keeper nicht mehr nach, die Cocktails zu mixen. Um halb neun waren fünfhundert Leute in dem Riesenraum versammelt, einige tanzten zu der Latino-Musik, andere betrachteten die Kunstwerke und schlenderten von einem Ende des Raums zum anderen, darunter viele ehemalige Zapatagäste, die die Sehnsucht nach ihrem alten Ambiente hergetrieben hatte.

Marion lachte über das ganze Gesicht, glücklich über den Erfolg. Für sie war der Abend eine Wiedergeburt ihres geliebten, jetzt abgerissenen Zapata.

Und natürlich wollte sie mit der Bar auch Einnahmen erzielen, um die Miete für das Gebäude zu entrichten, denn manche „ihrer" Künstler waren manchmal etwas unzuverlässig, was die Mietzahlungen anbetraf.

Auf einmal brach die Musik ab. Stille. Fünfundzwanzig uniformierte Polizisten verteilten sich am Ausgang und an der Bar. Die Gäste vermuteten eine Einlage der Ausstellungseröffnung. Sie nahmen es nicht ernst.

Es war aber Ernst.

Einer der Polizisten bat um Ruhe und erklärte, dies sei eine nicht angemeldete Veranstaltung, für die es keine Ausschankgenehmigung gebe. Es dürften keine Getränke mehr verkauft werden. Die Gäste würden gebeten, den Raum zu verlassen. Meinen Einwand, dass dies meine Ausstellungseröffnung sei, ignorierten sie.

Am nächsten Tag saßen wir im Kreis um den Rechtsanwalt und Politiker Rezzo Schlauch, voll banger Hoffnung, dass es irgendwie weitergehen könnte. Doch er erklärte, da sei nichts zu machen. Marion hatte sich strafbar gemacht. Aus.

Der Vermieter kündigte ihr mit sofortiger Wirkung. Alle Künstler mussten innerhalb einer Woche ausziehen, wegen fehlendem Feuerschutz und fehlenden Sanitäranlagen. Alle Energien, die in dieses alternative Projekt gesteckt worden waren, waren umsonst, ebenso wie unsere monatelangen Vorbereitungen für die Ausstellung. Was die Stadt Stuttgart nicht unter ihrer Kontrolle hatte, durfte es nicht geben.

Für Marion brach eine Welt zusammen. Sie fluchte fürchterlich auf das Provinznest Stuttgart, dem sie endgültig den Rücken zukehren werde.

Marion Meßmer ist nach Costa-Rica ausgewandert. Eine Zeitlang wohnte sie bei unserem gemeinsamen Freund Fred Baganz, der in der Nähe von San José eine Pension betrieb. Dann zog sie nach Montezuma Bay auf die Pazifikseite von Costa-Rica. Dort verlor sich mit der Zeit ihre Spur.

Eines Tages erreichte uns die Nachricht, dass Marion in Montezuma Bay beim Tanzen ermordet wurde. Bis heute ist ihr Mörder nicht gefasst.

Stuttgarter Galeristin in Costa Rica erschossen
Ermittlungen gegen deutschen Lebensgefährten – Vertrauter der Toten macht der Szene Vorwürfe

Von unserem Reporter
MICHAEL ISENBERG

Der Tod der in Stuttgart szenebekannten Galeristin Marion Meßmer in Costa Rica bleibt rätselhaft. Die Staatsanwaltschaft Bochum ermittelt gegen den 37jährigen deutschen Lebensgefährten. Der Mann steht im Verdacht, die Künstlerin erschossen zu haben.

Marion Meßmer wird in den frühen Abendstunden des 29. Oktober mit einem Bauchdurchschuß in ein Krankenhaus der im Südwesten Costa Ricas gelegenen Stadt Nicoya gebracht. Die Bemühungen der Ärzte kommen zu spät. In derselben Nacht, wenige Tage vor ihrem 40. Geburtstag, erliegt Marion Meßmer der schweren Schußverletzung.

Die Polizei von Nicoya geht zunächst von einem Suizid aus. Sie stützt sich dabei offenbar auf die Aussagen derjenigen Personen, die die Schwerverletzte in die Klinik brachten. Eine Woche später, am 6. November, wird die Staatsanwaltschaft in Bochum eingeschaltet. Der Verdacht richtet sich nun gegen den 37jährigen Lebensgefährten Meßmers, einen Mann aus Bochum.

Meßmer hatte „Falk", wie der Mann unter costaricanischen Aussteigern genannt wird, im Frühjahr kennengelernt. Während sich die Ermittlungsbehörden in Bochum mit ihrer Einschätzung zurückhalten („Wir ermitteln, wie die Frau umgekommen ist"), steht für die Stuttgarter Freunde von Marion Meßmer fest, daß kein Selbstmord vorliegt. „Monika war eine außergewöhnliche und lebenslustige Persönlichkeit. Alle haben sie geliebt."

Doch die süße, unbeschwerte Leben im Umfeld der Zapata-Szene, das Meßmers Bekannte heute noch beschwören, fand im Frühjahr 1996 ein jähes Ende. Meßmer hatte gegenüber dem Südmilch-Areal in der Nordbahnhofstraße von einem dort ansässigen Autohaus Räumlichkeiten für eine Galerie angemietet. Wenige Stunden vor der ersten Vernissage verfügte das Ordnungsamt aus baurechtlichen Gründen ein Veranstaltungsverbot.

Dem folgte dann die fristlose Kündigung. „Danach ist Marion von ihren Szenefreunden gnadenlos fallengelassen worden", sagt ein langjähriger Vertrauter. Und fügt mit Bitternis hinzu: „Wenn die Marion jetzt unter normalen Umständen gestorben wäre, würde kein Hahn nach ihr krähen."

Ob die näheren Umstände des Todes von Meßmer jemals zu klären sind, ist fraglich. Zwar wurde der Leichnam inzwischen von der Gerichtsmedizin in Essen obduziert – wie dies bereits in Costa Rica geschehen ist – jedoch „ohne greifbares Ergebnis". Derzeit wird der 44seitige Untersuchungsbericht der costaricanischen Behörden ins Deutsche übersetzt. Ob er neue Erkenntnisse bringt, bleibt abzuwarten. „Falk" befindet sich in Costa Rica auf freiem Fuß, darf das Land aber nicht verlassen.

„Die Ermittlungen werden äußerst schwierig sein", heißt es bei der Polizei in Bochum. Nach den verheerenden Unwettern in Mittelamerika hätten die dortigen Behörden sicherlich andere Sorgen, als den Tod einer deutschen Aussteigerin zu klären.

M. Meßmer bei einer Vernissage 1996 Foto: privat

„Martinique", 170 cm x 150 cm, Öl auf Leinwand, 1989

„Ohne Titel", 300 cm x 100 cm, Öl auf Leinwand, 2008, Privatbesitz

„Anbetung", 100 cm x 150 cm, Öl auf Leinwand 1990

„Am 11.11.11 war was los", 60 cm x 80 cm, Öl auf Holz, 2011

„Flores Tikal", 46 cm x 58 cm, Collage, Mischtechnik auf Papier, 1997

„Ohne Titel", 61 cm x 184 cm, Öl auf Holz, 2006, Privatbesitz

„Obelisk", 120 cm hoch, Öl auf Eisen, 1996, Privatbesitz

„Ohne Titel", 80 cm x 68 cm, Öl auf Holz, 2006, Privatbesitz

Backnang Bekleidungshaus Spinner, 1994

Obelisken, verschiedene Größen, Öl auf Eisen, 1994

153

Die kleinsten Radierungen der Welt

An der Kunstakademie in Stuttgart gab es hervorragende Lehrer für Siebdruck, Lithographie und Radierung. Im dritten Semester begann ich, mich stärker für das manuelle Reproduzieren zu interessieren.

Hatte eins meiner Bilder endgültig den Besitzer gewechselt, sei es als Geschenk oder durch Verkauf, so war es für mich verloren. Ich hatte damit zwar jeweils nur einen kleinen Teil meines Werkes weggegeben, doch insgesamt lief ich Gefahr, das Zeugnis meiner künstlerischen Entwicklung ganz zu verlieren. Umso schwerer fiel mir die Trennung von manchen Werken. Mit dem Erstellen von Duplikaten und auf Reproduktion ausgelegten Schaffensprozessen bot sich mir ein tröstlicher Ausweg.

Zunächst wandte ich mich der Lithographie zu, einem Flachdruckverfahren, das viele Möglichkeiten bot. Der Lithographiestein musste mit einem anderen Stein (eine Schleifmaschine gab es nicht) mühsam geschliffen werden, bevor die Zeichnung aufgetragen werden konnte. Daraufhin wurde auf den feuchten Stein fetthaltige Farbe aufgewalzt, die vom Stein nicht angenommen, von der Zeichnung dagegen aufgesaugt wurde. So konnte die Zeichnung mit Farbe gesättigt auf Papier oder Karton übertragen werden. Der fertige Druck hatte keinen Prägerand. Nach stundenlangen Schleifen und fünf Zeichnungen gab ich auf, wusste aber, wie es funktionierte.

Der Siebdruck hatte für meine Begriffe einen fast schon zu maschinellen Charakter. Die manuelle Hauptarbeit bestand darin, das Sieb mit der Zeichnung zu versehen. Von da an ging alles von alleine. Lediglich die gewünschte Farbe musste ab und zu nachgegossen werden. Trotz meiner Skepsis benötigte ich dieses Verfahren später, um Plakate für meine Ausstellungen herzustellen.

Die Radierung, ein Tiefdruckverfahren, faszinierte mich am meisten, obwohl sie das aufwändigste Herstellungsverfahren eines Druckes ist. Das Hantieren mit Metall war mir vertraut. Die Zeit als Mechaniker ließ grüßen. Zu irgendetwas musste sie ja gut gewesen sein! Ätzradierung, Kaltnadelradierung, Vernis Mou, Aquatintaradierung, Farbradierung, kolorierte Radierung: Schon die Vielzahl der Techniken beflügelte die Fantasie.

Roland Winkler, der damalige Leiter der Radierwerkstatt, führte mich geduldig in die Materie ein. Ein Kupfer- oder Zinkblech musste spiegelglatt poliert werden, bevor eine feine Schicht Kerzenwachs aufgewalzt werden konnte. Dann wurde mit der Radiernadel die Zeichnung seitenverkehrt bis auf den Grund in das Wachs hineingeritzt und die Rückseite mit Asphaltlack versiegelt. Anschließend folgte ein Säurebad, mit dem die Zeichnung in das Blech geätzt wurde. Sobald die Wachs- und Lackrückstände entfernt waren, war die Platte für den ersten Andruck auf handgeschöpftes Papier bereit, das am Abend zuvor gleichmäßig befeuchtet in Plastikfolie eingepackt worden war.

Für den Druck war die Farbe zuerst gleichmäßig mit einem Ledertampon oder einer Walze auf der Platte zu verteilen, um dann mit dem Handballen langsam weggewischt beziehungsweise in die eingeätzten Rillen gedrückt zu werden, so dass die Farbe nur in der Zeichnung haften blieb. Dann wurde das feuchte Papier auf die Platte gelegt. Die Pressung konnte beginnen. Durch den hohen Druck entsteht der charakteristische Druckrand, ein typisches Merkmal der Radierung.

Damit das frischbedruckte Papier beim Trocknen nicht wellig wurde, musste es zwischen Kartons eingelegt werden.

Die kleinsten Radierungen der Welt

Meine ersten Werke waren meist provençalische Landschaften im Miniformat. Statt Blumen oder Pralinen brachte ich meinen Freunden nun kleine Radierungen mit. An einen Verkauf der Werke dachte ich noch gar nicht.

Anfang der 70er Jahre, als ich mit meiner damaligen Lebensgefährtin Monika in einer kleinen Mansardenwohnung in einem alten Bauernhaus lebte und die darunter liegende Wohnung von meinem Freund und Akademie-Kommilitonen Manfred und seiner Partnerin Gundula bewohnt wurde, interessierte sich ein Besucher eines der zahlreichen Atelierfeste in unserem Haus für eine Radierung, die gerade auf dem Tisch lag. Ob sie zu verkaufen sei, fragte er. Verunsichert und unerfahren erwiderte ich: „Naja, fünfundzwanzig Mark und sie gehört dir." Er gab mir fünfzig und bedankte sich höflich. Das war die erste und vorerst letzte verkaufte Radierung. Drei Jahre sollten bis zum nächsten Verkauf vergehen – und der geschah vollkommen unerwartet.

Mein Atelier „en plain air" bestand aus einem Tisch unter einem schattenspendenden Feigenbaum vor dem Haus meines Freundes Thomas in der Provence. Von dort konnte ich auf das Dorf sehen, das sich etwa einen Kilometer entfernt auf einem kleinen Hügel inmitten eines Tals befand. Die meisten Häuser waren aus Feldstein gebaut und schmiegten sich in Südlage so eng aneinander, als ob sie sich vor dem Zeitalter der Rationalisierung und der Beton-Zement-Lobby zu schützen versuchten. Gignac war im Mittelalter sicher ein Wehrdorf gewesen, jetzt war es eine Postkartenansicht, die darauf wartete, gezeichnet zu werden. Zu diesem Zweck lag bereits eine größere Radierplatte vor mir auf dem Tisch. Doch es kam nicht dazu. Ein Käfer landete mit Gebrumm auf einem Blatt weißen Papiers. Es war ein besonders schönes Exemplar mit zwei Scheren, ein Hirschkäfer vielleicht. Da saß er nun völlig unbeweglich auf dem Papier, und ich verstand sofort, dass er mir Modell stehen wollte. Auf einem Quadratzentimeter an der oberen Ecke der Radierplatte war er schnell gezeichnet, bevor er sich wieder davonmachte.

Im Laufe der nächsten Tage kam immer wieder eitle Käfer- und Insektenkundschaft vorbei und wollte ebenso im Miniformat auf der Kupferplatte verewigt werden. Zur Abwechslung streute ich hin und wieder kleine Landschaften der Provence dazwischen.

Zurück in Stuttgart, schnitt ich alles auf die kleinen Formate zu und bereitete es für den Druck vor. Schließlich hingen 24 Mini-Radierungen in selbsthergestellten Mini-Rahmen eng neben- und übereinander an der Wand. Monika war begeistert.

Die nächste Serie war noch kleiner. Die Skyline von Manhattan, Tiere, Landschaften, karikaturenhaft überzeichnete Gesichter, alles musste nun als Motiv herhalten.

Der Württembergische Kunstverein in Stuttgart, dessen Mitglied ich war, organisierte kurz vor Jahresende 1976 eine Gemeinschaftsausstellung. Monika war der Überzeugung, dass die kleinen Radierungen so kurz vor Weihnachten gut dorthin passen würden. Ich zweifelte zwar daran, brachte die Radierungen jedoch zum Kunstverein, um hinterher mit Monika im Bohnenviertel bei Eva und Odysseas in der bekannten Taverne „Rhodos" einzukehren, ordentlich griechisch zu essen und meinen Mut mit Retsina zu stärken.

Inmitten Hunderter Kunstwerke hing nun ein aus Holz gebastelter Rahmenkasten, in dessen Mitte die sechzehn Miniradierungen in Minirahmen festgenagelt waren. Aus Jux und Tollerei gab ich dem Werk den Titel „Die kleinsten Radierungen der Welt".

Sollte es ein Flop werden, würde der wirtschaftliche Schaden überschaubar bleiben. „Akademisch" genau hatte ich Material und Arbeitszeit auf 750 Mark kalkuliert; viel unangenehmer wäre gewesen, zum Gespött der Leute zu werden. Aus Angst davor blieb ich der Vernissage fern.

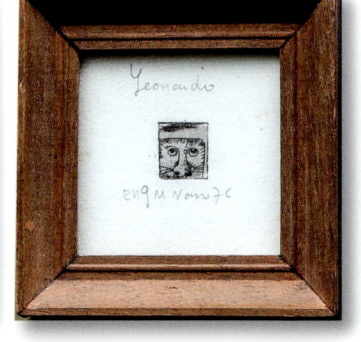

Was dann geschah, überraschte uns. Monika hatte Recht gehabt!

Zwei Tage später klingelte das Telefon. Ein Herr K. fragte, ob die Radierungen schon verkauft seien; falls nein, würde er den Kasten gerne kaufen. Ja, ja, meinte ich, noch nicht richtig wach, er könne den Kasten gerne erwerben. Für 750 Mark! Das sei in Ordnung, antwortete er. Er käme am Nachmittag vorbei, um mir das Geld im Voraus zu geben. Ich konnte es nicht glauben. Das musste ein Witzbold sein!

Eine Stunde später klingelte das Telefon wieder. Ein Herr G. meldete sich mit der Frage ob er die Radierungen kaufen könne. Ja gerne, einen Kasten hätte ich noch bei mir zuhause, der Preis sei 750 Mark. Auch er wollte das Geld unbedingt sofort vorbeibringen. Ich war platt: Noch einer, der sich einen Spaß erlaubte. Vielleicht ist ja immer der gleiche Kerl, überlegte ich, nur mit verstellter Stimme?

Im Laufe des Nachmittags kamen die Herren K. und G. tatsächlich vorbei, um mir das Geld zu bringen. Sie hatten einen Bericht aus dem Kulturteil der Stuttgarter Zeitung mit dem Titel "Die kleinsten Radierungen der Welt in Stuttgart" dabei: eine dpa-Meldung.

In meinem bescheidenen Mansardenatelier tranken wir zusammen eine Flasche Rotwein und nahmen uns vor, bei der Übergabe der Radierungen nach der Ausstellung wieder eine Flasche zu trinken.

In kurzer Zeit kamen drei weitere Anrufe: „Nein, alle Kästen sind verkauft, aber wenn Sie wollen, kann ich ihnen gerne kurzfristig einen liefern!" Ob es vor Weihnachten möglich sei? „Kein Problem, ich rufe Sie an, wenn er fertig ist."

Kästen und Radierungen waren in kurzer Zeit hergestellt und noch vor den Feiertagen ausgeliefert. Anstandslos erhielt ich mein

Die kleinsten Radierungen der Welt

Geld und war tagelang fassungslos über diesen Erfolg. Das musste gefeiert werden! Mit einer Riesenfete in unserer Bauernhaus-WG wurde das Jahr 1976 verabschiedet.

Mitte der 70er Jahre bereiteten sich die Druckereien auf das digitale Zeitalter vor, indem sie nun nutzlos gewordene Setzkästen aus Holz verramschten, und so war es trendy geworden, sich einen solchen an die Wand zu hängen. Man konnte sie überall kaufen. Waren sie erst einmal aufgehängt, füllten sie sich auf wundersame Weise wie von selbst.

Setzkasten und Miniradierung passten perfekt zusammen, beides lag im Trend, und so fasste ich einen Plan und begann mit der Arbeit.

Im Januar 1977 entstanden über fünfzig neue Motive. Pro Motiv rechnete ich mit einer Auflage von 99 Stück. Das bedeutete, die Bildchen in Akkordarbeit in kleine Rähmchen einzupassen. Schon der erste Versuch, sie in der Umgebung von Stuttgart anzubieten, war ein Bombenerfolg. Kleine Galerien, Rahmenmacher, Edelboutiquen, Antiquitätenläden, ja sogar Schreibwarengeschäfte mit Souvenirartikeln kauften die Radierungen dutzendweise. In kurzer Zeit war der ganze Bestand ausverkauft.

Nun war eine Neuorganisation der Produktion gefragt. Zwei Studenten druckten in der Radierwerkstatt, zwei weitere Helfer waren im Mansardenatelier für das Einrahmen der Miniaturen zuständig.

In meinem alten Renault 4, vollgepackt mit Radierungen, fuhr ich auf gut Glück nach Köln und Aachen. Der halbe Bestand war in kürzester Zeit verkauft. Sogar große Kaufhäuser wie Karstadt kauften. Weiter ging die Fahrt durch Rheinland und Ruhrgebiet nach Norddeutschland. Dann war der R4 leer.

Den Rest des Jahres fuhr ich kreuz und quer durch Westdeutschland, diesmal mit einem neuen R4, und der Erfolg ließ nicht nach.

Kurz vor Weihnachten 1977 sah ich zum ersten Mal in einem Schaufenster das Schild: Radierungen in Miniformat und zum halben Preis. Es war Zeit zum Aufhören. Ich hatte mit meiner Malerei genug Geld verdient, um als Maler unabhängig zu sein.

157

Was als Gag unter dem Titel „Die kleinsten Radierungen der Welt" begonnen hatte, war unerwartet zum kommerziellen Erfolg geworden, obwohl ich diese Behauptung einfach nur in die Welt gesetzt hatte, ohne zu recherchieren. Von manchen meiner Malerkollegen wurde ich dafür heftig kritisiert. „Kleinstradierer" oder „Kaufhausradierer" waren die eher harmlosen Schmähworte, die sie für mich übrig hatten. Ich machte mir nichts draus. Meine „Kollegen" hätten mit Sicherheit genauso gehandelt. Mir war klar, dass ihre Kritik nicht zu einem geringen Teil von Neid geprägt war. Wirklich wichtig war für mich die Erfahrung, dass man sich auch als Künstler eine Lebensgrundlage erarbeiten konnte, auf der man sich frei und ohne existentielle Not ausschließlich der eigenen Kunst widmen und die eigene Kreativität ausleben konnte. Albrecht Dürer hat seine Radierungen auch auf dem Markt verkauft!

dpa-Meldung über die kleinsten Radierungen der Welt vom 14. Dezember 1976

rechte Seite: „Der Champion", Kaltnadelradierung, handkoloriert Auflage 5/5 40 cm x 64 cm, 1985

"DER CHAMPION"

„Kontemplatives Dreieck", 36cm x 40 cm, Öl auf Leinwand, 2007

„6.6.06",
14 cm x 29 cm,
Aquarell,
2006

161

Wohnen und Leben als Kunstmaler

1970 bis heute

Im Jahr 1970 war das größte Problem während meines Studiums an der Akademie der bildenden Künste in Stuttgart das Wohnen, denn ich hatte zwei Handicaps. Das erste war ein mir zugelaufener Schäferhund, den ich Rex nannte. Das zweite bestand in der Tatsache, dass ich kaum Geld für Miete und dazu ein nicht unbedingt vermieterkonformes Aussehen hatte: lange Haare, Bart, löchrige Jeans und Parka, kurz, der damals übliche Bürgerschreck. Allein eine Wohnung zu finden, in der ich einen Hund halten konnte, erschien mir fast unmöglich.

Rex war mir auf einem Spaziergang in der Umgebung von Waiblingen zugelaufen. Der Besitzer, den ich bald ausfindig gemacht hatte, schenkte ihn mir, da Rex sich nicht zum Wach-und-Beiß-Hund dressieren ließ. Das machte ihn mir sehr sympathisch, und ihm wiederum gefiel mein Nomadenleben. Zunächst wohnten wir in einem auf Ziegelsteinen aufgebockten VW-Bus hinter dem Bildhauerbau der Akademie. Um den Bus herum war alles mit Gebüsch zugewachsen, durch das hin und wieder die eine oder andere liegengebliebene Skulptur durchschien, wodurch eine romantisch-unwirkliche Kulisse entstand.

Dafür, dass ich keine Miete bezahlen musste, gab es einige Entbehrungen auszuhalten, wie zum Beispiel den fehlenden Strom. Eine Toilette und Duschen gab es im Bildhauerbau, dessen Hintertür immer offen stand. Das Frühstück und das Mittagessen nahm ich unter der Woche in der nahe gelegenen Mensa ein. Als Kompensation dieser Einschränkungen war ich in zwei Minuten in meiner Akademieklasse bei Professor Sonderborg.

Im Sommer war das Wohnen im Bus sehr angenehm, konnte man doch abends in schöner Umgebung im Freien sitzen, mit Freunden grillen, ein Bierchen trinken. Im Winter war es weniger gemütlich. Der Kanonenofen, dessen Rohr aus einem der Fenster lugte, wärmte zwar ordentlich; ging er aber des Nachts aus, so kroch die Kälte zu mir unter die Bettdecke. Dennoch fand ich diese Art des Wohnens eine Zeitlang reizvoll und abenteuerlich. Der Hausmeister tolerierte meine „illegale Behausung", auch wenn er keinen echten Gefallen daran fand.

Einige der Akademiestudenten wohnten in einer stillgelegten Fabrik im Industrieviertel von Stuttgart-Feuerbach. Die Portiersloge, ein großer lichtdurchfluteter Raum, zwar mit scheußlichen Holztäfelungen, zugleich aber mit dem Luxus einer noch funktionierenden Zentralheizung ausgestattet, war noch frei und wartete auf mich. Also zog ich mit Rex ein. Ein paar Matratzen dienten als Bett. Kaum war die Staffelei aufgestellt, war das Wohn-Atelier fertig. Bis zum Abriss des Gebäudes, der in einem halben Jahr geplant war, wollte man uns hier umsonst wohnen lassen.

Auch Duschen gab es. Wenn man alle 32 Duschköpfe angemacht hatte, konnte man unter den Strahlen warmen Wassers seine Runden drehen.

In einem anderen Teil der Fabrik wohnten Leute, die durchaus nicht wie Studenten aussahen. Mit der Zeit bekamen wir mit, dass es sich um Gast- oder besser Schwarzarbeiter

„Bildfragmente", Mischtechnik auf Papier, 1974

handelte, die auf den Baustellen um Stuttgart herum ohne Steuerkarte und Sozialversicherung für einen Hungerlohn arbeiteten. Mindestens zweihundert Menschen hausten unter primitivsten Bedingungen zusammengepfercht in einer großen Fabrikhalle, die in Verschläge aus Sperrholz aufgeteilt war, in denen jeweils vier Hochbetten standen. Zudem bezahlten die Arbeiter offensichtlich eine horrende Miete.

Peter, seines Zeichens ein strenger Revolutionär, wollte diesen Missstand unverzüglich zur Anzeige bringen, doch die anderen Studenten wollten wenigstens den Winter dort verbringen. Es galt abzuwägen: Hundert Meter entfernt wurden Menschen ausgebeutet und unwürdig behandelt, was unbedingt an den Pranger musste. Aber alles zu seiner Zeit. Peters Eifer wurde ausgebremst, denn wir wollten auf keinen Fall im Winter unsere kuschelige Behausung verlieren. Erst im Frühjahr waren wir bereit, an die Öffentlichkeit zu gehen.

Das Leben in der Fabrik war sehr abwechslungsreich. Jeden Abend gab es in irgendeinem Büro ein Treffen mit den anderen Studenten und Studentinnen, auf dem wir über Gott und die Welt diskutierten. Immer hatte jemand ein Abendessen mit Reis oder Nudeln improvisiert, bei dem Wein und Bier nicht fehlten.

Für das Frühjahr planten einige eine Ausstellung ihrer Werke in der der Fabrik. Kurz vor Ostern war es soweit: Etwa hundertfünfzig Leute waren zur Eröffnung gekommen,

163

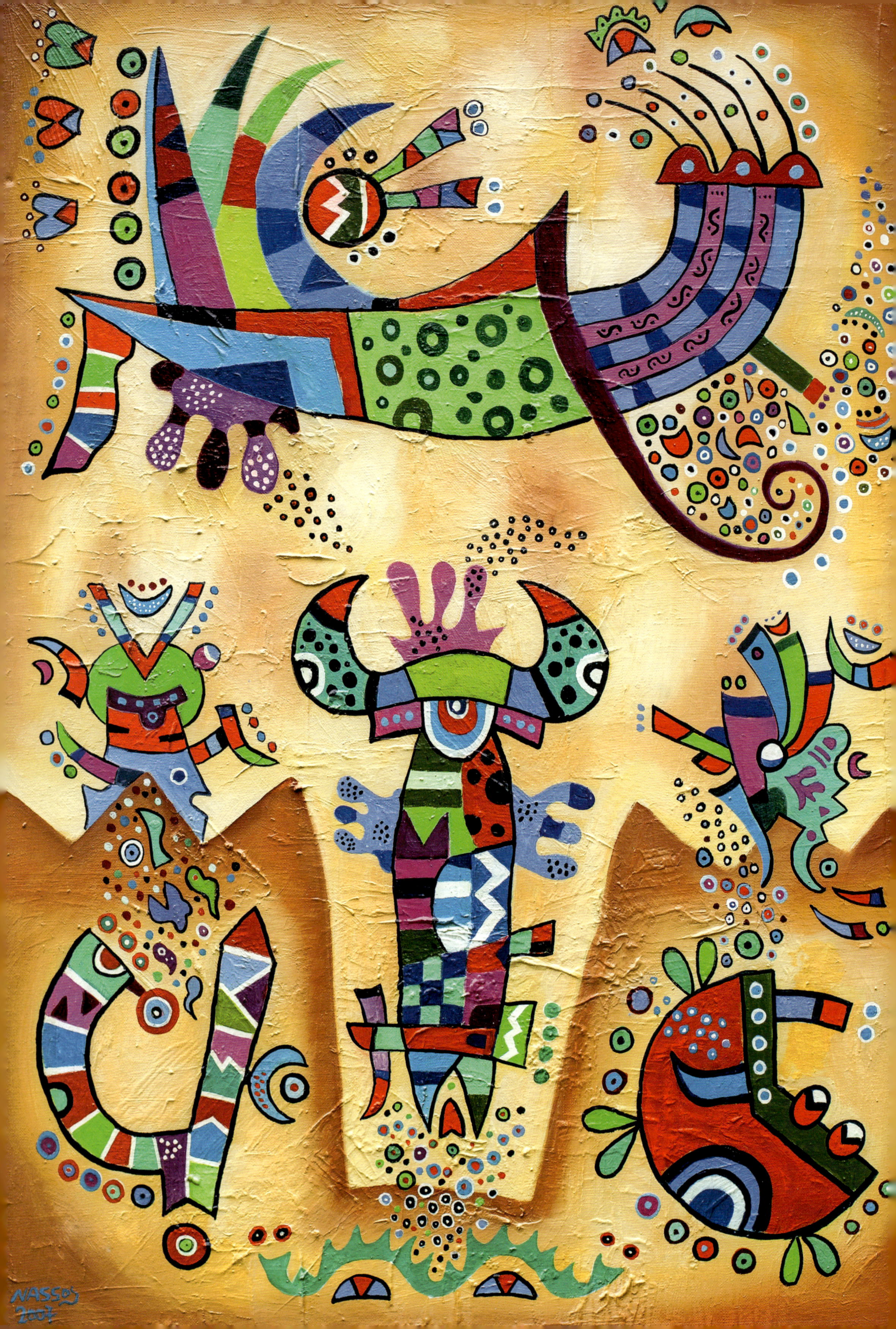
NASSOS
2007

links: „Der Traum des Scorpions",
Öl auf Leinwand, 2007,
50 cm x 70 cm

darunter auch ein paar Journalisten der Lokalpresse. Einer von ihnen hatte Gerüchte über die illegalen Gastarbeiter gehört, die am anderen Ende der Fabrik hausten, und wollte sich selbst vor Ort ein Bild machen. Peter führte ihn hin.

Die Fremden umkreisten neugierig die beiden Besucher und zeigten ihnen, obwohl selbst kaum der deutschen Sprache mächtig und dadurch misstrauisch, bereitwillig ihre Wohnsituation. Nachdem der Zeitungsmann sich umgeschaut hatte, rief er von meinem Pförtnerdomizil aus, wo, oh Wunder, sogar das Telefon noch funktionierte, seine Redaktion an und orderte einen Fotografen. Als dieser eintraf, gingen die beiden an die Arbeit. Der Journalist fragte die Leute alles Mögliche, der Fotograf fotografierte alles Mögliche; dann zogen sie ab und wir gingen zurück zu unserer Vernissage.

Am nächsten Tag hatten wir die Sache vergessen. Am übernächsten klopfte es frühmorgens heftig an die Fensterscheibe meiner Loge. Ich öffnete, und vor mir stand ein mittelgroßer Mann in Anzug und Krawatte, flankiert von zwei kräftigen Gestalten in Kleiderschrank-Bauweise, offensichtlich dessen Bodygards.

„Wer hat die Presse benachrichtigt, warst du das?", fuhr er mich in herrischem Ton an, ohne sich die Mühe einer Vorstellung gemacht zu haben. Ein leichter Akzent wies ihn als US-Amerikaner aus. Die Gorillas schoben mich beiseite, enterten meine Wohnstatt und schauten sich neugierig um. Rex entdeckte angesichts dieser Typen seine vergessene Beißhund-Lektion und bewegte sich knurrend auf die Männer zu. Als ich ihn am Halsband schnappte und an die Leine nahm, bellte er wütend und fletschte die Zähne, was die Typen den Rückzug antreten ließ. So hatte ich Rex noch nie kennengelernt. Von wegen „nicht zum Wachhund geeignet"!

Erst jetzt fragte ich die Herren nach dem Zweck ihres Überfalls. Der Anzugmann stellte sich als Mr. Carter vor, die beiden Herren,

deren Namen nichts zur Sache täten, seien seine Angestellten und für die Ordnung auf dem Fabrikgelände zuständig.

Carter hielt mir eine Zeitung unter die Nase. Auf der aufgeschlagenen Seite des überregionalen Blattes sah ich Fotos der armen Arbeiter und ihrer Zimmer umrahmt von einem ganzseitigen Bericht über das unwürdige und illegale Treiben in der stillgelegten Fabrik.

Natürlich stellte ich mich dumm; mein Name sei Hase und ich wisse von nichts. Das schien sie fürs erste zu überzeugen. Rex zog immer noch zähnefletschend und knurrend an der Leine.

Die Männer gingen in das obere Stockwerk, um die anderen Studenten zu verhören. „Hoffentlich halten die dicht", dachte ich.

Unser Wohnprojekt schien damit beendet zu sein. Mit diesen Typen war ganz sicher nicht zu spaßen. Und ganz sicher wussten sie, dass nur wir die Angelegenheit kolportiert haben konnten. Eines war uns klar: Carter war ein Menschenhändler, der billige Arbeitskräfte rekrutierte, die er gegen Provision an Baufirmen auslieh. Den armen Schweinen knöpfte er hohe Mieten für ihre armseligen Behausungen ab. So war das Geschäftsmodell. Noch am selben Tag berieten wir in der Mensa die Situation. Bis zum Umzug sollten noch drei Tage vergehen. Wir standen rund um die Uhr Wache und verbarrikadierten die Türen zum Bürogebäude. Zu den Duschen jenseits des Hofes gingen wir ab sofort nur noch zu dritt. Peter hatte sogar einen echten Revolver bei sich. Weiß der Teufel, woher er die Knarre hatte.

Einer der Studenten, Herbert, hatte weit entfernt von der Zivilisation einen alten Bauernhof gemietet, der einigen von uns ein vorläufiges Dach über den Kopf bieten konnte, was für mich trotz der großen Entfernung zu Stuttgart eine vorläufige Lösung meines Wohnproblems bedeutete.

Das in die Jahre gekommene, fast baufällige Einzelgehöft lag idyllisch am Waldrand umgeben von Streuobstwiesen. Die Miete

Erste eigene Wohnung in Bernhausen

Ein Stammgast der berüchtigten Gaststätte „Brett" im Stuttgarter Bohnenviertel, in der ich zu jener Zeit kellnerte, musste seine Wohnung in Bernhausen aufgeben: Er übersiedelte nach West-Berlin, um in Erlangung des vielbegehrten grünen Personalausweises, der für den Sonderstatus der Stadt stand, der Bundeswehr zu entgehen. Die Vermieter, eine Filderkraut-Bauernfamilie, hatten nichts dagegen, dass ich die Wohnung übernahm. Auch Rex war bei der freundlichen Familie Stäbler herzlich willkommen.

Ich zog also in ihr zweistöckiges altes Bauernhaus mit zwei Wohnungen und einem angebauten Kuh- und Schweinestall. Meine Wohnung unter dem Dach besaß vier gemütliche Zimmer mit einigen Dachschrägen. Eines hatte mit seinen großen Fenstern nach Nordosten das ideale Licht zum Malen. Vor dem Haus lag ein kleiner Garten mit alten Obstbäumen. Die Miete war in jener Zeit mit 250 Mark durchaus zu stemmen. Doch das Wichtigste war: Endlich hatte ich ein Zuhause! Nach allen Irrungen und Wirrungen bewohnte ich nun meine erste eigene Wohnung und hatte ein sicheres Dach über dem Kopf.

war niedrig und Rex hatte viel Auslauf. Allerdings musste ich Herberts Neigung über mich ergehen lassen, uns alle beim Abendessen durch Vorträge in marxistisch-leninistischer Dialektik weiterzubilden, die er mit abenteuerlichen Verschwörungstheorien garnierte. Außerdem brauchte ich für den Weg vom Hof bis zur Akademie zwei Autostunden.

Nach zwei Monaten war meine Geduld hinsichtlich politischer Bildung und Fahrerei am Ende und ich zog zu Bekannten ins Siebenmühlental. Das reduzierte die Anfahrt auf eine Autostunde.

Wiederum vier Wochen später ging es in die Urachstraße in Stuttgart, wo ich mir fünf Monate lang eine winzige Dachgeschosswohnung mit der Innenarchitektin Gabi aus Liechtenstein teilte. Hier allerdings wurden wir von den Vermietern rausgeekelt, die umbauen wollten.

Danach fand ich eine provisorische Wohnmöglichkeit auf dem feinen Frauenkopf in Stuttgart. Ich mietete für vierzig Mark einen Raum unter einer Garage mit Ausgang direkt zum steil abfallenden Garten, für Rex gerade richtig. Der Nachteil: Es gab keine Heizung und die Toilette befand sich im Haus der Gastgeber, Familie Hermann, nebenan. Bis zum Winter musste ich etwas anderes finden. Und tatsächlich, das Winterquartier fand ich in der Wohngemeinschaft von Bert in Stuttgart-Vaihingen.

Nach und nach richtete ich mich ein und ergänzte meinen Hausstand fortlaufend mit den Schätzen, die an den damals in Stuttgart noch üblichen „Sperrmülltagen" zu finden waren: Hier ein wunderschöner Jugendstilschreibtisch, dort ein ausziehbarer Esstisch aus altem Eichenholz, hin und wieder alte Kommoden und Perserteppiche und einmal sogar echte Thonet-Stühle. All das lag buchstäblich auf der Straße. Eine professionelle Staffelei, die ich dort fand, begleitet mich seit jenen Tagen immer noch. Für wenig Geld erstand ich bei einer Haushaltsauflösung einen fast neuen Küchenherd und eine

rechts „Auch Punks werden alt", 34 cm x 49 cm, Mischtechnik auf Karton, 1988

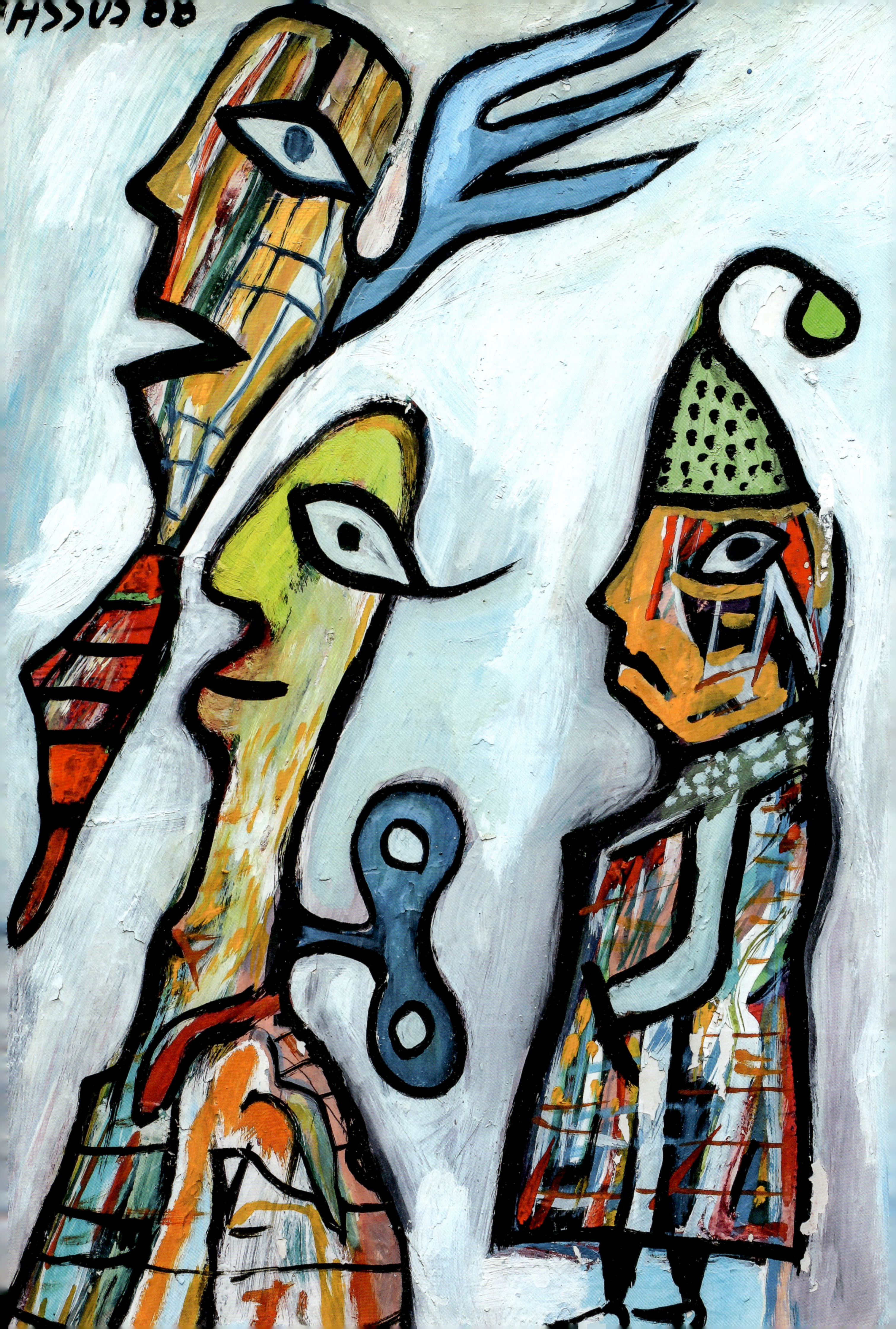

Wohnen und Leben als Kunstmaler

„Hommage an den Zollbeamten Rousseau (Temptation)", 65 cm x 92 cm, Öl auf Leinwand, 1974

Waschmaschine. Damit war die Wohnung eingerichtet.

Dann bekam ich eine Babykatze geschenkt, die ich „Sisi" nannte. Über ein Brett, das von einem hohen Pflaumenbaum zu einem der Fenster führte, konnte sie jederzeit ein- und ausgehen. Auch Rex schloss sie nach anfänglich verwunderter Zurückhaltung ins Herz und adoptierte Sisi als kleine Schwester.

Mein Glück dauerte an, als ich Monika kennenlernte, die schon bald darauf bei mir einzog. Inzwischen war die untere Wohnung frei geworden und ich konnte die Vermieter davon überzeugen, meinen Freund und Mitstudent Manfred samt Partnerin aufzunehmen. Ab sofort störte sich niemand mehr an lauter Musik oder einer nicht gemachten Kehrwoche. Die Wohnidylle war perfekt.

Mein bis dahin eher rastloses Leben hatte einen Ruhepol gefunden. Ein Dreitagesjob als Kellner im „Brett" sicherte mir Einkommen und Miete, Monika Nähe und künstlerische Verbundenheit. Im lichtdurchfluteten Nordost-Zimmer widmete ich mich intensiv der Malerei und dem Studium derselben. Mit Rex ging ich auf langen Spaziergängen über die unendlichen Krautfelder der Filderebene, mit Manfred durchstreifte ich die nahen Wälder nach Steinpilzen. Wir feierten Feste und genossen das Leben!

Eines Tages klingelte es in aller Frühe an der Türe. Ein Gerichtsvollzieher begehrte Einlass, um nichtbezahlte Hundesteuer und die Bußzahlungen diverser Strafzettel einzutreiben, was zusammen eine nicht unerhebliche Summe ergab. Ich lud den Herrn zum Tee und gestand ihm, dass ich die geforderte Summe unmöglich aufbringen könne. Nachdem er dies zur Kenntnis genommen hatte, schaute er sich um und bedachte mein Einrichtungssammelsurium mit professionell-taxierenden Blicken. „Macht nichts, dann nehme ich halt Ihre Kunst mit", sagte er. "Darf ich mir etwas aussuchen?"

Er nahm einige Radierungen, zwei Aquarelle, ein kleines Ölbild und drei größere Arbeiten in Mischtechnik in Beschlag, nahezu den ganzen Bestand an fertigen Werken. Ich tat überrascht und bemerkte, dass der Umfang der beschlagnahmten Bilder weit mehr Wert hätte als die eingeforderte Summe – obwohl ich damals noch gar nichts verkauft und damit auch vom erzielbaren Preis nicht die geringste Ahnung hatte. Mit der Bemerkung, falls es wieder Tee bei mir gebe, komme er am nächsten Morgen wieder vorbei, zog er mit den Bildern auf und davon. Für mich klang es wie eine Drohung, obwohl der Mann sich äußerst höflich und respektvoll benommen hatte.

Am nächsten Tag stand er gegen Mittag vor der Tür und bat um eine Tasse Tee, während er zwei Croissants aus ihrer Tüte befreite. Mehr Bilder hätte ich nicht, sagte ich vorsichtshalber, was er mit einem geheimnisvollen Lächeln quittierte. Nachdem wir die Croissants gegessen und den Tee ausgetrunken hatten, öffnete er seine dicke Aktentasche und holte einen Umschlag heraus. Während ich krampfhaft überlegte, ob ich irgendwo weitere Schulden angehäuft hatte, zog er aus dem Umschlag ein Bündel Geld heraus, zählte 460 Mark ab und drückte sie mir in die Hand. „Das ist für Sie", sagte er. Er bemerkte meinen verwunderten Blick und fuhr fort: „Nehmen Sie nur. Ich habe Ihre Bilder an die Stadtverwaltung verkauft. Das Geld hier ist der Überschuss, der nach Abzug der Schulden übrig geblieben ist. Sie sind jetzt schuldenfrei. Das Kulturamt der Stadt hat sogar die Absicht, eine Arthothek mit Ihren Bildern zu gründen. Am besten setzen Sie sich mit Herrn H. in Verbindung, der Herr hätte gerne noch ein paar Bilder von Ihnen."

Im nächsten Jahr vermied ich es, Hundesteuer zu bezahlen. Und tatsächlich tauchte einige Zeit später der nette Herr Gerichtsvollzieher in der Frühe zum Tee auf, nahm ein bis zwei Bilder mit und verkaufte sie an das Kulturamt. Anderntags kam er mit Croissants, trank den nächsten Tee und händigte mir den überschüssigen Verkaufserlös aus. Mit der Zeit freundeten wir uns an. Er ist jetzt pensioniert und besitzt mehrere Bilder von mir.

1985, nach vierzehn Jahren sorglosen Lebens, beanspruchte der Sohn der Vermieter die Wohnung für sich, und ich musste mir eine neue Bleibe suchen.

Das Atelier in der Schlosserei

Das nächste Domizil fand ich in Bernhausen, direkt an der Hauptstraße nach Sielmingen. Es war eine ehemalige Schlosserwerkstatt mit einer Fläche von ungefähr zweihundert Quadratmetern, vier Meter hohen Decken und einem großen Eingangstor, durch das ich mit dem Auto bis vor mein Bett fahren konnte. Am Tage musste ich den Verkehrslärm mit lauter Musik übertönen. Die Miete war höher als bei den Stäblers, aber mir blieb keine Wahl.

Der Raum wurde mit alten Schränken und hohen Regalen in einen Küchen-, einen Schlaf- und einen Arbeitsbereich geteilt. In die hohen Fenster hängte ich Leintücher, damit ich die hässliche Gegend nicht sehen mußte. Die Heizungsrohre für die oberen Stockwerke liefen durch den ganzen Raum und verbreiteten einen Hauch von „Centre Pompidou". Mit ein wenig Fantasie wähnte man sich in einem Loft in New York.

Für Monika und mich bedeutete es das Aus. Sie weigerte sich, in diesem Ein-Raum mit mir zu leben.

Kein „normaler" Mensch hätte so hausen wollen, doch mir war es egal. Hauptsache ich konnte malen und war frei von Anschaffungs- und Konsumzwängen. In einer normalen Etagenwohnung hätte ich es niemals ausgehalten. Allein der Gedanke daran verursachte mir Albträume.

Jeden Spätherbst wurde der pensionierte Schlossermeister zum Schnapsbrenner. Er brannte, was das Zeug hielt, und verarbeitete das gesamte Obst aus seinem Garten. Die Brennerei lag im Keller unter mir, was zur Folge hatte, dass Tag und Nacht die Alkoholdämpfe durch die Werkstatt waberten. Ans Schlafen war da nicht mehr zu denken: Allein vom Atmen wurde man betrunken.

Also flüchtete ich zu Freunden oder nach Südfrankreich.

Die Atelierfeste, die ich in den Wintermonaten regelmäßig veranstaltete, waren sehr beliebt. Dreißig, vierzig Menschen bevölkerten bis in den frühen Morgen das „Loft". Die einen kauften ein Bild oder eine Radierung, andere sorgten für spannende Diskussionen über Kunst, Literatur oder Musik. Immer wieder wurde ich um meine improvisierte, ungewöhnliche Lebensweise beneidet, auch wenn sie für mich nur eine Übergangslösung in Erwartung besserer Zeiten war.

Vor dem Atelier parkte ein „Himmelsfloh", den mir mein Freund Freddy geschenkt hatte, weil er seine Zelte in Deutschland abbrechen und in Costa Rica eine neue Existenz aufbauen wollte. Der Himmelsfloh war ein Mini-Flugzeug aus den 30er Jahren, in dem der Pilot zugleich einziger Passagier war. Das Flöhchen war sogar flugfähig. Bei meinem inzwischen verstorbenen Freund Alfred Schürmann nahm ich Flugunterricht auf einer Cessna, was leider nicht in die Erlangung der Fluglizenz mündete. Das Flugzeug verkaufte ich dem Technikmuseum Sinsheim, wo es noch heute zu bestaunen ist.

Nach dem Tod des Schlossers verkauften seine drei Töchter das Haus mit der Werkstatt Ende 1989 einem Automobilhändler. Wieder musste ich gehen, diesmal, weil alles abgerissen werden sollte.

Südfrankreich, dachte ich, wäre eine Alternative. Da ließe es sich gut leben: weit weg von hohen Mieten, Lärm, Stress und Konsumzwang. Ein einfaches Leben in der unberührten Natur der Provence: Holz für den Kamin sägen, Gemüse anbauen, ein paar Hühner und Schafe halten und vielleicht sogar selbstgemachten Schafskäse auf dem Markt verkaufen. Oder eine kleine Galerie führen, eigene Bilder und die von Freunden verkaufen?

Atelier Herwegh-straße

Atelier Herweghstrasse in Stuttgart West

Aber es kam anders als gedacht – und das war, aus heutiger Sicht betrachtet, gut so. Zu dieser Zeit hatte ich ein immer wiederkehrendes Problem mit einer Sehne des rechten Oberschenkels, das ich mir eingefangen hatte, als ich mich, gänzlich untrainiert, in vierzehn Tagen mit dem Fahrrad von Südfrankreich nach Bernhausen durchgekämpft hatte, eine Strecke von 1300 Kilometern. Niemand konnte mir helfen, bis ich eines Tages im Freundeskreis die Krankengymnastin Sabine kennenlernte, die mir in sieben Sitzungen half, die Schmerzen loszuwerden und mein Bein zu heilen.

Zum Dank lud ich sie zum Essen ein. Im Laufe des Tischgesprächs erwähnte ich meine Gedanken, eventuell in die Provence umzusiedeln. Sie riet mir davon ab: „Da bist du weit ab vom Schuss", fing sie an. „Überleg es dir genau: Kultur gibt es nur in der Stadt. Aix und Avignon sind fast hundert Kilometer entfernt, Marseille noch weiter. Da unten müsstest du den ganzen Tag Lavendelfelder malen und den Touristen Lavendelbilder anbieten. Willst du das wirklich? Trotz des schönes Wetters und der Umgebung würdest du Stuttgart vermissen, denn nicht nur deine größten Kunden wohnen hier, sondern auch deine Freunde."

Sabine hatte Recht. Aber wo sollte ich hin? „In meinem Haus in der Herweghstrasse 12 im Stuttgarter Westen kann das Dach ausgebaut werden, schau es dir bei Gelegenheit mal an", sagte sie zum Abschied.

Der Dachstock war seit Ewigkeiten als Abladeplatz für unnütze Möbel und manchmal auch zum Wäschetrocknen benutzt worden. Zwei kleine Fenster an den Giebelseiten ließen spärliches Licht hinein, das die Segel der Spinnennetze im Raum sichtbar werden ließ. Der Dielenboden jammerte und ächzte beim Laufen unter der Last seiner hundert Jahre. Nach kurzer Bedenkzeit nahm ich Sabines Angebot an und stellte mich der neuen Herausforderung.

Zufällig war gerade Martin, unter anderem ein gelernter Zimmermann, aus den USA nach Stuttgart zurückgekommen. Im Frühjahr 1991 war nach einem Jahr harter Arbeit der Umbau vollendet, und ich zog ein. In diesem Wohnatelier lebe ich heute noch. Es besteht aus einem einzelnen, elf Meter langen und fünf Meter hohen Raum mit Fenstern in alle Himmelsrichtungen, aus denen man einen großartigen Rundumblick über ganz Stuttgart genießen kann.

„Gefangenes Testosteron", 40 cm x 50 cm, Öl auf Leinwand, 2011

„Begegnungen", 80 cm x 100 cm, Öl auf Leinwand, 2000

Ein Künstler auf der Suche

Bald wird dem interessierten Publikum in Kassel wieder das vorgehalten werden, was man als Weltkunst ansieht. Für das Megaereignis „Dokumenta 12" haben die Kuratoren drei Leitfragen formuliert, denn schließlich, so heißt es in einem offiziellen Text, „machen wir die Ausstellung, um etwas herauszufinden".

So sucht man mittels der Kunst Antworten auf Fragen wie „Ist die Moderne unsere Antike?", „Was ist das bloße Leben?" und die umfassendste Frage: „Was tun?".

Es sind Fragen, die die menschliche Existenz betreffen, jedoch nicht nur im Rahmen der Dokumenta gestellt werden, Fragen nach Tradition in moderner Zeit, nach der Identität des Individuums in einer Zeit der Globalisierung, die Frage nach der Verletzlichkeit menschlichen Lebens, die Frage nach Bildung.

Kunst ist immer auch eine Reflexion menschlichen Daseins, sie stellt Fragen an die Gesellschaft, in der sie entsteht, begibt sich auf die Suche nach Antworten.

Georges Menelaos Nassos ist ein Künstler auf der Suche. Seine Bilder vereinen Tradition und Moderne, schaffen Begegnung zwischen Kulturen und fordern zur Reflexion auf. Sie finden ihren Ursprung in der Entdeckung verloren gegangener Kulturen ebenso wie in der eigenen Biografie, sind sensibler Weltentwurf ebenso wie einfühlsame Fabulierfreude.

1946 in Pilsen geboren, wächst Nassos in einer Zeit des Umbruchs auf, zumal er in seiner Jugend mit konträren Kulturen und Traditionen konfrontiert wird. Seine Kindheit ist geprägt von der beeindruckenden Natur Böhmens, und so löst der Umzug nach Athen bei dem elfjährigen Jungen, der bereits den Wunsch hat, Künstler zu werden, einen Schock aus. In der Großstadt findet er sich nicht zurecht. Er sehnt sich nach den Wäldern, die seine früheste Kindheit geprägt haben.

Bereits mit vierzehn Jahren verlässt er seine Familie, findet in Deutschland einen Lehrherrn und lässt sich zum Mechaniker ausbilden. Das verschafft ihm Arbeit und Lebensgrundlage, doch seine Berufung ist dies nicht. In der Lehre wird er als Künstler belächelt, nachdem ihm eine überaus gelungene technische Zeichnung zu langweilig erschien und er diese farbig ausgemalt hatte. Entsetzen bei den Fachleuten, für Nassos aber ein weiterer Schritt auf dem Weg zu seinem eigentlichen Berufswunsch, der jäh unterbrochen wird.

Denn während eines Aufenthaltes in Schweden ereilt ihn die Berufung zum griechischen Militärdienst. Er dient einem Land, das ihm bis dahin noch nicht vertraut werden konnte und das er in unruhigen Zeiten erlebt. Als junger Soldat muss er zusehen, wie das Militär durch Putsch die Macht an sich reißt. Nassos bleibt nur kurze Zeit im Land seiner Mutter, er wird es vierzehn Jahre lang nicht mehr wiedersehen, denn die Rückkehr wird ihm aus politischen Gründen verweigert. So hält er sich in verschiedenen Ländern Westeuropas auf und genießt dabei auch die Begegnung mit Kunst und Kultur sowohl der Vergangenheit als auch der Gegenwart.

1970 wird der 24jährige an der Kunstakademie Stuttgart aufgenommen.

Der als Informeller gefeierte Künstler KHR Sonderborg wird sein geistiger Vater. Nassos beginnt seine künstlerische Laufbahn ganz im Stil seines Lehrers, mit großformatiger gestischer Malerei. Die Gewohnheit, schnell entstandene Bilder nicht zu betiteln, sondern lediglich mit dem Tagesdatum zu versehen, stammt aus dieser Zeit. Die Kunstszene Anfang der 70er Jahre ist bunt und lebendig, der junge Student feiert mit und lässt sich feiern.

1982 schließlich wird die Begegnung mit der Kultur seiner Vorfahren zu einem Schlüsselerlebnis. Er setzt sich mit der Geschichte der Minoer auseinander, besucht die Tempelruinen, die frühgeschichtlichen Stätten auf Kreta. Seltsam berührt und an diese Kultur erinnert, spannt Nassos durch Studienreisen in dieser Zeit einen Bogen nach Mittelamerika, zu den alten Kulturen der Mixteken und Azteken.

Seine Kunst ändert sich radikal. Statt introvertiertem, gestischem Malstil entwickelt er eine reflektierende, symbolhaft und zugleich poetisch erzählerische Malerei. Es ist die Zeit, in der die Szene auf neue Impulse wartet, als Anfang der 80er Jahre die jungen Wilden mit ihrer Ausstellung der „Heftigen Malerei" in Berlin Aufsehen erregen. Aber sie ziehen die Aufmerksamkeit nur kurze Zeit auf sich, realistische Tendenzen finden ebenfalls wieder Beachtung in der Kunst: Einen einheitlichen Stil gibt es nicht, keine Richtung, die tonangebend wäre.

Statt sich in diesen Turbulenzen mitzudrehen, präzisiert Nassos Ende der 80er und Anfang der 90er Jahre seinen Stil, der auch diese Ausstellung prägt. Geheimnisvolle Zeichen und phantasievolle Figuren, vermischt mit Ornamenten und farbigen Mustern, durchweben die Bildfläche. Man scheint darin lesen zu können. In mehrere Abschnitte unterteilt, bewegt sich das Auge des Betrachters wie durch die Zeilen und Kapitel eines Buches über die Fläche.

Reflektiert man die Biografie des Künstlers, so liegt nahe, sich an die überlieferten Fragmente minoischer Kunst zu erinnern. Geheimnisvolle Idole, Meeresstildekor mit Fischen und Muscheln, auch Pflanzen finden sich auf Vasenmalerei und auf Freskoresten an Tempelwänden auf Kreta. Pflanzen und Tiere werden hier stilisiert und zu ästhetischen Ornamenten und Mustern entwickelt, bilden eine lebensfrohe Bilderwelt.

Überwältigt lässt der Künstler auf seiner Suche auch die Welt der Azteken auf sich wirken. Die Codices der frühen amerikanischen Kulturen, von den europäischen Eroberern zum großen Teil brutal vernichtet, sind ein Vermächtnis in Bildern und Piktogrammen. Kalendarische Systeme, Familiengeschichten ganzer Dynastien, auch Götterwelten und Wahrsagerei sind hier festgehalten. Ebenso wie diese Faltbücher fanden sich auch an den

„Eitle Mikroorganismen",
80 cm x 60 cm,
Öl auf Leinwand,
2009

Ein Künstler auf der Suche

Wänden der Tempelanlagen Figuren von Göttern und Tieren. Bilder, die den Kulturen ihr Gesicht geben. „Ich gebe den Tempeln ihre Seele wieder", sagt Georges Menelaos Nassos, der in seinen Bildern verlorengegangenen Kulturen nachspürt und sie in eine moderne Bildsprache übersetzt. Es ist keine Kunst, die mit einem Blick erfasst werden kann. Der Betrachter muss sich vertiefen, sie studieren, um dem Geheimnis auf die Spur zu kommen. Es finden sich Anklänge an unsere moderne Zeit, an historische Überlieferungen, es finden sich Fabelwesen und freundliche Ornamente. Es ist eine phantasievolle Welt, an der der Betrachter seine Freude finden kann und die ihm hilft, gegen seinen eigenen Schmerz anzugehen. Anfang der 90er Jahre kämpft er um das Recht, sein von ihm getrennt lebendes Kind sehen zu dürfen. Davon zeugt das Bild „Trennungskind", laut Nassos „das einzige positive Bild aus dieser Zeit".

Ebenso poetisch sind auch die Sternzeichen, die Nassos in einer grafischen Auflage geschaffen hat. Um die Sternkreiszeichen herum erzählt er Geschichten, findet fröhliche Zeichen und Szenen, in die sich der Betrachter vertiefen kann.

Sogar Treibholz erweckt Nassos zu neuem Leben. Aus dem verrotteten Holz, über Meere getrieben, um irgendwo an einem fremden Ufer zu stranden, macht Nassos Zeichen, moderne Totempfähle, Gedenken an verlorenes Gut, Mahnung an Verantwortung.

Doch es bedarf nicht der exotischen Orte, um daran erinnert zu werden, wie schnelllebig unsere Zeit ist, wie Bilder und Informationen verschwinden, wenn wir sie nicht pflegen und im Bewusstsein halten. Ähnlich wie die Künstler der Popart, die in einer Decollage abgerissene Plakatwände zur Kunst erhoben, entdeckt Nassos die Ästhetik der sich überlagernden Bilder und Zeichen, bei denen die eigentliche Information gar nicht mehr zu identifizieren ist, die Überlagerung von Schrift und Bildfetzen jedoch eine neue Ästhetik bietet.

In Marienbad wird Nassos auf solche Plakatwände aufmerksam. Er fotografiert und übermalt sie. Es scheint fast wie ein meditativer Akt, in dem er auch diese zerrissenen Wände, an denen Menschen ehemals wichtige Mitteilungen verkündeten, wieder zum Leben weckt, ihnen ihre Seele wiedergibt.

Wenn ich mich an die Leitfragen erinnere, die an die aktuelle Weltkunst gestellt werden, so ist Nassos für mich ein Künstler, der sich eben diesen Fragen stellt, nicht so laut und öffentlich freilich, wie sie auf dem internationalen Jahrmarkt der Eitelkeiten geschehen mag, dafür aber umso intensiver in einer Bildwelt, in die sich der Betrachter still einfühlen kann, um herauszufinden, was wichtig ist in einer Welt zwischen Gestern und Heute, dieser Welt, die das bloße Leben in all seinen Facetten reflektiert. Bleibt schließlich die letzte Leitfrage: Was tun? Vertiefen Sie sich in die Welt des Georges Menelaos Nassos und entdecken Sie eine neue, die vielleicht auch Ihnen Verlorenes wiedergibt.

Beate Domdey Fehlau

anlässlich einer Ausstellungseröffnung im Kunstverein Langenfeld im Mai 2007.

„Ohne Titel",
54 cm x 57 cm,
Mischtechnik auf Papier,
1989

Nassos
le 5. Juliet
19 89

212 · Reisegesellschaft ~ Voyage organisé ~ 9/2019 MIΣTΣΓKOV NASSOS

linke Seite
„Reisegesell-
schaft",
Kaltnadel-
radierung
Auflage 5/5
mehrfarbig
44.5 x 63 cm.
1983

Rechte Seite
„Reinkar-
nation",
Kaltnadel-
radierung,
handkoloriert
Auflage 5/5
36 cm x 56 cm,
1984

„FROG-Birdy", Kaltnadelradierung,
handkoloriert
Auflage 5/5
25 cm x 50 cm, 1984

Rechte Seite
„Maya-Fürst, pfeiferauchend",
Kaltnadelradierung,
handkoloriert
Auflage 5/5
40 cm x 63 cm,
1983

181

Der Zodiak oder die Kunst, Kunst zu verkaufen

Ernst H. war Mitte der 1980er Jahre ein beliebter Astrologe und Esoteriker in unserem Freundeskreis.

Auf Wunsch erstellte er ein detailliertes Diagramm zum jeweiligen Sternzeichen. Sobald er die Angaben über Datum, Stunde und Ort der Geburt hatte, machte er sich an die Arbeit. Stundenlang zeichnete er mit verschiedenen Farbstiften Dreiecke auf ein Blatt Papier und zog mit einem Zirkel Kreise dazu. Aszendent, die verschiedenen Häuser, Planetenkonstellationen zum Geburtszeitpunkt und einiges Rätselhafte mehr wurden filigran und farbig eingetragen.

Nach der Fertigstellung des Horoskops wurde ein Termin vereinbart, an dem der Astrologe der Person, die ihn beauftragt hatte, das Ergebnis seiner Berechnungen bekanntgab. Herr Ernst saß dazu mit gekreuzten Beinen auf einer Matratze und erläuterte mit einer Miene, die seinem Namen Ehre machte, was er herausgefunden hatte. Dazu zählten Einblicke in die Vergangenheit, Zukunftsaussichten, Tendenzen der Person in puncto Liebe, Geld, Charaktereigenschaften, Beruf, Gesundheit und etliches mehr. Während der mindestens zwei Stunden dauernden Sitzung hatte sein jeweiliges Gegenüber ebenso im Kreuzsitz auszuharren.

Je rosiger die Zukunftsaussichten ausfielen, um so großzügiger war für den Astrologen die Bezahlung.

Ernst, blond, großgewachsen, blauäugig, schlank und von sportlichem Körperbau, war von der Natur reichlich mit Schönheit beschenkt worden. Er wohnte damals provisorisch in einer aufgegebenen Schlosserei von vierhundert Quadratmetern Fläche – meinem damaligen Atelier in der Nürtingerstraße 64 in Bernhausen.

Nach vierzehn Jahren war meine Zeit in der kleinen Mansardenwohnung im Stetterweg 3 vorbei, ebenso wie die Beziehung zu Monika. Der Sohn der Hausbesitzer zog ein, Monika und ich zogen aus und das Atelier zog um.

Damals war Ernst zu einem runden Geburtstag eingeladen worden und befand sich auf der Suche nach einem passenden Geschenk. Er bat mich, eine Radierung vom Sternzeichen Stier herzustellen, die er dem Jubilar gern zum Geschenk machen würde.

Ich sah ihn etwas ungläubig an, denn bis zum Geburtstagsfest waren es nur noch vier Tage – mehr als knapp! Zufällig hatte ich jedoch eine fertig präparierte Kupferplatte von 30 mal 40 Zentimetern zur Hand und machte ich mich an die Arbeit.

Ernst erklärte mir, welche Eigenschaften zum Sternzeichen Stier passten, und ich zeichnete mit den Griffel ziemlich frei und locker einen ganzen Tag lang „Stierisches" auf die Platte. Am Abend war die Radierung fertig, wurde gleich geätzt und direkt danach der erste Druck auf der Radierpresse gemacht. Das nasse Papier legte ich über Nacht zwischen Kartons zum Trocknen aus.

Als ich die fertige Radierung betrachtete, kamen mir erhebliche Zweifel. Das Resultat war nicht unbedingt konform mit den qualitativen und ästhetischen Ansprüchen, die ich an meine Arbeit stellte.

Um die Radierung aufzuwerten, kolorierte ich sie nach der Trocknung mit Aquarellfarben. Als ich sie schließlich in einem schönen Rahmen mit Passepartout präsentierte, ließ sie sich ohne weiteres herzeigen.

Als Ernst das Geschenk überreichte, war die Freude des Gastgebers riesig. Sofort verlangten einige Gäste eine ebensolche Radierung mit ihrem Sternzeichen. Ernst schrieb fleißig die verschiedenen Sternzeichen und Adressen der Leute auf, die Interesse gezeigt hatten. Und damit nicht genug, kassierte er auch noch von jedem eine Vorauszahlung von fünfzig Mark.

Den endgültigen Preis hatte er noch nicht ausgehandelt. Sieben Bestellungen von Bildern, die noch nicht einmal existierten! Ich staunte nicht schlecht, als Ernst mir am nächsten Tag 350 Mark auf den Tisch legte und erzählte, woher das Geld stammte.

„Du machst ganz einfach von jedem der zwölf Sternzeichen eine Radierung. Das ist

„Steinbock", 30 cm x 40 cm, handkoloriert

„Fische", 30 cm x 40 cm, handkoloriert

„Wassermann", 30 cm x 40 cm, handkoloriert

„Zwillinge", 30 cm x 40 cm, handkoloriert

„Waage", 30 cm x 40 cm, handkoloriert

für dich doch bloß eine Arbeit von etwa drei Monaten", meinte der Spaßvogel allen „Ernstes".

Ich wusste es besser, behielt es aber für mich.

Kleine Radierungen waren relativ leicht herzustellen, eine 30 mal 40 Zentimeter große Platte bedeutete dagegen eine Heidenarbeit. Außerdem war das Thema vorgegeben. Ich hasste es, derart eingeschränkt arbeiten zu müssen. Von der Astrologie ganz zu schweigen. Davon hatte ich keine Ahnung. Die Esoterikwelle war mir jedenfalls gründlich suspekt.

Andererseits hatte ich zu dieser Zeit keine Ausstellung, der Sommer stand bevor und ich freute mich auf meinen Aufenthalt in der Provence. Es gab keine anderen Termine als den, mit den Freunden dort den Sommer zu zelebrieren.

Falls ich mich entschloss, die Radierungen zu machen, war es mit drei Monaten nicht getan. Mindestens ein Jahr würde es dauern, bis alle zwölf fertig waren!

Von da an begannen sich Bücher auf dem Tisch zu stapeln, die Ernst intensiv studierte. Täglich wurde der Berg höher. Daneben kritzelte er auf Hunderten von Zetteln herum, und zwar in einer unleserliche Geheimschrift mit Abkürzungen und mit kleinen Zeichnungen. Am Rand notierte gewissenhaft den Titel des Buches und die jeweilige Seitenzahl.

Das alles sah nach einer wissenschaftlichen Doktorarbeit aus und machte mir Angst und Bange. „Was machst du da?" fragte ich ihn. „Ich ordne das uralte astrologische Wissen in zwölf Teile", war die kurze und trockene Antwort.

Es waren vor allem die Zeichnungen auf den Zetteln, die mein Interesse weckten: Archaische Symbole der Ureinwohner Amerikas, babylonische Keilschriften, ägyptische Hieroglyphen, mysteriöse Mayazahlen, die Scheibe von Phaestos aus Kreta, Buchstaben aus der minoischen Linearschrift A und der mykenischen Linearschrift B, Piktogramme der Indianer, indische Götter, römische Zahlen, hebräische Schriftzeichen, chinesische Tier-Sternzeichen, islamische Kaligraphien, Münzen der Medici, Kabbala, alchimistische Geheimzeichen, Schamanenzeichnungen und

Der Zodiak oder die Kunst, Kunst zu verkaufen

weitere, mir unbekannte Objekte aus rätselhaften Kulturen, die vor langer Zeit untergegangen waren.

Ich war fasziniert.

Das Gesehene auf den Radierplatten umzusetzen, stellte ich mir grafisch sehr reizvoll und vor allem ausbaufähig vor, was die Fantasie betraf.

Ernst war ein schlauer Fuchs, der diese Kulisse keineswegs zufällig errichtet hatte. Er wusste natürlich, dass er mich mit dieser Taktik längst im Sack hatte. „Und wenn ich dir zu allen zwölf Sternzeichen die jeweiligen Symbole liefere und du garnierst die Radierungen mit deiner Fantasie?", sagte er.

Damit lässt sich etwas anfangen, dachte ich und war einverstanden. „Gleich morgen fangen wir mit den Vorbereitungen an", grinste ich, „und du, Ernst, bist ab sofort mein Sekretär!"

„Die Planeten sind uns wohlgesonnen", entgegnete er begeistert. „Mars und Pluto begegnen Uranus im Zenit und Venus wird von Saturn gedeckt ... Die momentane Konstellation könnte besser nicht sein. Wir werden Erfolg haben."

Mein Part war zunächst einmal das Zuschneiden und Vorbereiten der Kupferplatten. Sie wurden auf das 30 x 40-Maß zugeschnitten, poliert, mit Wachs beschichtet und die Rückseite mit Asphaltlack abgedichtet.

Der Kofferraum des kleinen Peugeot 205 wurde mit Büchern vollgeladen und ab ging die Post zum Mini-Dorf in den Bergen der Vaucluse. In der dortigen Einsamkeit, weit weg von den Ablenkungen der Stadt, wollte ich in Ruhe konzentriert arbeiten.

Wie es sich für einen Sekretär gehört, übernahm Ernst die Tätigkeit des Fahrens. Ich saß während der Fahrt wie der „Herr Direktor" im Fond und skizzierte die ersten groben Entwürfe für die Sternzeichen. Beflügelt, wie ich war, erschien mir die Aufgabe, die zwölf Sternzeichen zu malen, ein Leichtes. In vier Monaten müsste die Arbeit zu bewältigen sein, kalkulierte ich vorsichtig.

Die erste Vorzeichnung auf Transparentpapier bereitete ich schon einen Tag nach unserer Ankunft im Dorf vor. Es war der Krebs, mein eigenes Sternzeichen. Doch es ging nicht so leicht von der Hand, wie ich es mir vorgestellt hatte. Erst nach einer Woche konnte ich damit beginnen, die Zeichnung auf die Radierplatte zu ritzen. Nach sechs Wochen war die Radierung fertig.

Der Sommer in der Provence brachte uns nicht die Ruhe, die wir uns vorgestellt hatten. Fast jeden Abend waren wir irgendwo bei Freunden zum Essen eingeladen. Das fing mit dem Aperitif abends um sieben an und endete weit nach Mitternacht nach sieben Gängen feinsten Essens.

Beim Philosophen Philippe Mengue in St. Trinit wurde über die aktuelle Politik dis-

„Krebs", 30 cm x 40 cm, handkoloriert

187

„Stier", 30 cm x 40 cm, handkoloriert

„Jungfrau", 30 cm x 40 cm, handkoloriert

Der Zodiak oder die Kunst, Kunst zu verkaufen

kutiert, Vergangenheit und die Zukunft der Menschheit philosophisch skizziert. Die Soiréen bei Madame Ruiz-Picasso fanden neben dem Swimmingpool statt. Im Salon an der Wand hingen die Gemälde ihres Titanen-Schwiegervaters. In Montfuron lauschten wir gebannt den Erzählungen des betagten Fotografen Cartier-Bresson aus längst vergangenen Zeiten – etwa wie Robert Capa und andere Fotografen, die in Paris die Agentur „Magnum" gründeten, als sie bei einer Magnum-Flasche Veuve-Cliquot zusammensaßen. In der Sommerresidenz der steinreichen Colberts aus Paris dinierten wir zusammen mit achtzig illustren Gästen unter den Kastanien. Zum Aperitif spielte ein Kammerorchester im Saal des Châteaus. Bei Michel und Christine Penant erlebten wir oberhalb von Rustrel einen wunderschönen Abend mit dem neusten Klatsch aus dem Umkreis von Präsident Mitterand ...

Zu allem Überfluss fanden in jedem Dorf im Umkreis die berühmten „Fêtes Votives"-Abende mit Tanz statt, denen am nächsten Mittag auf dem Dorfplatz eine riesige „Aiolie" folgte. Dazu kamen ohne weiteres einhundertfünfzig Menschen aus allen Ecken Frankreichs und Europas zusammen, um zu tafeln, zu trinken und zu singen.

Der verehrte Leser wird sich fragen, ob denn bei den vielen Soiréen noch Zeit übrig blieb, um an der Kunst zu arbeiten. Die Frage ist berechtigt, denn da es an Schlaf mangelte, ließen Konzentration und vor allem Motivation spürbar nach.

Aber ein Gutes hatten die Festivitäten dennoch. Freunde und Bekannte wurden neugierig, was im Atelier gerade am Kochen war. Und ob man es schon sehen konnte.

Nein, nein, work in progress, wehrte ich ab. Zur Zeit entstehe eine Serie von Zodiak-Radierungen. Wortreich erzählte ich von einer Enzyklopädie, die mit Symbolen aus verschiedenen Kulturen gespickt sei. Und siehe da, plötzlich wurden weitere Bestellungen gemacht, blind und obendrein mit Anzahlung. Mein Sekretär Ernst schrieb die Adressen und jeweiligen Sternzeichen auf. Wir versprachen Lieferung, wenn es soweit sei.

Das Arbeiten mit „Sekretär" schien die Leute am meisten zu beeindrucken. Komisch, dachte ich verstimmt, offenbar muss man die Menschen mit etwas blenden, das sie für ein Zeichen von Erfolg halten! Äußerlichkeiten! Pah! Auf die Mühen und die Tiefe der Arbeit schaut niemand!

Aber auch das ist Arbeit, verehrter Leser, eine sehr wichtige sogar – nämlich die, Kunst zu verkaufen.

Trotzdem, so konnte es nicht weitergehen. Wir kassierten Geld für etwas, das in immer weitere Ferne rückte. Ich beschloss, mit meinem Sekretär ein ernstes Wort zu reden! Da jedoch war Ernst mit einem Mal nicht mehr aufzufinden.

Seit zwei Tagen war er weg, und mit ihm der rote Peugeot 205.

Ohne Auto war ich im Dorf von der Welt abgeschnitten. Da war nichts, kein Laden, keine Kneipe. Die nächste war sechs Kilometer, der nächste Bäcker sieben Kilometer entfernt.

Doch ich hatte da einen Verdacht.

Am dritten Tag machte ich mich zu Fuß auf dem Weg zur acht Kilometer entfernten, einsam in einem Kiefernwald gelegenen „Mas la Castellane", einem Haus von der Größe eines Weilers. Einem Ort der Inspiration und Meditation für Kunst, Musik und feine Küche.

Die Freunde Hanna und Klaus Adam aus Saarbrücken organisierten in ihrem weitverzweigten „Mas" Kurse in Bildhauerei, Malerei, Kalligraphie und anderen Künsten. Der Sterne-Koch Bernd Bettler gab dort Kochkurse, der afghanische Percussionist Hakim Ludin Trommelkurse. Und zur Zeit leitete eine attraktive dunkelhaarige Bildhauerin aus Berlin dort einen Kurs. Ihr Name war Petra Weiß.

Unter dem Feigenbaum bereitete die Hausherrin Hanna Adam gerade das Mittages-

„Schütze", 30 cm x 40 cm, handkoloriert

„Scorpion", 30 cm x 40 cm, handkoloriert

sen für sich und ihren Mann Klaus zu, als ich verschwitzt und durstig ankam. Wortlos stellte sie einen Teller für mich dazu und drückte mir ein kaltes Bier in die Hand.

„Wieso kommst du zu Fuß, ist dein Auto kaputt?" fragte mich Klaus mit einem schiefen Grinsen im Gesicht.

„Nein, mein Sekretär Ernst ist mit dem Auto auf und davon."

Beide schauten mich amüsiert an.

„Seit wann hast du denn einen Sekretär, du Angeber, und wie sieht dieser Typ aus"?

„Großgewachsen, blond, blaue Augen", antwortete ich.

„Dein Sekretär liegt nackt unten am Swimmingpool, zusammen mit der Bildhauerin Petra Weiß, die ebenfalls nackt ist. Die grillen sich gerade nahtlos braun."

Dachte ich mir doch, dass ich Ernst hier finden würde.

„Und diesen Typ traf ich übrigens gestern ebenso nackt unter meiner Dusche an! Natürlich habe ich gefragt, wer er sei", erzählte Hanna Adam weiter. „Und weißt du, was er mir geantwortet hat?", fuhr sie erregt fort. „Er fragt mich doch tatsächlich, wer ich überhaupt sei! Unverschämt, der Kerl. Er mit seinem Gemächt unter meiner Dusche! Das machte mich für einen Moment sprachlos. Du weißt, wie selten das bei mir vorkommt!"

Aufgeregt nahm sie einen großen Schluck Rotwein aus dem Glas. „Petra, die Bildhauerin, hat mich dann aufgeklärt", erzählte sie. „Er sei ihr part time lover, wie sie es ausdrückte. Und er sei ihr sehr hilfreich beim Ausgleich ihres Hormonhaushalts. Außerdem hat er ihr eine positive Zukunft vorhergesagt, das hat er aus ihrem Horoskop herausgelesen."

Hanna Adam machte erneut eine Pause und trank wieder einen Schluck Rotwein. Klaus schien sich köstlich zu amüsieren.

„Übrigens ist dein Auto seit zwei Tagen da hinter den Bäumen versteckt", fügte er verschmitzt dazu.

„Wieso, um alles in der Welt, hast du diesen Kerl als Sekretär deklariert?" fragte Hanna, „ist das dein Ernst?"

„Ja, es ist sogar auch noch der Ernst. Und mein Fahrer ist er auch noch. Nebenbei coacht er mich esoterisch für meine künstlerische Arbeit", gab ich ihr im ernsten Ton zu verstehen.

Klaus und Hanna sprudelten Lachsalven.

„Darauf trinken wir noch einen", Klaus goss die Gläser mit Rotwein voll.

Nachdem sich die beiden beruhigt hatten, erzählte ich ihnen von unserem Zodiac-Projekt und davon, dass Ernst tatsächlich in Esoterik und Horoskopen eine Stuttgarter Kapazität sei. Klaus bestellte daraufhin fünf Radierungen für die ganze Familie.

Hanna bat mich, meinem „Sekretär" klarzumachen, dass sie in „La Castellane" die Chefin sei. Er möge sich ja nicht mehr unter ihrer Dusche erwischen lassen. Sonst hätte sie von jetzt ab immer eine Schere dabei …

Die Festivitäten wollten in diesem Sommer nicht aufhören. Jetzt stand der französische Nationalfeiertag vor der Tür. Dem konnte man nirgends entfliehen, es sei denn, wir flohen aus Frankreich. Doch wir blieben im Dorf, das nun auf hundert Einwohner angeschwollen war. Im Winter waren es 35.

Auf dem schönem Dorfplatz neben der Mairie, der Bürgermeisterei, wurden die Tische gedeckt, Grills angemacht, die Bühne aufgebaut. Ernst war wieder an Bord, die Bildhauerin Petra Weiß wieder in Berlin. An diesem Tag halfen alle im Dorf mit. Und wir konnten uns nicht drücken. Radierungen? Ausgeschlossen.

Jean-Marc Bonillo, seines Zeichens Schauspieler und Autor, dessen Bühne außen wie innen mit der Trikolore umrankt war, fing an, Aragon zu rezitieren. Niemand hörte ihm zu, denn die Leute waren mit Essen, Trinken, Reden und Lachen beschäftigt. Als dann Brigitte Bonillo Evergreens von Edith Piaf zum Besten gab, sangen dagegen viele mit. Als schließlich die Marseillaise

„Widder", 30 cm x 40 cm, handkoloriert

erklang, sangen alle. So wurde der Abend zum Morgen.

Einige Gäste lagen friedlich schlafend unter den Tischen. Obendrauf spazierte der Dorfhund herum und schleckte die Reste von den Tellern. Im Dorfbrunnen schwammen ein lila Büstenhalter und ein Slip.

An diesem Morgen bat ich Ernst, seine Bücher im Auto zu verstauen. Verwundert schaute er mich an.

„Fahren wir denn weg?"

„Jawohl, nach Italien und von dort nach Griechenland", bruddelte ich. „Sonst versumpfen wir hier und werden zu Alkoholikern."

Er machte große Augen.

„Außerdem ist deine Bildhauerin auch wieder in Berlin, oder?"

Und so ging es los. Wir machten eine Woche Station in den Abruzzen und mieteten uns in einer kleinen Pension in St. Lucia di Montagnola. Wahrlich ein Ort, wo sich Fuchs und Hase gute Nacht sagten. Dort blieb uns gar nichts anderes übrig als zu arbeiten.

Die Radierung „Löwe" wurde endlich fertig und ich fing mit dem „Aquarius" an.

In Venedig schifften wir uns nach Patras ein, auf den Peloponnes. Von dort fuhren wir bis nach Ermioni auf dem Ostpeloponnes, wo wir uns ein Haus auf einem Hügel mieteten, mit Blick aufs Meer. Morgens um acht begann ich zu arbeiten, mittags wachte allmählich Ernst auf und ich bereitete uns eine Schüssel griechischen Salat. Nachmittags gingen wir eine Stunde schwimmen, danach besprach ich mit Ernst, welche Symbole für die weitere Arbeit notwendig waren. Bis zum Sonnenuntergang wurde diszipliniert und fleißig weitergearbeitet. Abends gönnten wir uns in der Hafenkneipe „Poseidon" ein Mahl, um anschließend Billard zu spielen und feinsten geschmuggelten Scotch zu trinken. Ich natürlich in Maßen.

Diesen Arbeitsrhythmus behielten wir im Großen und Ganzen bei.

Im August musste ich aufpassen, dass das Wachs auf der Platte nicht schmolz. Eine Warnung war mir, dass der „Löwe" der Augusthitze zum Opfer fiel: Die Mittagssonne machte die Arbeit von drei Wochen unbrauchbar.

Im September waren vier Radierungen fertig. Ende Oktober flog ich für eine Woche nach Stuttgart, um sie zu ätzen und erste Andrucke zu machen. Bis November waren es sieben Radierungen, fünf standen noch aus. Da es in Ermioni empfindlich kalt wurde, beschlossen wir, in Stuttgart weiterzuarbeiten.

Inzwischen hatte ich eine gewisse Routine entwickelt, so dass wir hofften, im März fertig zu sein. Bisher hatten wir über 120 Vorbestellungen gesammelt. Wir legten die Auflage auf 280 Stück pro Sternzeichen fest. Im Juni des darauffolgenden Jahres wurden die ersten Radierungen gedruckt, handkoloriert und in Passepartouts eingerahmt.

Der Zodiak oder die Kunst, Kunst zu verkaufen

Ende Juni fand, drei Tage lang, die erste Präsentation im Atelier in der alten Schlosserei von Bernhausen statt. Alle vorhandenen kolorierten Radierungen waren im Nu verkauft, weitere wurden bestellt.

Die Kolorierung einer Radierung mit feinen Aquarellfarben dauerte fast einen ganzen Tag. Jede wurde anders koloriert, so dass sie immer ein Unikat war.

Tagelang war Ernst damit beschäftigt, Radierungen mit der Post an die Kunden zu verschicken, die weit weg wohnten.

Verschiedene Zeitschriften und Zeitungen schrieben Artikel mit Fotos über den „Zodiak". Und weitere Bestellungen trafen ein.

Bis heute bin ich immer wieder einmal mit der Kolorierung der Radierungen beschäftigt. Meistens zum Aufwärmen, wenn ich lange Zeit keine Aquarellfarben mehr benutzt habe …

„Löwe", 30 cm x 40 cm, handkoloriert

„Himmelsvagabunden", 100 cm x 80 cm, Öl auf Leinwand, 2010

Das Cabanon

„Cabanon" bezeichnet in Südfrankreich ein Gartenhäuschen. Es kann aber auch ein Rückzugsort für den genervten Stadtmenschen sein. Das Cabanon ist das Zentrum der Trilogie „Eine Kindheit in der Provence" von Marcel Pagnol, in der der Autor aus Marseille den Traum jedes Südfranzosen schildert, seine Freizeit im Cabanon zu verbringen, fern vom Alltag, in Zwiesprache mit der Natur.

So ein Cabanon, mit fast drei Hektar Wald, in Hanglage und auf der Südseite mit Blick auf den Luberon, war mir Ende der 70er Jahre als provenzalische Ergänzung zu meinem Dorfdomizil angeboten worden. Gerne hatte ich mich überreden lassen.

Das kleine Häuschen, aus flachen Feldsteinen errichtet, stand inmitten von kleinen und großen Eichen in der Wildnis. Drumherum wuchsen, typisch für diese Gegend, Wacholdersträucher und Ginster; daneben wetteiferten Rosmarin, Majoran, Lavendel, Bohnenkraut, Thymian und andere typische Kräuter um den schönsten Duft.

Etwa viereinhalb Quadratmeter maß der Grundriss der fast meterdicken Mauern. Das Haus mochte vielleicht 250 Jahre alt sein, vielleicht gar noch älter. Es war an die vier Meter hoch und hatte bereits vor langer Zeit das Dach eingebüßt. Ein kleiner Kamin war aus dem groben Stein herausgemeißelt worden.

Das Terrain neigte sich terrassenartig gegen Süden und der fantastischen Aussicht auf den Luberon zu: ein magischer Ort, der zum Meditieren einlud. Nicht zuletzt wegen der Stille. Die Ohren nahmen die Geräusche der Natur wahr, das Rauschen der Blätter im sanften Wind, ein Zwitschern da, einen Piepser dort und entferntes Flügelflattern des einen oder anderen Vogels. Dazu das Rascheln erschrockener Eidechsen, die sich blitzschnell im Gestrüpp versteckten.

Südlich von hier lag, rund fünf Kilometer Luftlinie entfernt, hinter einem Hügel versteckt Gignac mit seinen knapp dreißig Einwohnern. Richtung Norden, Westen und Osten erstreckten sich Wald und Berge.

Das Cabanon hatte höchstwahrscheinlich vor langer Zeit einem Schäfer als Unterschlupf und Schutz vor schlechtem Wetter gedient. Die Trockenmauern, von denen noch Reste übrig waren, mochten einst das Gatter für seine Schafe oder Ziegen gewesen sein. An Steinen fehlte es in der Tat nicht. Überall waren Tonnen davon aufgeschichtet und warteten darauf, als Baumaterial verwendet zu werden.

Auf den terrassenförmigen Lichtungen war vemutlich Korn oder Wein gewachsen. Jetzt wucherte dort ein Dschungel aus Wacholder und anderem Gesträuch. Der Wald aus Eichen, zum Teil auch Steineichen, die selbst im Winter noch grüne Blätter trugen, warf genug Holz ab, um den Kamin in der kalten Jahreszeit zu füttern.

Wasser oder Strom waren nicht vorhanden. Kein Problem. Für Licht gab es Kerzen und für Wasser gab es Flaschen.

Mein Cabanon wurde im Laufe der Jahre immer wieder zum Domizil ungewöhnlicher Menschen, die sich dort für oftmals lange Zeit einnisteten. Zunächst lebte dort Michel, genannt „David Crocket", mit seinem Sohn Eddy. Danach kam Gerald, der „Ganzkörpertätowierte", dem Pavlos, der „Guru", mit VW-Bus, Harley Davidson und zwei Mädchen mit kahlrasierten Schädeln nachfolgte. Dann gab es "Benares", den Präsidentschaftskandidaten Jean-Marc Taponier. Für kurze Zeit logierte ohne meine Erlaubnis dort auch ein gefährlicher Verbrecher. Später waren immer wieder Martin und Maria zu Gast.

Über jeden von ihnen gibt es eine eigene Geschichte zu erzählen. Also der Reihe nach.

Michel alias David Crocket und sein Sohn Eddy

Michel trug eine runde Fellmütze auf dem Kopf, von der ein Fuchsschwanz herabbaumelte. Darunter schauten graue Haare hervor, die in alle Richtungen abstanden. Diese Mütze, so sagte man ihm nach, legte er nicht einmal zum Schlafen ab.

Mit dem Gastwirt Antoine, 1981
Foto: C.P.A. Strähle)

Die erste flüchtige Bekanntschaft mit ihm und seinem Sohn machte ich Ende 1973 im Bistro „Chez Antoine" im übernächsten Dorf. Michel war angeblich zu Fuß von Südafrika bis hierher gelaufen, im Schlepptau den zwölfjährigen Eddy, den er seinen Sohn nannte, obwohl dieser keinerlei Ähnlichkeit mit seinem „Vater" hatte. Michel sprach mehrere Sprachen, unter anderem auch etwas Deutsch. Er hatte eine starke Ausstrahlung. Damals war er etwa Mitte fünfzig, ich 27. Es war Winter.

Der Wirt Antoine, ein rundlicher Mann mit glänzenden Goldzähnen, und seine Frau Suzanne saßen mit ein paar Einheimischen an einem Tisch mit glatter Marmorplatte und spielten Karten. Der alte, von vielen Füßen abgetretene Dielenboden und die vom Zahn der Zeit angenagte Holztheke verliehen dem Bistro eine Patina, die auch dem Wirt, einem „pied noir", anhaftete.

Mein Freund Caspar und ich saßen Pastis trinkend am Bollerofen. Wir schauten den Kartenspielern zu und lauschten den Geschichten aus Michels Leben. Zu Fuß und per Anhalter sei er mit Eddy hierher gewan-

*David Crocket beim Restaurieren
des Cabanon 1979*

dert. Ganz Afrika hätten sie durchquert. Unten in Südafrika sei er Löwendompteur gewesen. So stellte er sich den Dorfleuten im Bistro vor.

Als Crocket an seinem kleinen Hund das Prinzip der Löwendressur vorführte, hielten die Kartenspieler inne. Es wurde still im Bistro. „Sitz!", der Hund saß. „Mach Männchen!", der Hund stand auf den Hinterpfoten. „Mach Wauwau!", der Hund bellte.

Ende der Vorstellung. Die Leute applaudieren grinsend, froh über diese Abwechslung. Sie luden ihn zum Trinken ein und er bestellte für sich Espresso und für Eddy Orangina. Die Vorführung hatte ihren Zweck erreicht, hatte der Raubtierbändiger doch keinen Sou in der Tasche. Allerdings war ich überzeugt, dass er es noch nie mit echten Löwen zu tun gehabt hatte.

Damals hausten wir in einem provisorischen Domizil am Rande von Gignac, das zwar halbwegs trocken war, aber aufgrund zahlreicher Mauerritzen, durch die der Mistral pfiff, im Winter zugig und ungemütlich wurde. Uns fehlte ein einfacher Holzofen zum Heizen. Michel erklärte sich sofort bereit, einen solchen zu besorgen. Tatsächlich schleppte er am nächsten Tag einen an. Caspar und ich freuten uns über das gute Stück und sehnten uns nach der erhofften Wärme, was den Preisverhandlungen eine gewisse Einseitigkeit gab. Schnell gaben wir Michel die vereinbarten hundert Francs, ein angesichts unseres kargen Budgets stolzer Preis, und machten uns unverzüglich an die Inbetriebnahme. Ein Loch wurde in die Wand gemeißelt, um das Ofenrohr herausragen und den Rauch abziehen zu lassen. Erst dann stellten wir fest, dass der Ofen gar keinen Ausgang mehr hatte. Der Abzug war, vielleicht von einem launischen Antiquitätenhändler, einfach zugeschweißt worden.

Am nächsten Tag kam Michel, um den Ofen wieder abzuholen. Um es sich mit uns nicht zu verscherzen und „damit wir Freunde blieben", gab er uns das Geld anstandslos zurück. Dank des neuen Lochs in der Wand war unsere Behausung nun kälter und zugiger als zuvor. Das war die erste echte Begegnung mit Michel alias David Crocket.

Monate später, als meine damalige Freundin Monika und ich sowohl das Haus im Dorf als auch das Cabanon im Wald besaßen, bot Michel als Wiedergutmachung für das winterliche Frieren an, das Cabanon wieder bewohnbar zu machen, nicht zuletzt in der Absicht, selbst darin zu wohnen.

Gesagt, getan: Zuerst setzte er ein Dach obendrauf, dann folgte als Zwischenetage eine Mezzanine aus Dielen, zuletzt ein roher Gipsverputz und fertig war die Eremitenklause. Von da an lebten er und Eddy in wilder Einsamkeit vor sich hin. Hin und wieder aßen sie Kaninchen oder Vögel, die sie aus ihren Fallen holten, während nachts die Wildschweine um das Haus herumgrunzten.

Eddy schnitzte Flöten aus Eichenholz und Vater Michel malte mit Tusche und Feder detailreiche provençalische Cabanons im Miniformat darauf. Die Flöten verkaufte er dann an Wirte oder Touristen im fünfzehn Kilometer entfernten Apt. Der Erlös waren bestenfalls wenige Francs oder ein Kaffee plus Zigaretten. Ansonsten lebten die beiden in den Tag hinein und warteten auf einen Brief aus der Schweiz, wo angeblich ein Goldschatz auf sie wartete. Mangels Löwen richtete Michel nun ein Kaninchen ab und Mini-Lassie hatte Urlaub.

Viele schöne und lange Abende am Kaminfeuer, in denen Michel uns mit seinen fantastischen Geschichten unterhielt, machten die Romantik im Cabanon perfekt. Ob wahr

Michel Gollings alias „David Crocket", 2002

oder erfunden, er war ein begnadeter Erzähler. Wenn er eine Geschichte ein zweites Mal zum Besten gab, achtete ich genau darauf, ob sie mit der Urfassung übereinstimmte. Und das tat sie wirklich. Offenbar flunkerte er nicht oder es schien doch ein Quäntchen Wahrheit in seinen Geschichten zu stecken, die meistens von seiner Zirkusarbeit oder den Erlebnissen auf der Reise vom Süden Afrikas bis nach Frankreich handelten. Draußen rüttelte der Mistral an dem alten Gemäuer und im Kamin flackerte und knisterte das Feuer. Wir tranken Rotwein, rauchten Selbstgedrehte und lauschten der Stimme von Michel, die in unserer Fantasie seine Abenteuer zur Wirklichkeit werden ließ.

Manchmal arbeiteten Michel und Eddy als Maurer, natürlich immer nur eine Weile lang, um ein paar Francs für Benzin zu verdienen. Sie blieben zwei Jahre im Cabanon. Es war eine schöne, friedliche und gemütliche Zeit.

Der tätowierte Gerald

Gerald, ein typischer Aussteiger, war der nächste Langzeitbewohner. Eines Tages sprach er mich in Antoines Bistro an und fragte, ob er im Cabanon wohnen dürfe. Er liebe es, in unter einfachen Bedingungen in der Natur zu leben. Ich hatte nichts dagegen. Er war mir sympathisch.

Sein muskulöser Oberkörper war überall mit wunderschönen Tattoos verziert, ebenso die Arme. Gerald war ein ruhiger Typ und mit seinen dreißig Jahren schon ein lebendes Kunstwerk. Er las viel und hatte mit seiner früheren Freundin die fünfjährige Tochter Aisha, die ihn oft besuchen kam.

Jeden Tag arbeitete er für das Nötigste seines Lebensunterhaltes ein paar Stunden in einem Kunstgewerbeladen in Rustrel. Danach war er glücklich, ins Cabanon zurückzukehren, wo er seine politischen und systemkritischen Bücher las. Gerald trank keinen Alkohol und rauchte nicht.

Er verbesserte die Infrastruktur des alten Steingemäuers, indem er einen kleinen Anbau aus Feldstein an das Haus setzte. Der diente ihm dann als spartanische Küche. An einem dicken Ast einer uralten Eiche wurde eine Schaukel für Aisha angebracht, zwischen zwei Bäumen eine Hängematte aufgespannt und die alte Tür zum Tisch umfunktioniert, der im Schatten der Bäume seinen Platz fand.

Als ich Gerald einmal dort besuchte, traf ich bei ihm einen blonden Mann mit eisblauen Augen und einem blauen Punkt mitten auf der Stirn, der mich an das – allerdings rote – Bindi verheirateter Inderinnen erinnerte. Der Besucher hieß Jerôme. Wir tauschten ein paar Höflichkeiten aus, bevor ich wieder ging. Jahre später sollte ich ihn unter anderen Vorzeichen wiedersehen.

Später versöhnte sich Gerald mit der Mutter seiner Tochter Aisha. Zu dritt zogen sie nach Marokko. Seitdem habe ihn nicht mehr wiedergesehen.

Das Cabanon

Eigenbedarf

Nun blieb das Cabanon eine Zeitlang ohne zugereiste Bewohner. Ich nutzte dies aus und malte in meinem Atelier en plein air, die Ruhe und den sagenhaften Blick ins Weite genießend. Ohne Störung oder auch nur Ablenkung arbeiten zu können, war eben auch eine feine Sache! Die abgestorbenen Bäume zersägte ich zu Brennholz für mein Haus unten im Dorf.

Eddy

Eines Tages tauchte Eddy in weiblicher Begleitung auf. Cindy hieß das Mädchen an seiner Seite. Sie richteten sich im Cabanon ein und Eddy arbeitete gelegentlich im Bistro. Sie blieben bis zum Ende des folgenden Jahres. Als ich ihn nach seinem Vater fragte, erklärte er, Michel arbeite als Dompteur bei einem umherziehenden Zirkus. Wahrscheinlich dieses Mal mit Hasen, weil Löwen doch sehr selten waren …

„Materialisierte Gedanken suchen Gleichgesinnte", 100 cm x 80 cm, Öl auf Leinwand, 2010, Privatbesitz

„Der Traum des Auguste Homer Caban Chastas", 170 cm x 150 cm, Öl auf Leinwand, 2012, Privatbesitz

Mir war es recht, dass mit Eddy das alte Gemäuer wieder von Menschen genutzt wurde und damit vor ungebetenen Besuchern einigermaßen sicher war.

Pavlos der Guru

Pavlos kannte ich aus Heidelberg, wo ich von 1969 bis 1971 wohnte und viele griechische Studenten kennenlernte, die vor der Diktatur in Griechenland geflohen waren. Nach meinem Umzug nach Stuttgart besuchte ich immer wieder gern die schöne Stadt am Neckar und freute mich, meine griechischen Freunde wiederzusehen. Pavlos war der Spross einer wohlhabenden Familie und hatte strenge, extravagante philosophische Ansprüche.

Eines Tages schlug er vor, mich in Frankreich zu besuchen. Leichtfertig sagte ich zu, nicht ahnend, dass er sein Vorhaben in die Tat umsetzen würde.

Doch nach einigen Monaten tauchte er tatsächlich auf. So, wie er da vor der Tür stand, erkannte ich ihn kaum wieder. Nicht nur wegen der Glatze, die mich regelrecht blendete, sondern auch wegen seines Outfits, das nun aus einer engen Lederhose, Springerstiefeln mit Eisenbeschlägen an den Sohlen sowie einem schwarzen Hemd bestand. In Heidelberg hatte er sein Haar lang getragen und immer großen Wert auf modische Kleidung gelegt.

In seinem VW-Bus saßen zwei junge Frauen, deren Schädel ebenfalls kahlgeschoren waren. Am Heck war eine Harley festgezurrt. Auf dem Rückfenster klebten mehrere Portraits der Mädchen mit und ohne Haare.

Was ist bloß mit meinem Freund passiert?, fragte ich mich. Hat ihn vielleicht seine Philosophie auf derartige Abwege geführt? Ist er übergeschnappt?

Die damals 28 Einwohner von Gignac waren von mir schon manches gewohnt, aber diese Gestalten wollte ich ihnen dann doch nicht zumuten, es war mir einfach zu peinlich. Flugs verfrachtete ich meine bizarren Gäste ins Cabanon, wo sie fürs Erste außer Sichtweite der Dorfbewohner waren.

Pavlos zog mit Matratzen und Teppichen im Zwischengeschoss ein und machte dieses zu seinem heiligen Reich. Er saß mit glänzendem Schädel im Schneidersitz herum und meditierte stundenlang wie ein asiatischer Mönch. Die beiden Mädchen blieben im unteren Teil und versorgten den Meister mit Speis und Trank. Ab und zu wurde in militärischem Ton ein Befehl von Pavlos-Swami-Guru nach unten gebrüllt und eine der jungen Frauen tauchte am oberen Ende der Leiter auf, stellte Tee ab, machte eine kurze Verbeugung und verschwand lautlos. Die Mädels durften nur im Flüsterton miteinander reden. Sobald ihre Stimmen oben hörbar wurden, brüllte der Guru „Ruhe da unten!", und sofort wurde es still.

Was um Himmelswillen war das? Eine Gegenreaktion auf eine Überdosis Alice Schwarzer? Ein Workshop in Demut und Unterwürfigkeit? Waren die Mädchen mit Drogen gefügig gemacht worden, bezahlten sie gar für diese Behandlung? Vielleicht war sogar sexuelle Abhängigkeit im Spiel. Oder war das alles nur Theater? So irritiert ich auch war, ich wagte nicht, den Meister zu fragen.

Die Mädchen sahen weder krank noch ausgeflippt aus, sondern waren, ganz im Gegenteil, braungebrannt und ziemlich fesch gekleidet. Dumm erschienen sie mir auch nicht. Für sie schien das alles völlig normal zu sein, und ihre kahlen Köpfe störten nur mich, nicht sie.

Wenn Pavlos nicht meditierte oder den Versuch unternahm, seine wirren philosophischen Gedanken zu entknoten, fuhr er mit seiner Harley in der Gegend herum. Eine dieser Gelegenheiten nutzte ich, indem ich mich neugierig zu den „Dienerinnen" schlich, wohl wissend, dass der Guru dies nicht gutheißen würde.

Ich erwartete, dass sie mich sofort um Hilfe oder um eine Zugfahrkarte zurück nach Deutschland angehen oder zumindest um eine heimliche Entführung nach Avignon bitten würden. Aber nein, sie waren einfach nur gut drauf, lachten und erzählten mir, wie toll es sei, so mitten in der Natur zu leben. Richtig befreit würden sie sich fühlen. So happy seien sie schon lange nicht mehr gewesen! Mein Helfersyndrom war im Nu verflogen.

Damit verbot es sich auch, Auskünfte über den strengen Meister selbst einzuholen. Womöglich hätte sich ihr Happy-Sein dadurch schnell verflüchtigt, denn vielleicht waren die Mädchen nur locker und lustig drauf, wenn er weg war? Ich fand keine Antwort.

Wir Männer gingen abends manchmal nach Rustrel ins Bistro von Antoine, dem „Goldzahn". Die Einheimischen spielten Karten oder standen mit einem Pastis am Tresen. Es war wieder einmal Ölkrise. Pavlos schleppte einen leeren Benzinkanister mit, lief von Tisch zu Tisch und fuchtelte damit über den Köpfen der Kartenspieler herum. „Essence, essence" ging er die Dörfler an, „gebt mir eure Gläser her, essence für euch alle."

Die Leute ertrugen die Einlage von Pavlos mit Humor, mir aber war mein Gast furchtbar peinlich. Offenbar zu Unrecht, denn die Einheimischen hatten ihn bereits als fou eingestuft, einen der vielen schrägen Typen mit Narrenfreiheit, die die Provence magisch anzog. Sie antworteten mit noch mehr Pastis-Runden. Pavlos, der einsah, dass seine Darbietung keinen besonderen Eindruck hinterlassen hatte, stand allein und frustriert an der Ecke der Theke. Kleinlaut machte er sich auf den Weg zu seinen kahlköpfigen „Sklavinnen".

Der letzte Akt spielte in „La Gremeuse", einer wunderschön restaurierten Farm, die einsam und weit oben auf der Südseite des Berges zwischen Apt und St.Christol gelegen war. Mehrere ausgewachsene Zypressen umgaben sie, zwei große Pinienbäume spendeten Schatten im Hof. Monsieur François Ferand kam jeden Sommer aus Paris, um hier mit seiner Familie die Ferien zu verbringen. Er war ein hohes Tier in der Politik, außerdem Kunstsammler und -kenner und zudem im Besitz einiger meiner Werke.

Wie jeden Sommer luden mich die Ferands zum Diner ein, das war inzwischen zur Tradition geworden. Und wie immer kam François vorbei, um die Einladung persönlich auszusprechen, und bat bei der Gelegenheit Pavlos, der zufälligerweise gerade bei mir war, in seiner generösen Art ebenfalls um sein Kommen.

Die Familie war von alter französischer Tradition geprägt: Man siezte einander sogar innerhalb der Familie, nicht nur die Kinder die Eltern, sondern auch die Eltern untereinander. Natürlich fragte ich mich heimlich, welche Anrede Monsieur und Madame im Bett bevorzugten.

Der Aperitif wurde im Hof an einem riesigen Steintisch unter den Pinien serviert, wo sich vier Kinder und acht Erwachsene aufhielten, während zwei Serviermädchen stets zur Stelle waren. Man tratschte über die Pariser Haute-Volée, schlüpfrige Bettgeschichten machten unter lautem Gelächter die Runde. Pavlos wurde trotz oder gerade wegen seiner außergewöhnlichen Erscheinung herzlich aufgenommen.

Als es dämmerte, wurde à table gebeten. Im größten Raum des Hauses, fast schon ein Saal, erwartete uns ein langer, liebevoll gedeckter Tisch. Die Wände waren mit allerlei Kunstwerken geschmückt, dazwischen Speere, Schilder und alte Schwerter aus Afrika. Das Essen war vorzüglich, und natürlich gab es zu jedem Gang einen eigenen Wein der Spitzenklasse.

Es wurde viel über Politik gesprochen. Pavlos, der am Ende des Tisches dem Hausherrn gegenüber saß, wurde immer stiller. Plötzlich, eben wurde der Nachtisch serviert, sprang er auf und forderte den etwas behäbigen François zum Duell. Der holte, mutig und beseelt von Wein und guter Gesellschaft, zwei Schwerter von der Wand. Schon wurden die Klingen gekreuzt. Noch glaubten alle an einen Spaß.

„Transporter nach Irgendwo", 100 cm x 80 cm, Öl auf Leinwand, 2013

Das Cabanon

Anfangs ganz sanft, wurde Pavlos immer offensiver und schlug schließlich so auf das Schwert seines Gastgebers ein, dass die Funken stoben. François geriet in die Defensive und ganz offensichtlich in eine ernste Lage. „Aufhören!", schrie ich auf Griechisch, als ich Pavlos' irren Blick sah, und auch die Zuschauer erkannten, was im Gang war, und nahmen Pavlos das Schwert ab.

François, Schweiß auf der Stirn und bleich im Gesicht, setzte sich wieder an seinen Platz, ebenso wie Pavlos. Der Nachtisch wurde verspeist und man unterhielt sich, als ob nichts geschehen wäre. Aber die Leichtigkeit des Abends war dahin.

Nach diesem Abend wurden meine Besuche im Cabanon rar. Es war an der Zeit, dass Pavlos verschwand. Der Eindruck, dass bei ihm eine Schraube locker war, hatte sich bestätigt.

Eines Tages, als ich am Cabanon Holz für den Kamin holen wollte, begrüßte mich Pavlos mit einer Flasche Bier in der Hand. Um ihn herum lagen etliche Flaschen und Glasscherben herum, was in dieser oft knochentrockenen Landschaft immer wieder ein Auslöser von gefährlichen Bränden war. Die Waldbrände hier im Süden waren mir noch in schrecklicher Erinnerung. Also bat ich ihn, Glasscherben und Bierflaschen einzusammeln. Aufgebracht beschimpfte er mich als kleinlichen Spießer. „Vielleicht kannst du deinen Sklavinnen befehlen, dass sie es für Dich erledigen", sagte ich und ging.

Als ich ein paar Tage später wieder ans Cabanon kam, war Pavlos weg. Scherben und Müll hatte er mir als Dank für meine Gastfreundschaft zurückgelassen.

Holzobjekt ohne Titel, 80 cm x 65 cm, Öl auf Holz, 2010

Der Präsidentschaftskandidat Jean-Marc Taponier

Vincent, ein befreundeter Arzt aus Apt, besuchte mich eines Tages zusammen mit einem Mann, der sich Benares nannte. Sein richtiger Name lautete Jean-Marc Taponier. Er war um die Mitte Dreißig, sympathisch, vornehm angezogen und besaß perfekte Manieren. Das war mein erster Eindruck.

Benares suchte dringend eine Bleibe, weit weg von der Zivilisation. Er sei von einer Wahlkampagne völlig erledigt und brauche absolute Ruhe und Zurückgezogenheit, sagte er.

Ich dachte zunächst an irgendeine Gemeinderatswahl in der Provinz. Umso größer war mein Erstaunen, als ich erfuhr, dass er 1981 bei den Präsidentschaftswahlen in Frankreich als unabhängiger Kandidat mitgemischt hatte, der für Frieden, Glückseligkeit und eine Welt ohne Waffen eintrat.

Er hatte im ersten Wahlgang 0,78% der Stimmen abgeräumt, was bedeutete, dass ihn immerhin einige tausend Franzosen gewählt hatten.

Vincent meinte, das Cabanon sei ideal für eine Auszeit seines Freundes. Nach meinen Erfahrungen mit Pavlos war ich nicht gerade begeistert, erneut einen schrägen Vogel einzuquartieren. Doch da Vincent für ihn bürgte, gab ich schließlich nach, machte aber zur Bedingung, dass er die Umgebung des Cabanon frei von Müll zu halten habe und dass ich ihm gegenüber zu nichts verpflichtet sei.

Benares zog also ein und nahm das Haus in Besitz. Bald sah es im Innern wie in einem Tempel aus: Meine flüchtig-neugierigen Blicke erspähten Mandalas, einen großen Buddha und 24 dicke Bände Larousse'sches Universallexikon.

Da alles friedlich wirkte, waren meine anfänglichen Zweifel bald verflogen. Tatsächlich war Benares eine Bereicherung für meinen Freund Antoine und mich. Wir lauschten schmunzelnd seinen naiven Ansichten darüber, wie doch die Welt aussehen könnte, wenn die Menschheit nur ein wenig vom Buddhismus, vom Hinduismus oder von anderen asiatischen Religionen übernehmen würde. Finanzielle Probleme schien er nicht zu haben, offenbar dank der Unterstützung seiner Familie.

Die meiste Zeit übte er sich in Yoga und las asiatische Weisheiten. Manchmal sprach er mit den Pflanzen und den Bäumen in seiner näheren Umgebung wie mit alten Freunden. Nur an die stacheligen Wacholdersträuche richtete er aus Gründen, die nur er selbst kannte, niemals das Wort. Sie schienen ihm unsympathisch zu sein

Einmal riss er sogar einen armen unschuldigen Wacholderstrauch mit bloßen Händen aus der Erde heraus, um sich anschließend mit einer Pinzette die vielen Stacheln aus den Fingern zu pulen: „Er strömt eine schlechte Energie aus, deshalb habe ich ihn erledigt!"

Aha!, dachte ich.

Nach einigen Monaten war er bereit, wieder unter die Menschen zu gehen, um dort mit einem Hungerstreik für das hehre Ziel zu werben, Frieden auf den Erden zu schaffen. Von irgendwoher besorgte er sich eine mongolische Jurte, die er auf dem Hauptplatz von Bonnieux aufstellte. Drumherum klebte er Plakate, auf denen zu lesen stand, wofür er hungerte. Fertig war seine neue Kampagne.

Es war Sommer, Ferienzeit, auch andere Menschen nutzten den Dorfplatz auf ihre Art und Weise. Einmal feierte die einheimische Rugbymannschaft in unmittelbarer Nähe des Hungernden, der seit drei Tagen nichts außer Wasser zu sich genommen hatte, ein Grillfest mit Steaks und Merguez. Der Grillgeruch der Lammwürstchen hüllte die Jurte ein. Zum Spaß hielt jemand ein aufgespießtes Steak verlockend durch die Zeltöffnung hinein – und siehe da, der Spieß war leer, als er wieder ans Tageslicht kam.

Nachdem der heilige Benares also der Versuchung erlegen war, kam er heraus, um sich satt zu essen. Damit waren Fasten und Frieden erledigt, das Zelt am nächsten Tag abgebaut und Benares zurück im Cabanon.

Wochen und etliche ausgerissene Wacholdersträucher später wurde es ihm dann doch zu einsam in der Wildnis. Im Streben nach Höherem verabschiedete er sich von mir. Seitdem bin ich stolzer Besitzer eines gut erhaltenen, 24bändigen Larousse-Lexikons.

Viele Jahre später sahen Antoine und ich ihn im Fernsehen wieder. Er saß in Anzug und Krawatte in einem feinen Sessel und dozierte über das Leben in der Institution, der er als Direktor vorstand. Wir glotzten uns entgeistert an und folgten gebannt seinem Vortrag. Dann kam der wirkliche Direktor der „Institution" zu Wort, ein Arzt, der nur Gutes über Benares zu sagen wusste, auch wenn dieser gerne den Chef seiner „Institution", der Psychiatrie, spielte.

Jerôme, der Gesuchte

Joseph Rosenbaum lernte ich 1977 in New York kennen. Er war ein junger Intellektueller aus Brooklyn, Schriftsteller und Theatermacher, verheiratet mit Sybil aus Österreich. Nachdem Josephs Mutter in New York von ihrem zweiten Ehemann ermordet worden war, zogen beide nach Österreich, um dort zu leben. Da er ständig in Geldnot war, nahm er den Auftrag an, das ominöse Buch „Hunde wollt ihr ewig leben" ins Englische zu übersetzen. Er, ein Jude aus den USA, wollte ein Buch übersetzen, das den Krieg der Wehrmacht verherrlichte. Er war der erste, der sich an diesen heiklen Auftrag wagte, allerdings unter Pseudonym.

Joseph und Sybil hatten sich in Gignac eingemietet, um in Ruhe an der Übersetzung zu arbeiten. Es war kurz vor Ostern 1989. Die letzten Wochen in Stuttgart hatten bei mir Spuren hinterlassen: Ich war ziemlich erschöpft. Ein Rückzug in mein französisches Dorf war dringend nötig, um Kräfte zu sammeln und zu malen.

Im Cabanon gab es zu dieser Zeit gerade keinen Bewohner, was mir sehr gelegen kam. Ich freute mich riesig darauf, wieder einmal drei oder vier Tage in der Natur zu verbringen und auch dort zu übernachten.

Also machte ich mit Joseph und seinem neunjährigen Sohn einen Spaziergang zu meinem Häuschen. Schon von weitem sahen wir Rauch aus dem Kamin aufsteigen. Das wird wohl David Crocket sein, dachte ich, denn der war der einzige, der dort auch ohne meine Erlaubnis jederzeit verweilen durfte. Nichts ahnend kamen wir näher.

Aus dem Haus kam uns ein unbekannter Mann entgegen: groß, blond, eisblaue Augen, einen kleinen blauen Punkt auf der Stirn. Er kam mir bekannt vor, aber ich wusste nicht woher. Als er sagte, er heiße Jerôme und sei schon früher einmal hier gewesen, um seinen Freund Gerald zu besuchen, fiel bei mir der Groschen.

Wie er denn dazu komme, unerlaubt mein Cabanon zu benutzen, fragte ich. Er habe Probleme mit der Polizei und müsse sich verstecken, war die Antwort. Mir schwante Böses: Meine Erholung würde ausfallen!

Der Holzstapel, ein mühsam erarbeiteter Wintervorrat für meine Dorfbehausung, war empfindlich zusammengeschmolzen. Ich wurde

„Schütze",
45 cm x 50 cm,
Öl auf Holz,
2000,
Privatbesitz

„Ohne Titel",
77 cm x 70 cm,
Öl auf Holz,
2010

„Ohne Titel", 60 cm
x 40 cm, Öl auf Holz,
2000, Privatbesitz

Das Cabanon

„Ohne Titel", 65 cm x 75 cm, Öl auf Holz, 2011, Privatbesitz

Ladenbesitzerin ins Bein geschossen habe. Wieder einmal kam ich mir wie im Film vor. Wurde hier Tarantino gespielt? Ich geriet in Wut. Dieser Typ erzählte mir in aller Ruhe, dass er auf einen Menschen geschossen hatte, und entweihte mit seinem Waffenarsenal diesen friedfertigen und magischen Ort!

Nicht genug damit, berichtete er noch von einem Banküberfall in Zentralfrankreich. Allmählich wurde Joseph kreidebleich. Ohne mir der Gefahr bewusst zu sein, die von Jerôme ausging, verlangte ich, er möge schnellstmöglich abhauen. Da bot er mir ruhig eine Zigarette an und fragte, ob er noch ein paar Tage dableiben könne, bis sich die Fahndung nach ihm verlaufen habe. In vier Tagen sei er weg, aber ich dürfe nicht über ihn reden. „Okay, dabei bleibt es dann aber auch!"

Wir zogen wieder ab. Zurück im Dorf, war ich im Zweifel, ob ich nicht sofort nach Apt auf die Polizeistation gehen solle, aber ich zögerte. Vorsicht war geboten: Der Typ schien unberechenbar und gefährlich. Beim Abendessen bei Antoine und Christine erzählte ich die Geschichte von meinem ungebetenen Gast. Ungläubig witzelten sie, ob ich denn gerade an einem Drehbuch für einen B-Movie arbeiten würde. Mir war allerdings ganz und gar nicht zum Lachen zumute.

sauer. Wenn er schon unerlaubterweise da sei, könne er sich wenigstens sein eigenes Brennholz erarbeiten. Gut, das werde er von jetzt an tun, antwortete er. Das sollte wohl heißen, dass der Kerl länger bleiben wollte.

Auf einmal unterbrach Josephs kleiner Knirps unsere Unterhaltung und zeigte mir, was er im Verschlag hinter dem Haus gefunden hatte. Er hielt eine Pistole in der einen und etwas eiförmig Rundes in der anderen Hand. Eine Handgranate! Der Typ nahm ihm beides schnell aus der Hand, um es im Cabanon zu verstauen. Dort fand ich noch ein Gewehr und Munition. „Was soll das?", schnauzte ich ihn an. Da erklärte er, dass er im Departement Gard auf der anderen Seite der Rhone ein Raubüberfall verübt und einer

Vorbei war es mit der langersehnten Ruhe in meinem abgelegenen Provence-Dörflein. Ans Malen war natürlich auch nicht zu denken. Was sollte ich tun? Ich wollte niemanden bei der Polizei verpfeifen. Wenn aber jemand zu Schaden käme, würde ich mir allergrößte Vorwürfe machen.

Joseph gab mir zu verstehen, dass er allein schon wegen Frau und Kind keinerlei Interesse an einem Wiedersehen mit Jerôme hätte.

Als David Crocket vorbeikam, erzählte ich ihm alles. Er trank fünf Tassen Kaffee, rauchte meine Zigaretten, machte Rauchkringel in die Luft und schwieg. Dann brach bedeutungsschwanger das unvermeidliche „Wir müssen etwas tun!" aus ihm heraus, eine

210

Erkenntnis, die nicht besonders hilfreich für mich war.

Am vierten Tag nach der ersten Begegnung mit Jerôme ging ich alleine zum Cabanon. Er war immer noch da. Wann es dem Herrn beliebe, endlich zu verschwinden, fragte ich. Ich solle Geduld haben, er warte nur auf einen Kumpel, mit dem er vor Ostern noch schnell eine Bank in Apt überfallen wolle, meinte er.

Das wurde ja immer schöner! Jetzt war ich auch noch ein Mitwisser bei der Vorbereitung eines Bankraubs.

Er könne vorher nicht weg, setzte Jerôme hinzu, da er bisher weder Geld noch ein Fluchtauto habe. „Dann geh nach Apt und klau eins, verdammt noch mal!" Mit diesem Satz war ich endgültig auf seiner Ebene angekommen. Mein Bestand an Straftaten vergrößerte sich um die Anstiftung zum Diebstahl.

Wieder im Dorf, schnappte ich mir Michel und fuhr mit ihm zur Gendarmerie von Apt. Der Untergendarm wunderte sich, dass wir nur mit seinem vorgesetzten Obergendarmen sprechen wollten. „Zwei Typen, der eine mit einer Fellmütze und Fuchsschwanz und ein Langhaariger mit Gammelparka, wollen Sie sprechen, mon Colonel", sprach er hastig ins Telefon. Wir durften hochgehen. Der Herr Colonel empfing uns in Begleitung eines zweiten Obergendarmen, der ordentlich Lametta an der Jacke trug.

Nun erzählte ich höchst dramatisch die Geschichte von meinem ungebetenen Gast und seinen Waffen, was Michel ebenso aufgeregt mit beständigem Nicken und dem Mantra „oui, oui, c'est vrai" untermalte. Vergebens, denn die Herren nahmen uns einfach nicht ernst. „Der Bürgermeister von Gignac ist zuständig", meinte einer der beiden trocken. „Messieurs, in meinem Cabanon sitzt ein gemeingefährlicher Verbrecher, der zugibt bei einem Raubüberfall eine Frau angeschossen zu haben, bitte nehmen Sie ein Protokoll auf!" „Touché!", dachte ich, denn der Colonel ging an einen Schrank und kam mit einer Akte zurück. Er zog jedoch ein Foto heraus, das einen Wagen mit Stuttgarter Kennzeichen zeigte. Ein weiteres Foto zeigte Nahaufnahmen von den Aufklebern „Atomkraft, nein danke!" und „Frieden schaffen ohne Waffen". Ob das mein Auto sei?

Ich war platt: Offensichtlich wurde ich beobachtet, und sie führten wie der KGB ein Dossier über mich. „Messieurs, das reicht jetzt, ich gehe an die Öffentlichkeit!"

Ich möge mich beruhigen, man wolle mir nur zeigen, dass ich ihnen bekannt sei und warum an meiner Glaubwürdigkeit gezweifelt würde. Hier sei schließlich militärisches Gebiet und die Aufkleber auf meinem Auto seien verdächtig. Sie seien verpflichtet, wachsam zu sein. Wieder einmal bestätigten sich meine Vorurteile: Da geht man zu den Flics, um Schlimmeres zu verhindern, und wird selbst zum Angeklagten!

„Wollen wir doch mal sehen, ob Ihr böser Bube in unserer Kartei ist", fuhr der Colonel fort. Schon von Foto Nummer sieben, Bingo, schaute mich der Cabanon-Besetzer an: Ganz deutlich war der blaue Punkt auf seiner Stirn zu sehen. „Das ist er, jawohl, ganz sicher!" Ungläubiges Staunen auf den Gesichtern. Der Colonel wurde plötzlich hektisch. Er verschwand im Nebenraum und telefonierte.

„Monsieur Nassos, wir melden uns bei Ihnen. Zwei Beamte in Zivil werden bei Ihnen vorbeikommen. Danke, dass sie gekommen sind. Und Vorsicht, der Mann ist extrem gefährlich. Er wird in ganz Frankreich wegen schwerster Verbrechen gesucht, Raubüberfälle und Schüsse auf Polizisten. Un homme très dangereux!" Damit wurden wir hinauskomplimentiert.

Mit sorgenvollen Gedanken machten wir uns auf den Rückweg. Anderntags klopften am späten Vormittag zwei Beamte in Zivil an die Tür, die sofort als Polizisten zu erkennen waren, weil sie in ihren hellblauen Armeehemden, dunkelblauen Mänteln und noch dunkelblaueren Hosen wie blaue Zwillinge aussahen. „Wir möchten, dass Sie uns die Umgebung Ihres Cabanons zeigen, damit wir wissen, wie wir vorgehen müssen, um den Mann einzukreisen." Auf dem Dorfparkplatz stand, natürlich gut erkennbar, ihr Gendarmerie-Auto! Für die Fahrt zum Cabanon bot ich ihnen vorsichtshalber meinen etwas neutraleren Ford-Kombi an. Hinten hatte ich vorsorglich ein Fernglas und unter einer Decke ein Jagdgewehr der Marke St. Etienne verstaut.

Wir fuhren so nah wie möglich an den Wald heran. Da die beiden – wie dämlich kann man eigentlich sein?, fragte ich mich – nicht bewaffnet waren, wollte ich ihnen mein Gewehr aufdrängen. Bekanntlich war der Gesuchte très dangereux. Irritiert schauten sie die Flinte an und meinten, dass ich (!) sie tragen solle. Dann schlichen wir langsam und vorsichtig durch das Unterholz der im frühen April noch ziemlich kahlen Bäume, wodurch wir bei unserer „Operation" nahezu keinen Sichtschutz hatten. Die Flics waren zudem ein gutes Ziel in ihren blauen Flic-Ziviluniformen. Zum Glück trug ich selbst wenigstens einen leichten Mantel in Waldgrün. Als die beiden gerade ein Stück über freies Gelände gehen wollten, das vom Cabanon bereits voll einsehbar war, hielt ich sie zurück. Aus der Ferne kam ein Mann auf uns zu. Er war es! Ich zog die beiden an den Mänteln zu mir in die nassen Blätter hinunter. Da lagen wir nun mit dem Bauch auf dem Boden wie die Soldaten vor Verdun im „Großen Krieg" und warteten auf den Feind. Ich reichte dem einen Beamten mein Fernglas und dem anderem das Gewehr. Leise flüsternd erklärte ich, wie es funktionierte und dass wir nur drei Schuss hatten. Der Typ kam immer näher, doch als er nur noch ungefähr achtzig Meter entfernt war, machte er abrupt kehrt und verschwand in einer Wegbiegung.

Wir blieben noch ein Weilchen liegen und traten dann schnell den Rückzug an. Nachdem ich die beiden schlecht vorbereiteten Zivilen wieder heil in ihr Polizeiauto gesetzt hatte, ging ich heim, um einen Beruhigungs-Pastis zu mir zu nehmen. Am Abend des nächsten Tages sah ich durch das Küchenfenster Jerôme durch das Dorf laufen. Mir wurde mulmig zumute. Er schien jedoch nur auf dem Weg zur einzigen Telefonzelle zu sein. Wo ich wohnte, wusste er nicht. Kaum war er außer Sicht, lief ich zu Nachbar Antoine und bat ihn, die „Bullen" anzurufen. An einem zweiten Hörer konnte ich das Gespräch mithören: „Es ist ein unhaltbarer Zustand. Hier läuft ein gefährlicher Verbrecher frei herum und die Polizei unternimmt nichts. Meine Frau und mein Sohn haben Angst", sagte Antoine. Ich traute meinen Ohren nicht, als ich vom anderen Ende der Leitung hören musste: „Herr Nassos ist ja Grieche. Die haben bekanntlich viele Geschichten und Mythen in die Welt gesetzt, seit damals mit diesem Odysseus. Herr Nassos ist außerdem auch noch Künstler, und Künstler haben eine ausgeprägte Fantasie. Er ist ein Mythomane. Sie müssen nicht alles glauben, was er Ihnen erzählt!"

Wütend riss ich Antoine den Hörer aus der Hand und verpasste dem Flic einen Einlauf: „Ihr habt mir doch schließlich gesagt, dass der Typ sehr gefährlich ist und in ganz Frankreich gesucht wird, oder?" „Jaja, beruhigen Sie sich bitte. Wir wollen nur, dass Herr Antoine sich keine Sorgen macht. Wir sind dabei, einen Plan für die Festnahme des Gesuchten zu erarbeiten, bitte bewahren Sie Stillschweigen über den Fall."

Zwei Tage darauf, es war Karfreitag, ging ich mit David Crocket wieder zur Gendarmerie in Apt, um mich nach dem Fortschritt der Angelegenheit zu erkundigen. Der Colonel teilte uns höchstpersönlich mit, dass am Ostersonntag um zehn Uhr eine Spezialeinheit auf das Cabanon vorrücken werde, die des Mannes habhaft werden solle.

Wie im Kino warteten wir am Ostersonntag auf den Showdown. Unsere Position lag auf einem Berg gegenüber, so dass wir das voraussichtliche Einsatzgebiet mit dem Fernglas gut einsehen konnten. Auf unserem Logenplatz stellten wir uns vor, wie die Aktion ablaufen würde: Als einzige Zeugen würden wir sehen, wie bis an die Zähne bewaffnete, martialisch gekleidete Männer aus

„Grüsse an Wassily K.", 67cm x 71cm, Öl auf Holz, 2006, Privatbesitz

Das Cabanon

„Ohne Titel", 50 cm x 40 cm,
Mischtechnik auf Papier, 1999

Hubschrauben abspringen, mit Blendgranaten Verwirrung stiften und Jerôme in einem Kugelhagel niederstrecken würden.

Als um 11 Uhr immer noch nichts passiert war, gaben wir auf. Die Vorstellung war ausgefallen. Enttäuscht fuhren wir nach Rustrel, um im Bistro zu frühstücken. Als wir an der Abzweigung zum Cabanon vorbeikamen, stand plötzlich der große Gangster vor dem Auto und fuchtelte mit den Händen in der Luft herum, um uns anzuhalten. „Bitte, bitte, nehmt mich mit ins nächste Dorf, ich habe Hunger und keine Zigaretten", sagte er kleinlaut. Er zwängte sich auf den Rücksitz. Direkt hinter ihm lag die antike „St. Etienne" unter der Decke verborgen.

Im Bistro vom „Goldzahn" setzten Michel und ich uns so, dass wir durch den Eingang die Straße sehen konnten; gleichzeitig sorgten wir dafür, dass Jerôme mit Rücken zur Tür saß. Ich bestellte drei Tassen Kaffee und drei Croissants und ließ ihm vom Bäcker nebenan noch ein Sandwich bringen. Wie Jerôme uns beichtete, hatte er inzwischen mit seinem „Berufskollegen" telefoniert und den Überfall auf die Bank von Apt fest für einen Zeitpunkt nach Ostern ausgemacht.

David Crocket stieß mich unauffällig mit dem Fuß an. Auf der Straße, die eine rechtwinklige Kurve vor dem Bistro machte, sah ich durch die Glastür Lastwagen voller Soldaten den Berg herunterfahren. In der Annahme, dass dies das verspätete Einsatzkommando sein musste, beeilten wir uns, das Judasfrühstück zu bezahlen, um den Bösewicht an den Ort des Finales zurückzubringen. An der Abzweigung, an der wir ihn aufgelesen hatten, ließen wir ihn wieder aussteigen und nahmen daraufhin unsere Stellung auf dem gegenüberliegenden Berg ein. Nichts geschah: Die Soldaten waren auf dem Weg in ein Manöver gewesen.

Bei meinem nächsten Besuch auf der Gendarmerie ließ ich meine Wut heraus. „Ich lade den Verbrecher, den ihr sucht, zum Frühstück ein, bekomme erzählt, dass er diesmal die Bank von Apt überfallen will – und Ihr hockt immer noch untätig herum! Das verstehe, wer will!" „Gut so", war die Antwort. „Offenbar vertraut er Ihnen und wird Sie weiterhin in seine Pläne einweihen. Wir konnten heute den Einsatz nicht wie vorgesehen durchführen, weil Ostern ist. Urlaubszeit, verstehen Sie?" Jetzt war die Sache endgültig klar: Die Flics hatten die Hosen gestrichen voll.

Zwei Tage später latschte der Typ gegen Abend wieder durch das Dorf. Wütend ging ich mit der geladenen Flinte unter dem langen waldgrünen Mantel zu Antoine, der bleich wurde, als er mich so sah. „Wenn Du ihn abknallen willst, dann bitte draußen, nicht durch mein Fenster", bettelte er. Also ging ich hinaus und legte mich hinter einer Mauer auf die Lauer, bereit loszuballern. Unfasslich: Jerôme klopfte gerade an die Tür von Bürgermeister Anselme und verschwand in dessen Haus.

Zurück bei Antoine, wurde mir plötzlich klar, dass ich bereit gewesen war, einen Menschen zu erschießen. Ich wollte den Job der Bullen machen, nur weil die zu feige waren. Wie tief war ich gesunken!

„Antoine, der Typ ist gerade zu Monsieur Anselme rein, vielleicht nimmt er ihn als Geisel. Wahrscheinlich ist er verzweifelt und inzwischen zu allem fähig, ruf die Bullen an, bitte!"

„Hallo, hier ist Antoine Brault. Monsieur Nassos steht gerade mit einer Flinte neben mir. Im Dorf ist dieser gefährliche Mann unterwegs. Monsieur Nassos will ihn erschießen." „Gut. Sagen Sie Monsieur Nassos, dass er gut zielen soll, denn wenn er ihn nur verletzt, könnte der ihn wegen Körperverletzung anzeigen!" Offensichtlich war unsere Filmhandlung in Absurdistan angekommen.

Wir unterbrachen das sinnlose Gespräch, um den Bürgermeister zu warnen. Doch der Ganove hatte nur Geld für die Telefonzelle bei ihm gewechselt. Als kurz danach die Polizei den Bürgermeister erstmals über die Lage in seinem Dorf informierte, befahl er, als Bürgermeister hatte er Befehlsgewalt über die Polizei, den Verbrecher schnellstens festzusetzen.

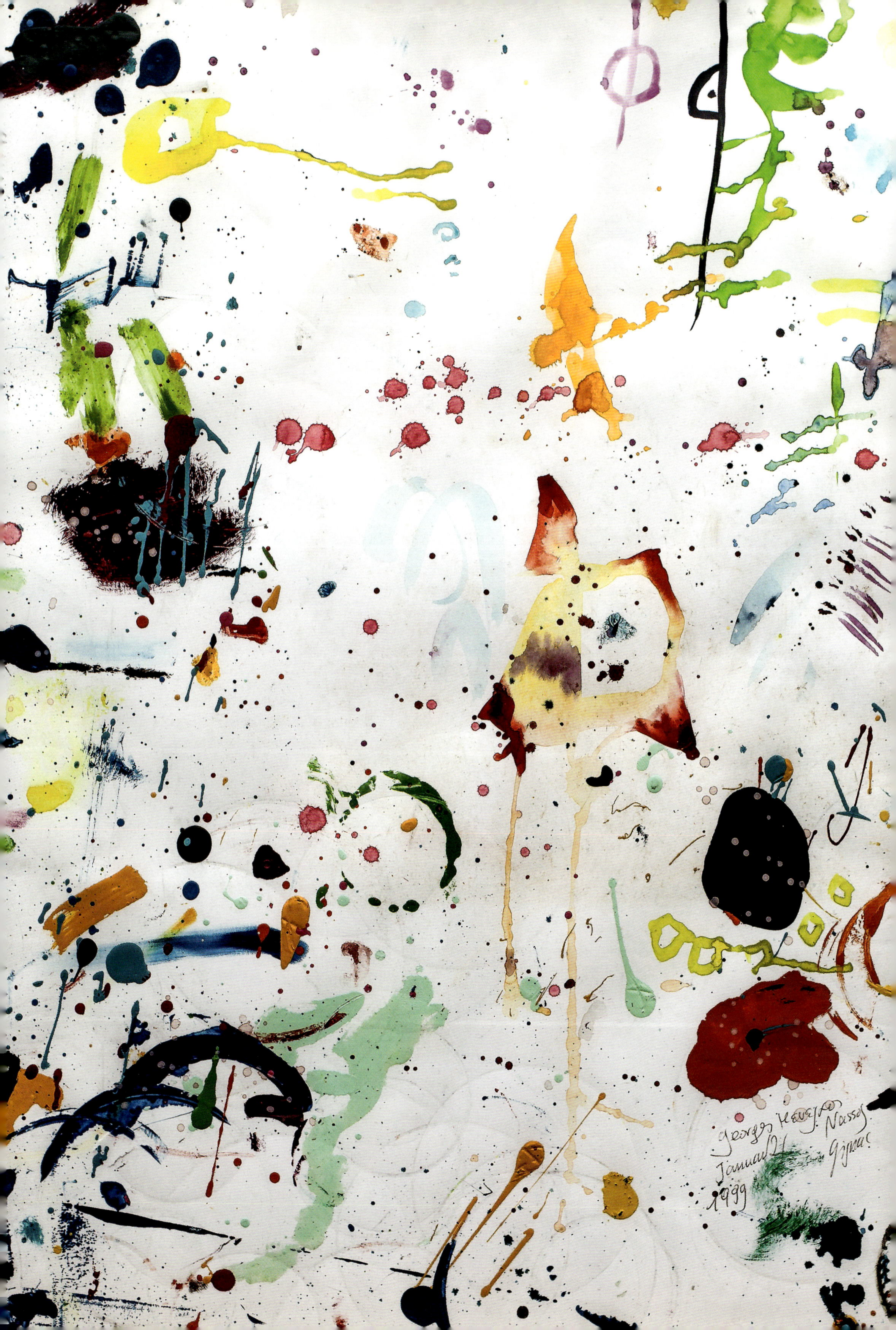
Georges
Nassos
Januar 21
1999

Als die Flics endlich anrückten, war der Vogel ausgeflogen. Vermutlich hatte ihn das Militärmanöver in der Nähe des Cabanon aufgeschreckt. Einige Monate später wurde Jerôme bei einem Raubüberfall in der Nähe von Nizza von der Polizei gestellt und erschossen, nachdem er zuvor einen Polizisten schwer verletzt hatte. Auch ein Komplize wurde angeschossen, überlebte und landete lebenslänglich hinter Gittern.

Die Gendarmen von Apt bekamen für ihre Untätigkeit und ihre Feigheit ein Rüffel von hoher Stelle aus Paris.

Eigenbedarf zum zweiten

Im Sommer wurde mein Dörflein von Urlaubern überrannt, die ihre schlechten Stadtgewohnheiten nicht ablegten, sondern meiner schönen Umgebung ihren Stempel aufdrückten und den Rhythmus des Ortes durcheinanderbrachten. Umso mehr wurde das Cabanon zum unverzichtbaren Rückzugsort. Es kam vor, dass ich dort eine Woche oder gar länger lebte wie ein Eremit.

Der Malerei tat das gut. So ohne jede Ablenkung konnte ich intensiv und kontinuierlich arbeiten und vieles fertigstellen. Wenn ich nicht dort übernachtete, fuhr ich schon frühmorgens hin, bepackt mit Futter und Getränken und einem ausreichenden Vorrat an Aquarellfarben und -papier. Es gab kein Radio, also auch keine Nachrichten. Nur Natur, Baguette, Käse und Tee aus Rosmarin oder Thymian. Für Hund Rex war es das Paradies. Den ganzen Tag strolchte er im Gebüsch herum und in der Nacht wachte er vor dem Haus, um beim kleinsten Geräusch unbekannte Tiere in die Flucht zu schlagen.

Nach dem Abenteuer mit dem Banditen Jerôme war mein Bedarf an weiteren Bewohnern fürs Erste gedeckt. Es wurde ruhig um das Steinhaus im Eichenwald.

So kam es auch, dass der Hausclan der Siebenschläfer seine Geburtenrate in Ermangelung menschlicher Konkurrenz massiv steigerte. In manchen Nächten mobbten mich die kleinen knopfäugigen Monsterchen mit ihren Nachtaktivitäten regelrecht aus dem Haus. Wenn ich gerade einschlafen wollte, schwoll ein scheußliches Gefiepse in der Dunkelheit meiner Kammer an, das mir das Blut in den Adern gefrieren ließ. Genervt machte ich mich mit meiner Taschenlampe auf, um den halbstündigen Fußweg zum Dorf zurückzulegen und dort in Ruhe zu schlafen.

Martin und Maria

Martin und Maria aus Stuttgart meldeten ihren Besuch an. Sie wollten auf ihrer Fahrt in die Ferien nach Spanien bei mir Zwischenstation machen.

Seit seinem neunten Lebensjahr kannte ich Martin von einer Sommerfreizeit der Arbeiterwohlfahrt, wo ich mit Rex in den Semesterferien ehrenamtlich als Kinderbetreuer gearbeitet hatte.

Später stellten wir fest, dass wir in Stuttgart-Vaihingen nur einen Steinwurf voneinander entfernt wohnten. So kam es, dass wir uns immer wieder über den Weg liefen, er in Begleitung seiner Familie, ich mit Rex an der Leine. Wenn er schulfrei hatte, durfte er mit mir ins Kino oder ins Museum gehen. Anschließend, so der nichtoffizielle Teil, gingen wir in die Kneipe. Er kam sogar mit mir zur Kunstakademie, wo er sich von Roland Winkler in die Kunst der Lithografie und der Radierungstechniken einweisen ließ.

Ziemlich aufgeregt saßen er und seine Freundin Maria in der Provence vor mir, Maria im Badeanzug und Martin in T-Shirt und Badehose. Dies sei alles, was ihnen an Klamotten geblieben sei. Alles andere sei ihnen mit den zwei Koffern aus dem Auto gestohlen worden, als sie auf dem Weg hierher in Fontaine de Vaucluse ein Bad genommen hatten. Zum Glück hatten sie Geld und Papiere mit ans Wasser genommen.

Maria bekam von mir zwei überlange Leinenhemden, Martin einige Hosen und Hemden, die mir zu klein waren, ihm aber immer noch zu groß. Meine Frau Daniela versorgte Maria mit Wäsche und Schuhwerk.

Die Weiterreise nach Spanien war damit beendet. Sie zogen trotz meiner eindringlichen Warnung vor den nachtaktiven Siebenschläfermonsterchen ins Cabanon. Martin ließ sich nicht abschrecken, denn er hatte schon einige Wochen seines Lebens dort verbracht.

Die beiden machten es sich gemütlich: Wieder einmal hingen Hängematten zwischen den Bäumen, waren Segeltücher als Schattenspender aufgespannt. Eine Kochstelle wurde eingerichtet und ratzfatz die alte Türe als Tisch wiederbelebt, der sich sehr gut unter den knorrigen Eichen machte. Als Überlebenskünstler mit Australienerfahrung hatte Martin zudem eine Dusche installiert, die jeden mit einem Schwall Wasser bediente, der an der genau über dem Schwerpunkt einer Gießkanne angebrachten „Startschnur" zog. In der Nacht illuminierten zahlreiche Laternen in den Ästen der Bäume die wunderbare Szenerie. Jeder Abend wurde zu einem kleinen Fest im provençalischen „Outback".

Die Knopfaugenmonsterchen ließen sich auf die neue Nachbarschaft ein, nachdem Martin ihnen einen Futterplatz außerhalb des Cabanon eingerichtet hatte, damit sie, so der Deal, im Gegenzug das Paar nachts in Ruhe schlafen ließen. Trotzdem wollten zwei von ihnen nach den langen, anstrengenden Siebenschläfernächten partout frühmorgens auf der Bettdecke von Martin und Maria ihren Tagesschlaf beginnen. Natürlich waren sie beleidigt, wenn Martin sie verjagte, und saßen aufgeregt im Gebälk, um mit ihren Piepsestimmen die schlimmsten Siebenschläferflüche auf die Halb-Schlafenden herunterregnen zu lassen.

Dass Martin und Maria fast keine Klamotten mehr hatten, war für die beiden kein Problem, da sie die meiste Zeit sowieso nackt, wie Gott sie erschaffen hatte, in der Wildnis herumliefen. Nur wenn sie zu uns ins Dorf kamen oder zum Einkaufen in die nächste Stadt fuhren, wurde von den wenigen Kleidungsstücken, die sie noch hatten, eines ausgesucht.

Nach vier Wochen ging es wegen der Arbeit zurück nach Deutschland. Maria war bei einer Mode-Label beschäftigt und Martin verdiente sein Geld als selbständiger Krankengymnast.

Bei nächster Gelegenheit machte Martin frei und brach mit Leinwand, Ölfarben, Pinseln und einigen Büchern in die Provence auf und landete direkt im Cabanon. Zu mir kam er erst nach ein paar Tagen, um mir von der starken Magie zu erzählen, die dort zu spüren war, und davon, dass diese seine „Feinstofflichkeit" optimal fördern würde. Damit war bei ihm die Idee geboren, in die Provence umzusiedeln. Es brauchte nicht viel, Maria dafür zu begeistern. Sie wollte sich als Modedesignerin selbständig machen. Martin würde als „Kinésithérapeute" weitermachen und vielleicht auch ein bisschen von der Malerei leben.

An einem regnerischen Septembertag kam tatsächlich der Umzugswagen aus Deutschland in „Le Tapet" bei Apt an, wo sie ihre erste Wohnung bezogen. Charlotte, eine pensionierte Lehrerin, gab den Neuprovençalen einen Crashkurs in Französisch.

Heute hat Maria als Modemacherin über Frankreich hinaus Erfolg. Martin führt seine Praxis in Apt und ist bei seinen Patienten hoch angesehen. Er malt immer noch sehr gerne in seinem großen lichtdurchfluteten Atelier.

„Medicus I", 30 cm x 40 cm, handkoloriert

„Medicus II", 30 cm x 40 cm, handkoloriert

„Medicus III", 30 cm x 40 cm, handkoloriert

Marokko

Wie kam es, dass ich im Frühsommer des Jahres 1989 auf Kosten des Königs von Saudi-Arabien, Ibn-Saud, Marokko bereiste?

Brigitte S., eine Restauratorin und Expertin von Kalligrafien und alten Miniaturen, war in ihrer Sparte eine Kapazität. Sie hatte ein Verfahren entwickelt, mit dem man die mittelalterlichen Zeichnungen konservieren konnte. Da in den meisten islamischen Ländern keine Gesichter dargestellt werden dürfen, umging man die Abbildung mit kalligrafischen Schnörkeln, so dass erst beim genauen Betrachten und mit viel Fantasie etwas erkennbar wurde, das einem Gesicht ähnelte ...

Brigitte hatte einige meiner Schwarz-Weiß-Radierungen in ihre Kunstsammlung aufgenommen. Als sie mich eines Tages in meinem Atelier in Bernhausen besuchte, um meine neuesten Bilder zu sehen, hörte sie mich ein Telefonat auf Französisch führen und fragte, ob es mir möglich wäre, für sie in Marokko als Übersetzer zu fungieren.

Das Königshaus von Saudi Arabien hatte bei ihr angefragt, einige Bibliotheken in verschiedenen Städten Marokkos zu bereisen und den dortigen Fachleuten ihre Methode zum Erhalt der historischen Kalligrafien und Veduten beizubringen.

Leichtsinnigerweise sagte ich sofort zu, denn ich glaubte nicht, dass das Vorhaben jemals Wirklichkeit werden würde. Doch einige Monate später fischte ich einen Brief mit einem Flugticket nach Marrakesch aus dem Briefkasten. Ohne Vorwarnung von Brigitte!

Jetzt galt es, meine Zusage einzulösen. Ich bekam das Fracksausen! Mein Französisch war zwar für Alltagszwecke durchaus brauchbar, aber mit dem Vokabular für die Restaurierung von alten islamischen Miniaturen hatte ich naheliegenderweise bis dato noch nichts zu tun gehabt. Und der Flug ging in sieben Tagen!

Brigitte war zuversichtlich. Im Flieger wollte sie mir die notwendigen Ausdrücke anhand eines Lexikons beibringen. Als ob drei Stunden Flug ausreichen könnten, ihre zwanzigjährige Erfahrung mit dieser Materie in mein Hirn hinein zu meißeln ... Zurückrudern war nicht mehr möglich. Am Flughafen in Marrakesch wartete eine offizielle Delegation von Marokkanern und Saudis auf uns.

Na gut, mehr als blamieren konnte ich mich nicht. Es galt: Augen zu und durch!

Während des Fluges paukte ich mit Brigitte die Fachausdrücke und wiederholte sie x-mal so laut, dass sich die ringsum sitzenden Passagiere besorgt nach uns umschauten. Die Flugbegleiterin fragte nach, ob alles in Ordnung sei. Oui-oui, beruhigte ich sie, ich übe nur die französische Aussprache.

Bei der Ankunft empfingen uns tatsächlich sieben Männer im VIP-Bereich des Flughafens, in Anzügen bis auf zwei Saudis, die in den traditionellen Kaftans mit der karierten Ghutra und dem Igal, dem königlichen goldenen Kopfring erschienen.

Die Männer begrüßten zuerst mich mit Handschlag und waren sichtlich enttäuscht, als ich ihnen erklärte, dass ich nur der Dolmetscher für Madame Dr. Brigitte S. sei und mich beeilte, sie als Spezialistin in ihrem Fach vorzustellen. Sie werde gerne helfen, die wertvollen Dokumente zu erhalten, damit der Zahn der Zeit diese nicht endgültig zu Staub zerkaue.

Eine leichte Verbeugung der drei Männer im Kaftan in Richtung Brigitte war ihre Begrüßung.

Die Herren in der traditionellen arabischen Kluft sprachen gut Englisch und nahmen diplomatisch die Kurve, um ihren Fauxpas auszugleichen. Sie begrüßten Brigitte im Namen des saudi-arabischen Königshauses und erklärten, ihr guter Ruf sei zu ihnen gedrungen. Sie betonten, wie wichtig es ihnen sei, dass sie den Auftrag zur Rettung dieser Kulturschätze bekommen hätte. Sie möge bitte nach Abschluss der Mission einen Bericht auf Englisch schreiben, der König würde sich darüber sehr freuen. Dann verabschiedeten sie sich mit einer leichten Verbeugung, dieses Mal diplomatischerweise von uns beiden, um Brigittes Hand nicht schütteln zu müssen.

Da alles auf Englisch ablief, waren meine Übersetzungskünste am Anfang der Mission kaum gefragt.

Die Marokkaner verabschiedeten sich ebenfalls (mit Handshake) sehr herzlich von uns – bis auf Monsieur Omar, der sich uns als unserer Fahrer während unseres Arbeitsaufenthalts in Marokko vorstellte.

In einem Citroën mit abgedunkelten Scheiben fuhr er uns zu einem Hotel nicht weit von Djemaa-el-Fna-Platz, dem „Platz der Geköpften".

Abends machten wir in Begleitung von Omar einen Rundgang auf dem berühmten Platz mit seinen Märchenerzählern, Schlangenbeschwörern, Feuerschluckern, Trommlern und Gauklern, die zusammen eine grandiose Traumtheatervorstellung gaben, ohne dass jemand das Szenario vorgab. Früher ein Sklavenmarkt, hatten sich hier jetzt die Quacksalber breitgemacht. Besser so!

In den Gassen der Souks ertrank man in einem Meer von Farben, Geräuschen und Menschen. Fasziniert ließen wir uns in diesem Gewusel treiben, bis wir die Orientierung verloren. Nur mühsam fanden wir wieder in Richtung Hauptplatz.

Am Ausgang kam eine Gruppe von Männern auf uns zu. Einer davon legte mir unvermittelt eine lange, fette Schlange um den Hals. Mir blieb fast das Herz stehen. Schlangen sind nicht gerade meine Lieblingstiere. Der Mann verlangte einen Dirham, um mich von ihr zu befreien.

Ich packte mit meinen Händen die Schlange, die sich langsam links und rechts um meine Schulter wand, drehte mich um und entfernte mich mit langsamen Schritten. "Zehn Dirham, dann bekommt ihr eure Schlange wieder!", rief ich ihnen zu. Im Nu war der Schlangenmann bei mir und nahm mir die Bestie von der Schulter. "Monsieur, Sie sind mutig", meinte er. Dabei machte ich mir vor Angst fast in die Hose.

In der Bibliothek von Marrakesch war am nächsten Tag das erste Treffen anberaumt. Das sollte auch die Feuertaufe meiner Übersetzungskünste sein. Der Direktor der Bibliothek führte uns zusammen mit zwei Herren in einen Raum, in dem Hunderte Folianten mit alten Manuskripten übereinander lagerten. Sie begrüßten Brigitte zuerst, sogar mit Handschlag. Auf dem Tisch waren einige der wertvollen Blätter ausgebreitet. Brigitte zog ihre Gummihandschuhe an und begann, die wertvollen Stücke zu begutachten. Einer der Herren erklärte ihr, aus welchem Jahrhundert die Manuskripte stammten, was sie darstellten und welche kulturelle Bedeutung sie hatten.

Ich übersetzte simultan, am Anfang etwas unsicher, nach und nach immer selbstbewusster. Als Brigitte ihre Methode zur Konservierung der Dokumente auf Deutsch vortrug, sprach sie aus Rücksicht langsam. Die Herren Bibliothekare schrieben die Ausführungen von Frau Doktor fleißig mit. Nach drei Stunden waren wir fertig.

Von Marrakesch fuhren wir nach Fes. Der Ablauf in der dortigen Bibliothek war ganz ähnlich. Ein Angestellter der Bibliothek machte für uns eine lange und wunderschöne Stadtführung. Und wieder diese Farben! Die ganze Stadt war damit geschmückt. An den feinen Nuancen der Wollfarben bei den Färbern, die ihre Stoffe zum Trocknen aushängten, konnten sich meine Augen nicht sattsehen. Ganze Ballen lagen, auf den Abtransport wartend, zusammengerollt vor den Färbereien.

Holzschnitzer, Kupfer- und Messingschmiede, Töpfer boten in ihren kleinen Werkstätten ihre Waren an. Goldbestickte Kissen, Schmuck, Lederwaren, Gewürze wetteiferten um die Aufmerksamkeit der Sinne. Am liebsten wäre ich so lange in Fes geblieben, bis ich tausend Bilder gemalt gehabt hätte.

Doch schon am nächsten Tag ging es weiter nach Meknès, wo in der Bibliothek die gleiche Prozedur auf uns wartete. Jetzt lief alles sehr routiniert ab. Auch in dieser Stadt waren es die Farben im Souk, die mich ma-

„Hängepartie", 24 cm x 30 cm, Aquarell, 2011

gisch anzogen: Teppiche, farbenfrohe Kleider, kleine Handwerker-Nischen, in denen mit Händen und Füssen gedrechselt wurde oder farbige Keramiken ausgestellt waren oder aber Schneider saßen, die auf Wunsch sofort Hemden, Hosen oder sonstige Bekleidung nach Maß anfertigten ...

Rabat und Casablanca waren unsere nächsten Stationen. Nach zehn Tagen und etlichen Couscous im Schneidersitz bei den gastfreundlichen Marokkanern war die offizielle Arbeit abgeschlossen. Wir verabschiedeten uns von unserem Fahrer Omar.

Madame Dr. Brigitte S. entschied sich für eine Verlängerung ihres Aufenthalts in Marokko. Sie musste ja noch den englischen Bericht für den saudi-arabischen König schreiben! Jetzt fungierte ich als ihr Fahrer im gemieteten Auto. Wir fuhren nach Essauira im Süden des Landes.

Dort saß Brigitte in ihrem Hotelzimmer und schrieb. Ich strolchte neugierig im Souk der Stadt herum, froh, dass die Übersetzerei vorbei war, und versuchte, die Farben um mich herum einzusaugen. Ab und zu fotografierte ich mit meiner einfachen Kamera.

Am Hafen des Städtchens gab es ambulante Fischrestaurants mit frisch aus dem Meer gefangenen Hummern und Langusten. Daran vorbeizugehen, ohne etwas davon zu verspeisen, wäre eine Sünde gewesen, zumal angesichts der niedrigen Preise. Mit den Händen das weiße Fleisch aus den Tentakeln der Languste pulend, Blick auf den Horizont des Ozeans, genoss ich intensiv den Moment.

Ein Paar nahm mir gegenüber Platz und bestellte einen Hummer mit einer Flasche Weißwein. Ob ich ein Glas mittränke, fragte der Herr auf Französisch. Gerne! Und schon entwickelte sich ein nettes Gespräch. Marokko, seine gastfreundlichen Menschen, die Farbigkeit der Bazars und das Licht, ideal zum Malen oder Fotografieren – das waren unsere Themen.

Der nette Mittfünfziger war der Fotograf Bruno Bruney aus Paris, Mitglied der legendären Fotoagentur „Magnum", mit seiner charmanten Frau Marie-Claire.

Wir verabredeten uns am gleichen Platz zum Abendessen. Brigitte hatte ohnehin eine Pause von ihrem Bericht nötig. Der Abend wurde sehr kurzweilig, das Paar Bruney sprach fließend Englisch, so dass ich nicht mehr für Brigitte übersetzen musste. Monsieur Bruney sprach von seinen Auftragsreisen, die bisweilen sehr gefährlich waren, Brigitte über die unendlichen Schätze, die sich in Marokkos Bibliotheken versteckten.

Mit Bruno Bruney machte ich in den folgenden beiden Tagen einen Schnellkurs in Fotografie. Er schärfte mein Blick auf das Notwendigste beim Fotografieren:

„Denk an die Kubisten am Anfang des Jahrhunderts, als Maler hast du einen Blick wie ein Fotograf, was sage ich, einen besseren, geübteren!"

„Mit der einfachsten Billigkamera kannst du ebenso gute Fotos machen wie mit einer teuren."

„Beim Porträtfoto möglichst nur das Gesicht, keine Umgebung dazu."

So spazierten wir in Essauira herum. Ich fotografierte unter seiner Anleitung, bis alle meine – damals natürlich noch analogen – Filme belichtet waren.

Dank Bruno Bruney begeisterte ich mich für die Fotografie. Mein Blick sensibilisierte sich. Die Fotos, die nach diesem Schnellkurs entstanden sind, zeigten tatsächlich eine neue Qualität des Sehens. Die Abstraktion bei der Auswahl der Motive wurde mir wichtiger als das Erkennbare.

Es ist die Abstraktion, die uns überall umgibt, die wir aber übersehen, weil wir dem erkennbaren Ganzen mehr Aufmerksamkeit widmen. Ich lernte mit der Kamera zu malen. Das Auge des Malers suchte das Motiv. Danach bearbeitete ich die großformatigen Farbfotos mit Gouache oder Acrylfarben zu Kunstwerken, so dass der Betrachter zwischen dem fotografisch Festgehaltenen und dem Gemalten nicht mehr unterscheiden konnte.

„Rustrel I", Mischtechnik auf Papier,
30 cm x 40 cm, 1996

SS05 14.6.96 gignac

Des signes en couleur à l'infini
Unendliche Zeichen in Farbe

Ce qui caractérise la peinture de Georges Manelaos Nassos au premier coup d'œil est facile à définir, tant ça saute aux yeux : une luminosité dans la joie des couleurs, et un éclatement en de multiples de petits signes dispersés, précis et bien cernés, dont on ignore la signification finale. Joie, dissémination et mystère. C'est gai et énigmatique, l'énigme venant redoubler la gaieté en humour. Ocre, rouge, bleu, des dessins dans les dessins, des plumes, des morceaux de corps démembrés, des bouts de pieds, de mains, bras, nez, yeux, têtes, des formes étranges mi humaines mi animales, fabuleuses, étranges comme des petites idoles de peuples archaïques, des oiseaux, des éléphants et des fakirs, c'est de la sorcellerie avec des « mauvais œil » comme pour protéger du sort, et souvent des formes répliquées à l'identique à l'intérieur d'elles-mêmes, étoiles, étoiles de mer géantes qui valent pour des constellations, comme celle du Serpent, encore pleines d'infinis petites étincelles... et tout cela, astres, serpent de mer ou céleste, hydres bicéphales ondulantes aux membres multiples..., tout cet émerveillement d'éparpillement sur un fond bleu nuit ou pullule un festival d'étincelles et d'étoiles, soit exactement le cosmos lui-même. Mais, dira-t-on, le cosmos est régulier, bien ordonné rien de fantaisiste, et là, dans ces peintures de Nassos, c'est le règne de la fantasia, la part la plus imaginaire et la plus déréglée de l'invention, son arbitraire pur. On demandera : « Pourquoi toutes ces petites formes bien dessinées et bien faites ? Et que nous disent-elles ? » Aurait-on l'impudence et la désinvolture de répondre « — Et alors, qu'est-ce que ça peut vous faire ! » ... ?

Regardons bien. Tout semble pouvoir surgir, tout s'associe avec tout, les petits éléments qui pullulent semblant pouvoir venir s'embrancher, se connecter avec tous les autres : bouts de têtes humaines, bouts de membres de corps, figures géométriques, plantes, plumes, animaux fabuleux... On dirait des signes rituels, des marques de sorcellerie ou de magie, des signes cabalistiques, mais qui seraient coupés du contexte culturel approprié, qui auraient perdu leur sens, leur fonction cosmogonique, mythique, religieuse. Nous sommes devant un tableau de Nassos comme devant une œuvre précolombienne. Pas seulement par la facture, par l'utilisation de formes bien dessinées et pleines, avec des contours marqués, et par l'usage de couleurs vives, sonantes et tranchantes, mais surtout parce que nous restons démunis devant leur signification. En un sens analogue, Jorge Luis Borges écrit : « La musique, les états de bonheur, la mythologie, les visages travaillés par le temps, certains crépuscules et certains endroits, veulent nous dire quelque chose, ou bien ont dit quelque chose que nous n'aurions pas dû perdre, ou vont dire quelque chose; cette imminence d'une révélation qui ne se produit pas est, peut-être, le fait esthétique.»

Que voit-on, en effet ? Une émergence de signes purs qui donnent bien l'impression d'une révélation qui ne se produit pas mais qui compensent notre déception par l'essentiel, peut-être, la joie des signes, de leur prolifération et l'exubérance des couleurs. Le peintre contemporain ressuscite l'attitude que nous avons devant les arts précolombiens. Nous sommes devant une prolifération de signes dont nous ignorons la symbolique, le sens culturel et ne voyons plus que le miroitement des formes et des couleurs. Non que Nassos soit Indien, Inca, Maya, Aztèque ou que sais-je... mais Nassos retrouve et nous reconduit à la naissance du geste artistique pur. Ses peintures nous laissent des morceaux épars, aléatoires, sans comprendre ce qu'ils sont chargés de représenter dans leur ensemble. Et c'est bien comme ça puisqu'ils nous laissent à la joie esthétique (beauté formelle, richesse des couleurs, rythmes...). Mais tout n'est pas oublié car ces signes préservent encore la possibilité évocatrice qu'ils détiennent comme signes, sans jamais la livrer sans jamais nous dire ce que plus amplement ils veulent dire. D'où l'impression majeure d'énigme, de mystère. Nassos abandonne le sens pour l'innocence des couleurs et la joie de vivre en elles, au point qu'il en ferait presque oublier le tronçonnement vis-à-vis de leur sens. Nous, les postmodernes, avons perdu la clef d'accès au sens, mais cette peinture symbolique sans symbole signifié nous en console en nous faisant (presque) oublier (comme toute la culture contemporaine) jusqu'à cet oubli. Il y a même un côté riant, comique de sa peinture qui accompagne la prolifération et la dissémination des signes : « Ah ! vous en voulez, tenez en voilà, et encore un autre plus bizarre que tous les autres… »

Tout grand artiste — et Nassos en est un (malgré ce qu'il en semble à première vue) — retrouve l'impulsion qui est à l'origine de l'art (et de la vie, car l'art en est une de ses manifestations la plus haute), remonte à ce qui lui a donné naissance. Si bien qu'il n'y a pas d'Histoire de l'art, mais des recommencements toujours recommencés, avec chaque artiste, avec chaque œuvre. L'art est anhistorique, ou transhistorique, car l'art s'il ne renaissait pas en chaque artiste ne serait pas de l'art. C'est le prix à payer pour sa nouveauté, tout est à inventer, rien n'est donné.

Comment peut être possible l'œuvre de Georges Nassos, si fantasque, si fantastique et disséminée, tronquée de sens ? Il n'y a qu'une réponse : il n'y a pas d'histoire de l'art à la manière hégelienne, conçue comme le déploiement progressif d'un idéal, d'une Idée ou d'un sens qui peu à peu, à travers différentes formes d'art présentes dans les différentes cultures ou civilisations, trouverait à s'inscrire dans une forme sensible, adviendrait à l'existence selon un déploiement logique et orienté. Il n'y a aucun progrès ni forme esthétique supérieure, ni dégradée. Bien plutôt — et c'est ce que montre par excellence la peinture de Nassos — tout, toujours, en art, recommence à zéro. Il n'y a ni acquis, ni procédé, ni exemple, ni modèle ou idéal, on repart toujours à zéro. Mais avec Nassos de quel zéro s'agit-il ? Quel est l'aspect du commencement qu'il isole et met en relief et qui est à lui, rien qu'à lui ?

Avec Georges Nassos, c'est la fascination du commencement où le sens, la signification, est non pas absente ou perdue, mais se cherche, est encore indistincte, confuse, ambiguë, comme dans tous les vrais commencements. Que représente cette longue ondulation colorée qui traverse le tableau ? Un bras géant ? Un serpent ? Un dieu aztèque ou maya ? Les dieux se sont enfuis, et les mythes aussi, qui donnaient le sens et leur axe aux cultures traditionnelles. La modernité est désenchantée, mais pas chez Jorgos ! La disparition du sacré et des dieux se fait sans mélancolie aucune. On a affaire à un retrait qui laisse quelque chose d'énigmatique et de joyeux, la naissance des signes, leur embrassement, leurs rencontres surprenantes dans un coloriage vif, fort, diversifié, bref toute la joie du monde. Nassos ? Une sorte de chaman désemployé qui aurait perdu son rite, et serait en train de s'essayer à en fabriquer un à nouveau. Par là, il se tient en intermédiaire entre le connu et l'inconnu, le visible et l'invisible, il nous ouvre la porte au bord de l'inconnu, tout à la joie (ou l'ironie ?) de cette ouverture.

Il n'y a pas d'art, il n'y a jamais eu que des précurseurs, que des « artistes » qui ne nous donnent que des signes ou symboles d'art (dénués de leur contenu significatif). C'est ce devant quoi nous met Nassos. Mais sans tristesse et nostalgie comme s'il fallait se réjouir des traces et se suffire du sensible pur. Mais le pouvons-nous ? D'où vient cette assurance et surtout cette gaieté ?

Aussi fantaisistes, fantasques et fantastiques, que soient les tableaux de Georges Menelaos Nassos, on doit dire, contrairement au sens commun, qu'ils n'ont rien d' « imaginaire », mais qu'ils sont à l'imitation même de la nature, tant la Nature elle-même est création débridée de nouveautés qu'elle éparpille dans la nuit bleu du néant ou de l'espace matériel. Quand on dit que l'art imite la Nature, on a raison, il la prolonge. Mais le plus important ne doit pas être alors mis de côté, à savoir que cette Nature qu'il imite est la Nature créatrice (et non la nature créée, déposée), celle qui est « jaillissement ininterrompue de nouveautés ». C'est de son impulsion originaire, de ce jaillissement, dans le vif de sa source, que l'œuvre de Nassos est imitation et non de nos tristes réalités données, répétées, les espèces bien formées déposées par la Vie au milieu desquelles nous vivons et agissons. Ce que Nassos en saisit de cette « impulsion » est l'essentiel, c'est l'imprévisibilité absolue des formes au-delà de notre intelligence (pratique), d'où le caractère fantastique et arbitraire pour nos yeux habituels et soudain émerveillés, de sa peinture. Son art nous fait remonter la pente — à rebours des répétitions matérielles — vers la source de la Différenciation créatrice et imprévisible.

Nous comprenons alors que nous retrouvions la Joie inhérente à la Vie « dans la continuité d'un même élan qui s'est partagé entre des lignes de création divergentes » et qui ne cessent d'entrer en variation continue et d'inventer, sans souci de l'idée ou du sens, comme le fait l'artiste, comme le fait Jorgos Nassos...

Philippe Mengue

Unendliche Zeichen in Farbe

Auf den ersten Blick ist nicht schwer zu bestimmen, was die Malerei von Georges Menelaos Nassos charakterisiert, denn es springt in die Augen: eine strahlende Farbenfreude und ein sprühendes Feuerwerk kleiner, verstreuter, aber klar umrissener Zeichen, deren letzte Bedeutung verborgen bleibt. Freude, Zerstreuung und Geheimnis. Heiter und rätselhaft, steigert das Rätsel die Heiterkeit zur Grundstimmung. Ocker, rot, blau, Zeichnungen in den Zeichnungen, Federn, zerstückelte Körperteile, Stücke von Füßen, Fingern, Armen, Nasen, Augen; fremdartige, halb menschliche, halb tierische Formen, märchenhaft, fremd wie kleine Götterfiguren archaischer Völker, Vögel, Elephanten und Fakire. Hier wird, wie zum Schutz vor dem Schicksal, Zauberei mit dem „bösen Blick" betrieben, oft mit Formen, die sich im eigenen Innern identisch replizieren, Sterne, riesige Seesterne, die Sternbilder formen, etwa das der Schlange, und wiederum zahllose kleine Funken enthalten ... all dies, Gestirne, Meeres- oder Himmelsschlange, wogende zweiköpfige Hydren mit vielfältigen Gliedmaßen: Diese betörende Aussaat auf nachtblauem Hintergrund, dieses wimmelnde Festival der Funken und Sterne muss der Kosmos selbst sein. Aber, wird man einwenden, der Kosmos hat seine geregelte Ordnung und nicht diese Phantasterei, während hier, in den Gemälden von Nassos, das Reich der fantasia herrscht, der imaginärsten und regellosesten Bereich der inventio, der Erfindung, ihre reine Willkür. „Warum all diese präzis gezeichneten, ausgemalten Formen?", wird man fragen. „Was wollen sie uns sagen?" Wer wäre so unverschämt, so ungeniert zu antworten: „Eben, genau das lösen sie aus!" ...?

Schauen wir genau hin. Alles scheint überzuquellen, alles verknüpft sich mit allem, die kleinen wimmelnden Elemente scheinen sich verzweigen und mit allen anderen verbinden zu können: Stücke menschlicher Köpfe und Körperteile, geometrische Figuren, Pflanzen, Federn, Fabeltiere ... Rituelle Zeichen, könnte man sagen, Spuren von Hexerei oder Magie, kabbalistische Signaturen, die jedoch, aus ihrem ursprünglichen kulturellen Zusammenhang herausgelöst, ihren Sinn, ihre kosmogonische, mythische, religiöse Funktion verloren haben. Vor einem Bild von Nassos stehen wir wie vor einem präkolumbianischen Werk. Nicht nur wegen seiner Machart, der Verwendung exakt gezeichneter und ausgefüllter Formen, markanter Umrisse und lebendiger, klingender und greller Farben, sondern vor allem, weil uns die Frage nach ihrer Bedeutung ratlos hinterlässt. In einem ähnlichen Sinn schreibt Jorge Luis Borges: „Musik, Glückszustände, die Mythologie, von der Zeit gezeichnete Gesichter, manche Dämmerungen und manche Gegenden wollen uns etwas sagen beziehungsweise haben etwas gesagt, was wir nicht hätten verlieren dürfen, oder sind im Begriff, etwas zu sagen; diese unmittelbar bevorstehende Enthüllung, die nicht eintritt, ist vielleicht das ästhetische Faktum."

Denn was sieht man? Das Hervorquellen reiner Zeichen, die eine Enthüllung versprechen, die nicht eintritt, und unsere Enttäuschung zugleich durch das vermutlich Wesentliche aufwiegen: die Freude an den Zeichen, die Freude an ihrem Wachstum und ihrer Farbenpracht. Der zeitgenössische Maler erweckt in uns die Haltung, die wir gegenüber den präkolumbianischen Künsten einnehmen. Wir begegnen einer Vermehrung von Zeichen, deren Symbolik, deren kulturellen Sinn wir nicht kennen, weil wir nur seine Spiegelung in Formen und Farben sehen. Nassos ist kein Indianer, Inka, Maya, Azteke oder was auch immer ... aber Nassos entdeckt – und entdeckt uns – die Geburt der reinen künstlerischen Geste. Seine Bilder hinterlassen wirre, aleatorische Bruchstücke, ohne uns wissen zu lassen, was ihnen in ihrer Gesamtheit darzustellen aufgetragen ist. Und es ist gut so, denn sie überlassen uns der ästhetischen Freude (formale Schönheit, Farbenreichtum, Rhythmen ...). Dabei aber wird nichts vergessen, denn diese Zeichen behalten immer noch die Möglichkeit der Aussagekraft vor, die ihnen als Zeichen zukommt, ohne sie je zu verraten und uns zu sagen, was sie im weitesten Sinn sagen wollen. Daher der vorherrschende Eindruck des Rätsels, des Geheimnisses. Nassos verzichtet zugunsten der Unschuld der Farben und der Freude, in ihnen zu leben, auf den Sinn, ja er geht so weit, dass man fast vergisst, dass man von ihrem Sinn abgeschnitten ist. Wir, die Postmodernen, haben den Schlüssel verloren, der uns den Zugang zum Sinn öffnet, doch diese symbolische Malerei ohne symbolische Bedeutung tröstet uns darüber hinweg, indem sie es uns – wie die ganze zeitgenössische Kultur – (fast) vergessen lässt, bis hin zu diesem Vergessen selbst. Ja, seine Malerei hat sogar eine lachende, komische Seite, die die Vermehrung und Zerstreuung der Zeichen begleitet: „Ah! Ihr wollt es, also nehmt es, und hier, etwas noch Verrückteres ...".

Jeder große Künstler – und Nassos ist einer (entgegen dem ersten Eindruck) – stößt wieder zum Ursprungsantrieb der Kunst vor (und dem des Lebens, denn die Kunst ist eine, die höchste seiner Manifestationen), geht zurück auf das, was sie erzeugt hat. So dass es keine Geschichte der Kunst gibt, sondern immer wieder, mit jedem Künstler, jedem Werk neu anfangende Neuanfänge. Die Kunst ist unhistorisch oder transhistorisch, denn würde sie nicht in jedem Künstler neu geboren, so wäre sie nicht Kunst. Das ist der Preis für ihre Neuheit, alles muss erfunden werden, nichts ist gegeben.

Was ermöglicht das Werk von Georg Nassos, so exzentrisch, so fantastisch und verstreut, vom Sinn abgeschnitten? Die einzige Antwort lautet: Es gibt keine Geschichte der Kunst im Hegelschen Sinn, begriffen als fortschreitende Entfaltung eines Ideals, einer Idee oder eines Sinnes, die sich allmählich über verschiedene aktuelle Formen innerhalb verschiedener Kulturen und Zivilisationen in eine sinnliche Form einschreiben und durch eine logische und zielgerichtete Entfaltung zur Existenz kommen wird. In der Kunst gibt es keinen Fortschritt, keine höhere oder niedere Form. Vielmehr – und das zeigt beispielsweise die Malerei von Nassos – beginnt in der Kunst alles, immer, bei Null. Und da man immer zum Nullpunkt zurückkehrt, gibt es keine Errungenschaft, keine Methode, kein Modell oder Ideal. Doch um welchen Nullpunkt handelt es sich bei Nassos? Worin besteht das Anfängliche, das ihn auszeichnet, ihm sein Profil gibt und ihm, nur ihm zugehört?

Bei Georg Nassos geht es um die Faszination des Anfangs, wo der Sinn, die Bedeutung nicht abwesend oder verloren sind, sondern auf der Suche, noch unbestimmt, durcheinander, mehrdeutig, wie in allen wahren Anfängen. Was stellt dieses ausgedehnte farbige Gewoge dar, das sich über das Bild hinzieht? Einen Riesenarm? eine Schlange? einen Azteken- oder Mayagott? Die Götter sind entflohen, ebenso wie die Mythen, die den traditionellen Kulturen Sinn und Halt gaben. Die Moderne ist entzaubert, aber nicht bei Jorgos! Der Verlust des Heiligen und der Götter vollzieht sich ohne jede Melancholie. Dieses Verschwinden hinterlässt etwas Rätselhaftes und Heiteres, man erlebt die Geburt der Zeichen, ihre Umarmung, ihre überraschenden Begegnungen in einer lebhaften, starken, variantenreichen Farbgebung, kurz die ganze Freude der Welt. Nassos? Eine Art arbeitsloser Schamane, der seinen Ritus verloren hat und im Begriff ist, einen neuen zu erschaffen. Dabei betätigt er sich als Mittler zwischen dem Bekannten und dem Unbekannten, dem Sichtbaren und dem Unsichtbaren, er öffnet uns am Rand des Unbekannten die Tür, alles zur Freude (oder Ironie?) dieser Eröffnung.

Kunst besteht und bestand stets in der Arbeit von Wegbereitern, „Künstlern", die uns künstlerische (von ihrer inhaltlichen Bedeutung befreite) Zeichen oder Symbole schenken. Damit konfrontiert uns Nassos. Jedoch ohne Trauer oder Nostalgie, als ginge es darum, sich der Spuren zu erfreuen und mit der reinen Sinnlichkeit zu begnügen. Ist uns das möglich? Woher nehmen wir diese Zuversicht und vor allem diese Heiterkeit?

So verstiegen, eigenwillig und ausgefallen die Bilder von Georg Menelaos Nassos auch sind, lässt sich doch sagen, dass sie – entgegen der allgemeinen Auffassung – nichts

Unendliche Zeichen in Farbe

„Imaginäres" an sich haben, sondern tatsächlich eine Nachahmung der Natur darstellen. Die Natur selbst ist eine hemmungslose Schöpfung von Neuheiten, die sie in der blauen Nacht des Nichts oder des realen Weltraums ausstreut. Die Aussage, die Kunst ahme die Natur nach, ist richtig: Kunst ist eine Fortführung der Natur. Darüber darf jedoch nicht das Entscheidende übersehen werden: dass die Natur, welche die Kunst nachahmt, die schöpferische Natur ist (und nicht die erschaffene, gegebene), jene Natur, die das „unablässiges Hervorsprudeln des Neuen" darstellt. Diese ursprüngliche Antriebskraft, dieses Sprudeln aus ihrer inneren Quelle wird in Nassos' Werk nachgeahmt, nicht unsere traurigen, vorgegebenen, sich wiederholenden Wirklichkeiten, diese Ansammlung vom Leben vorgeformter Spezies, innerhalb derer wir leben und handeln. Nassos erfasst das Wesentliche dieser Antriebskraft: die absolute Unvorhersehbarkeit der Formen jenseits unseres (praktischen) Verstandes. Daher der fantastische und willkürliche Charakter seiner Malerei in unseren Augen, daher das jähe Entzücken, mit dem sie aus der Gewohnheit gerissen werden. Seine Kunst sorgt dafür, dass wir den Abhang wieder hinaufklettern – in Gegenrichtung zu den materiellen Wiederholungen – und wieder zur Quelle der schöpferischen, unvorhersehbaren Differenzierung.

So erklärt sich, warum wir hier die dem Leben innewohnende Freude wiederfinden: in der „Beständigkeit der innerhalb der unterschiedlichen Linien der Schöpfung herrschenden Dynamik", die sich stets wandelt, stets Neues erfindet und sich nicht um die Idee oder den Sinn schert, so wie der Künstler, so wie Jorgos Nassos ...

Philippe Mengue

(Übersetzung von Dorothea Dieckmann)

D.U.M.B.O. Brooklyn NY

Jerry stand in seinem Atelier und malte eine blaue Manhattan-Bridge. Die Leinwand, die auf einer Staffelei festgezurrt war, trug schon mindestens einen Zentimeter starke Farbschichten. Auch die Staffelei war dick mit Farbe zugekleistert. Sonst gab es keine Bilder in dem kleinen Raum. Vom Fenster aus konnte man sehen, wie die Brücke auf der anderen Seite des East-River in Manhattan endete. Jerry war die next door neighborhood zu meinem Atelier in Brooklyn, New York City.

Down Under the Manhattan Bridge Overpass, kurz D.U.M.B.O. genannt, ist ein Wohnviertel im New Yorker Stadtteil Brooklyn, das im Dreieck der Einmündungen der Brooklyn- und der Manhattan-Bridge liegt.

In einem typischen großen Ziegelstein-Gebäude im Schlagschatten der Brücke, einer ehemaligen Waffenfabrik, war das gleichnamige Arts Center, D.U.M.B.O., mit Ateliers aller Art untergebracht. Die riesige Manhattan-Bridge, über die Tag und Nacht die Züge ratterten, tauchte die Umgebung in ihren Schatten und vermittelte einen Eindruck von den Ausmaßen dieser Stadt.

Einer Einladung des Theatermachers Joseph folgend, durfte ich im Frühjahr 1998 drei Monate lang ein Atelier im D.U.M.B.O. benutzen, inklusive einer Ausstellung in der hauseigenen Galerie.

In New York war es häufig so, dass Kreativlinge den günstigen Mieten in Stadtbezirke folgten, die, vorsichtig gesagt, nicht besonders einladend waren. Mit ihnen kamen Galerien und nette Kneipen. Auf diese Weise wurde die Gegend hip und es drängten alle möglichen reicheren Leute und Loftkäufer hinein. Natürlich stiegen dadurch die Mieten und die Künstler zogen wieder weg, weil sie ihre Ateliers nicht mehr bezahlen konnten. So lief es in der Bowery, in Tribeca und anderen Vierteln der Megalopolis.

Das D.U.M.B.O. war damals in der Absicht, das Viertel aufzuwerten, vom Stadtbezirk Brooklyn für Künstler angemietet worden. Heute sind die Wohnungen im D.U.M.B.O. sehr teuer. Kleine schicke Läden und Restaurants findet man hier inzwischen überall.

1998 war es noch nicht soweit. D.U.M.B.O. befand sich erst im Anfangsstadium der Gentrifizierung. Noch waren die Straßen des Nachts menschenleer und spärlich beleuchtet, weshalb man das Haus nie allein verließ.

Aus dem Fenster meines Ateliers im 12. Stock konnte ich die Brooklyn Bridge und die Twin Towers in Manhattan sehen. Der Boden des Raumes war mit dicken Dielen belegt, doch konnte man an manchen Stellen durch die Ritzen einen Blick in das darunterliegende Atelier werfen und hören, was dort vor sich ging. Das WC befand sich auf dem Flur, die Einrichtung war spartanisch, aber sauber. Kochstelle, Mikrowelle, Tisch, Bett, ein großer Arbeitstisch und eine Staffelei – mehr brauchte ich sowieso nicht.

Ein Grund meines Aufenthaltes in New York war die Absicht, 330 Unterschriften einer Petition des Vereins „Väteraufbruch für Kinder" bei der UNO abzugeben. Es ging um die Rechte von Vätern unehelicher Kinder in Deutschland, denen die Mütter den Kontakt zu ihren Kindern verweigerten. Die Petition, eher als symbolischer Akt gemeint, hatte wenig Aussicht auf Erfolg, aber immerhin würde die Presse in Deutschland darüber berichten.

Denn ich war selbst betroffen. Ich hatte meine fünfjährige Tochter Sofia schon seit drei Jahren nicht mehr gesehen und litt sehr darunter. Der Aufenthalt in New York lenkte mich ab, verschaffte mir eine Atempause, und endlich konnte ich wieder in Ruhe malen, weit weg von Rechtsanwälten, Gerichten, Jugendämtern und frustrierten Vätern. Aus Stuttgart hatte ich eine großformatige Mappe mit Radierungen, Arbeiten in Mischtechnik auf Papier und Aquarellen mitgebracht.

Mal-Tage wechselten mit Sightseeing-Touren ab, die oftmals mit einem Marsch über

rechte Seite:
„In New York", 30 cm x 40 cm,
MIschtechnik, 1998

NASSOS
1998

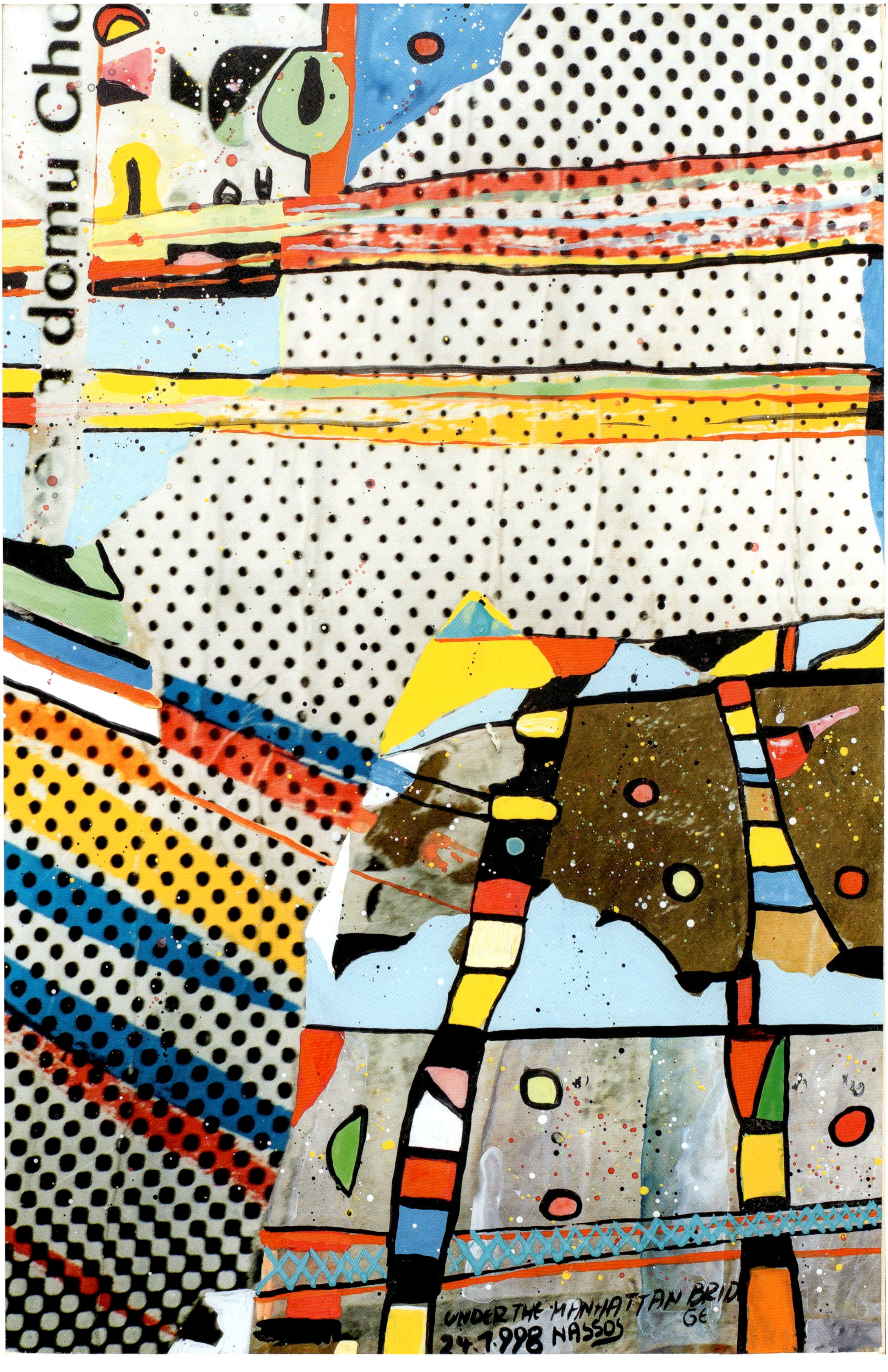
domu Ch
UNDER THE MANHATTAN BRID
GE
24.7.998 NASSOS

*linke Seite:
„Under the Manhattan Bridge", Mischtechnik auf Papier,
30 cm x 40 cm, 1998*

die Brooklyn-Bridge in das Finanzviertel begannen. Von dort aus ging es immer weiter den Broadway hoch, bis die Sohlen glühten und der Hals vom Nach-oben-Schauen steif war. Manchmal besuchte ich Thomas, den Sohn des Malers Reinhold Nägele, in seiner Wohnung am Central Park, direkt gegenüber dem Guggenheim Museum.

An den Abenden der Mal-Tage ging ich mit Jerry, Jacob und Amy, einer Fotokünstlerin, zu Fuß nach Brooklyn hinein, um das eine oder andere Bierchen zu trinken. Für Jerry blieb es allerdings nicht bei dem einen. Er interessierte sich vor allem auch für die anderen, so dass wir ihn auf dem Heimweg stützen mussten.

Jacob, um die Vierzig, rundlich mit schwarzem Haar, nicht praktizierender Jude und immer in Anzug und Krawatte, kannte ich durch Joseph. Er arbeitete im 65. Stock des World Trade Centers als Faktotum bei den Finanzbrokern, war bisweilen etwas melancholisch, mitunter herrlich naiv und ein durch und durch liebenswerter Mensch. Einmal durfte ich ihn bei der Arbeit im WTC besuchen und den gigantischen Blick von dort oben über die Stadt genießen.

Amys Schwarzweißfotos waren wunderbar und kunstvoll. Sie war lesbisch und hatte eine besonders reizvolle, eigenwillige Ausstrahlung. Außerdem war sie solo, was Jacob so magisch anzog, dass er nicht einmal bemerkte, dass sie an Männern kein Interesse hatte. Er versuchte alles, um ihre Aufmerksamkeit zu erregen, wenn wir gemeinsam ausgingen. Einmal, als Jacob kurz weg war, bat mich Amy, ihn aufzuklären, damit er sich keine Hoffnungen mache.

Jacob begleitete mich zum UNO-Hochhaus am Hudson River, um die Petition zu überbringen. Wir kamen bis in das Vorzimmer von Mary Robins, die damals für das Ressort „Menschenrechte" zuständig war, erläuterten unser Anliegen und übergaben die Mappe mit den Unterschriften. Später, als die Unterhaltung etwas persönlicher wurde, ich erzählte gerade von der baldigen Ausstellung meiner Kunstwerke im D.U.M.B.O. (Klappern gehört schließlich zum Geschäft), kam zufällig Herr Karwendlich dazu, ein deutscher UNO-Mitarbeiter. Sehr interessiert gab er mir seine Adresse und Telefonnummer mit der Bitte um eine Einladung zur Vernissage. Mit einem Mal wünschten die anderen Mitarbeiter dasselbe.

Mit Amys selbstloser Hilfe bereitete ich die Ausstellung vor. Da alle meine Arbeiten wegen des Fluges weder Rahmen noch Passepartout besaßen, mussten wir improvisieren. In der Houston Street gab es ein Geschäft, das alles feilbot, was das Herz eines Malers begehren konnte. Wir überredeten den Ladeninhaber, uns gegen Hinterlegung eines Geldpfandes einige seiner Wechselrahmen auszuleihen. Dann ließen wir dort die Passepartouts auf die passenden Maße schneiden.

Ende Februar war es soweit. 65 Bilder waren aufgehängt und auf den Tischen warteten Getränke und Amuse-Gueules. Nur die Besucher fehlten noch. Der Eingangsbereich des Gebäudes wurde extra stark beleuchtet, da die Gegend nachts so dunkel und ungemütlich war. Allmählich tröpfelten die ersten Gäste herein – die Leute von der UNO mit Herrn Karwendlich, der einige Freunde mitbrachte. Jacob hatte einige im Anzug gekleidete Broker vom WTC im Schlepptau, und sogar der Ladeninhaber vom Kunstmaler-Fachgeschäft war mit Freunden aufgetaucht. Thomas Nägele kam mit einigen Nachbarn, denen man ihr Geld ansehen konnte. Als schließlich noch einige Künstler vom Haus dazustießen, standen 80 Menschen herum, betrachteten die Bilder, plauderten und balancierten ihre Gläser durch die Menge. Zwei Schwarze aus New Orleans spielten Gitarre und sangen Blues. Partystimmung kam auf. Jacob hielt sich dauernd in der Nähe der Amy auf, für den Fall, dass sie plötzlich ihre Leidenschaft für das andere Geschlecht entdecken sollte.

Amy und der Verwalter vom D.U.M.B.O. hielten kleine Reden, Jerry trank sein erstes Bier und die Besucher belagerten mich, um mir Löcher in den Bauch zu fragen. Als das

„Homeless Man", 35 cm x 46 cm, Aquarell, 1998

erste Bild an Herrn Karwendlich verkauft war, ging es los. Für die Broker war es wohl das Signal, dass die Bilder eine gute Anlage sein würden, denn am Ende des Abends waren sechzehn Bilder, dreißig Plakate und fünf Radierungen aus der Serie „Zodiac" verkauft.

Die letzten Besucher gingen weit nach Mitternacht. Jerry musste aufgrund fehlenden Gleichgewichts in sein Atelier zurückgeschleppt werden.

Da ich insgeheim befürchtet hatte, mit Jerry und Amy allein die Vernissage zu bestreiten, war ich vom unverhofften Erfolg der Ausstellung vollkommen überwältigt und fiel zufrieden ins Bett. Ein Klopfen an der Tür, gefolgt von einem „Dooyouuuveabeerformee?" weckte mich unsanft aus dem Schlaf. „I need it to paint", lallte es weiter.

Der Verkaufserlös der Bilder eröffnete mir eine neue Perspektive. Jetzt konnte ich es mir leisten, ein Auto zu mieten und quer durch die Staaten zur fahren, um in San José bei San Francisco meine einzige Schwester und ihren Mann zu besuchen. Ich brannte darauf, gemütlich 6000 km über den Highway 40 im Süden der USA Richtung Westen zu fahren und so viel wie möglich an Sehenswürdigkeiten mitzunehmen.

Mein Gastaufenthalt im D.U.M.B.O. näherte sich seinem Ende. Um mir Jerry in der Nacht vom Leib zu halten, stellte ich ihm kurz vor dem Schlafengehen ein Mal-Bier vor die Tür.

Jerry, schon über 60, lange Haare, Bart und einer der ersten, die ein Atelier im D.U.M.B.O. angemietet hatten, wurde von einer kleinen Rente über Wasser gehalten. Er war für mich der Typ des „American Hobo", wie ihn Jack Kerouac in seinen Romanen beschrieb.

Als wir einmal zusammen von einem Kneipenbesuch zurückkamen, drängte ich darauf seine „versteckten" Bilder sehen zu dürfen, denn ich kannte bis dahin nur das eine auf der Staffelei, das die blaue Manhattan-Bridge zeigte. Er aber wehrte ab und vertröstete mich auf ein anderes Mal.

„One beer please", weckte es mich wieder in der Nacht. Ich hatte vergessen, ihm eines vor die Tür zu stellen. Obwohl noch halb im Schlaf, nutzte ich die Gelegenheit, ihm für zwei Flaschen Bier einen Blick in sein Atelier abzutrotzen. Er folgte mir schwankend. Auf der Staffelei sah ich ein dick übermaltes Bild, das mir bekannt vorkam. Bei genauer Betrachtung konnte man noch die Konturen der Brücke durch die neu aufgetragene helle Farbe sehen. „Jerry, wo sind die anderen Bilder?" Er zeigte auf die Staffelei. „All of them are there!"

Jetzt ging mir ein Licht auf. Jede Nacht, wenn er betrunken war, übermalte er das Bild, das er am Tage gemalt hatte, die Manhattan-Bridge, sonst nichts. Deshalb die zentimeterdicke Farbschicht auf Leinwand und Staffelei.

Am Tag meiner Abreise Richtung Westen, das Mietauto stand bereit, bot Jacob an, mich aus dem Straßengewirr New Yorks herauszulotsen. Dafür habe er eigens einen Tag frei genommen. Allerdings stellte sich schnell heraus, dass er keinerlei Orientierung hatte und als Lotse untauglich war. Zum Glück kam ich ohne ihn zurecht. Wir näherten uns dem Ende der Stadt, als ich ihn fragte, wo ich ihn aussteigen lassen solle. Er wollte noch nicht. Dieses Spiel wiederholte sich nun einige Male. Später, wir waren auf dem Weg nach Baltimore, stellte ich meine Frage um. Nicht wo er aussteigen wolle, sondern wie lange er mitfahren wolle, fragte ich ihn. „All the way long to California", kam es zurück. „Du willst Deinen Job hinschmeißen?" „Ja, ich habe genug, ich habe keine Familie und will frei sein wie du. Bitte nimm mich mit!" Er war nicht zu überreden, zurück nach Brooklyn zu fahren. Ich hatte zwar nichts dagegen, für eine kurze Zeit einen „Parea" an Bord zu haben, aber die ganze lange Strecke? Nein, das wäre zu viel gewesen. Ich wollte allein sein und meine Gedanken auf die Reise konzentrieren.

In Baltimore fuhr ich direkt zum Bahnhof, kaufte Jacob eine Fahrkarte zurück nach New York und verabschiedete mich von ihm.

D.U.M.B.O. Brooklyn NY

Armer Kerl, ich konnte ihn so gut verstehen! Als am 11.9.2001 das WTC einstürzte, war Jacob zufällig nicht im Büro; so blieb er am Leben.

Meine Fahrt nach San José würde drei Wochen dauern. In Charlottesville/Virginia besuchte ich Janet, Martins Frau, in ihrem Hexenhaus am Waldrand. Dann fuhr ich durch einen fürchterlichen Schneesturm über die Appalachen nach Memphis/Tennessee, wo ich mir das Martin Luther King Memorial und Elvis Presleys Graceland ansah.

Vorbei an Legionen von Rindern, ging es nun immer weiter gen Westen. Die unendlichen Weiten der die Augen ermüdenden Ebenen von Texas zogen quälend langsam an mir vorbei, nur einmal unterbrochen von einem farbenfrohen Pop-Art-Kunstwerk am Straßenrand, das aus einem halben Dutzend schräg in die Erde eingegrabener Ami-Schlitten bestand.

Über Arkansas fuhr ich weiter nach Santa Fé zu den Tao-Indianern und zu Wolfgang, einem Freund aus der gemeinsamen Studienzeit in Stuttgart, in Flagstaff/Arizona, wo ich zwei Tage lang blieb.

Sedona in der Wüste von Arizona, wo Max Ernst und Peggy Guggenheim in den 40er Jahren einsam wohnten und arbeiteten, war inzwischen mit unzähligen schicken Villen zugebaut worden. Die Geister der Kachinas, deren Abbilder Max Ernst einst pionierhaft sammelte, waren leider nicht stark genug, dies zu verhindern.

Weiter ging es über Phönix zum Colorado River, an dessen spektakulärem Anblick sich meine Augen nicht sattsehen konnten.

In Las Vegas checkte ich eine Nacht im „New York"-Hotelkomplex ein. Nachdem ich tags drauf aus einem tiefen Whiskey-sour-Koma erwacht war, bemerkte ich verblüfft, dass ich in der Nacht offensichtlich beim Glücksspiel 600 Dollar gewonnen hatte. Woher genau die Chips auf meinem Nachttisch kamen, bleibt bis heute unter dem Schatten einer partiellen Amnesie verborgen.

Sister Sini und Schwager John, ein begnadeter Koch mit metaphysischem Einschlag, führten ein „Greek"-Restaurant im Zentrum von San José. Der große Saal mit 350 Plätzen war in Zartrosa gehalten. Vorhänge, Tischdecken und Stuhl-Kissen, alles war wie in einem Mädchenkinderzimmer.

In der Bay-Area leben viele Amerikaner mit griechischen Wurzeln. Im Restaurant von John gab es immer wieder Treffen der Griechischstämmigen aus San José, von denen die meisten kein Griechisch sprachen.

John stellte mir einige Leute vor, die Interesse an Kunst hatten, und prompt wechselten sechs Radierungen aus der Zodiac-Serie den Besitzer.

„The Cannery" war eine Galerie im Nordosten von San Francisco ganz in der Nähe des Hafenviertels Fisherman's Wharf. Die Galerie verkaufte seit Jahren kleine Radierungen von mir. In weiser Voraussicht hatte ich ein kleines Konvolut dabei, sodass der Galerist seinen Bestand aufstocken konnte.

Mister Christos, ein Weinanbauer aus Sacramento und Freund von John, veranstaltete eine Party, um ein paar meiner Bilder seinem Bekanntenkreis in seiner Weinhandlung zu präsentieren. Ergebnis: sieben weitere Verkäufe.

Schwager John war der Meinung, dass in Amerika die Dollars für mich auf der Straße lägen und ich am besten da bliebe.

Da ich gerade in Schwung war, verlängerte ich meine Reise in Richtung Süden und war eine Woche später in Mexico City zu Gast bei Juan-Jorje und Tabaré, einem Männerpaar in Macholand, das ich bei meinem ersten Besuch in Mexico im Jahr 1982 kennengelernt hatte.

Tabaré betrieb eine kleine Galerie neben dem anthropologischen Museum. Spontan improvisierte er für mich eine Ausstellung. Die Vernissage war wunderschön, aber ich konnte leider kein einziges Bild verkaufen: Für dieses Land waren sie offenbar zu teuer.

Das nächste Ziel war Costa Rica. Freddy vermietete in Alajuela Gästezimmer an Touristen, die er am Flughafen der Hauptstadt San José mit einem Schild einfing. Ich kannte ihn aus Stuttgart, wo er einst mehrere Reisebüros besessen hatte. Weil er den großen Reiseveranstaltern zu viel Konkurrenz machte, ließen diese ihn durch eine Intrige kaltstellen, sodass er bald darauf Insolvenz anmelden musste. Enttäuscht von Deutschland, zog es den ehemaligen Millionär nach Costa Rica, wo er ein großes Haus mit Garten mietete und daraus kurzerhand eine Pension machte. Für seine Gäste veranstaltete er Dschungeltouren und trotz fortgeschrittenen Alters wurde er noch zweifacher Vater.

Bei der mexikanischen Fluggesellschaft fragte ich vorsichtshalber nach, ob ich als Grieche ein Visum für Costa Rica benötigte. „No, Señor", hieß es kurz und knapp. Am selben Abend landete meine Maschine in San José. Aus der Warteschlange beim Zoll konnte ich durch die Glasscheiben Freddy heftig mit einer Weinflasche winken sehen.

Die uniformierte Schöne beim Zoll studierte intensiv meinem Pass, aber das „Bienvenido a Costa Rica" wollte ihr nicht über die Lippen kommen. Stattdessen hieß es „Sin un visado no pasarán!" Ich war entsetzt, doch alles Diskutieren half nicht. Die Dame blieb knallhart. Ich musste zurück nach Mexico, um mir ein Visum zu beschaffen.

Mit zwei Bewachern saß ich die ganze Nacht im Transitraum und spielte mit ihnen Poker, bis mir die Augen zufielen.

Anderntags landete ich um sechs Uhr morgens in Mexico City und fuhr mit dem Taxi zur Botschaft. Nochmals wurde mir versichert, dass für mich kein Visum für die Einreise nötig sei, doch ich wollte auf Nummer sicher gehen, legte zwanzig Dollar auf den Tisch und ließ mir ein Visum in den Pass stempeln. Dann fuhr ich direkt zum Flughafen zurück und war zur selben Zeit wie am Vortag in San José zurück.

Die Schöne saß wieder da, prüfte meine Papiere erneut genau, kratzte ein bisschen am frischen Stempel herum und verpasste meinem Pass mit schiefem Grinsen den „Permiso de inmigrar". Hier war wohl auf meine Kosten eine alte Rechnung mit einem Ex-Griechenlover beglichen worden. Vermutlich ein Seemann auf einem der vielen griechischen Schiffe, die unter der Flagge von Costa Rica fuhren.

Diesmal wartete kein Freddy auf mich. Ein Taxi brachte mich zu seiner Pension, in der ich das Gartenhaus als Unterkunft und die Nachbarschaft von vier wunderbaren Tukanen in einer Voliere bekam, die natürlich ein ideales Motiv für den Maler waren. Schon bald darauf hatte ich über vierzig Aquarelle von diesem schönen Federvieh gemalt, das ruhig und friedlich auf seiner Stange Modell saß, als ob es wüsste, was von ihm erwartet wurde.

Heimat – ein Ort, ein Gefühl?

Wo kann Heimat sein, kann man überhaupt eine Heimat haben, wenn man so aufgewachsen ist wie Georges Menelaos Nassos? Wenn Orte und Länder wechseln, wenn Erfahrungen und Beziehungen, negative wie positive, überall stattgefunden haben?

Und wie ist es eigentlich, wenn die Geschichte, Europas wechselvolle Geschichte der vergangenen siebzig Jahre das eigene Leben prägt? Wenn der Beginn des Daseins mit der Herrschaft der Nationalsozialisten zu tun hat? Wenn die Mutter, eine Griechin, Zwangsarbeiterin war, die im Zweiten Weltkrieg von Athen nach Pilsen verschleppt wird, wo sie 1945 die Befreiung erlebt? Sie hat einen tschechischen Mann kennenlernt, Georges' Vater. Auch die Mutter selbst muss immer wieder die Frage nach der Heimat stellen, denn nach Griechenland kann sie trotz der Befreiung nicht zurück. Dort herrscht von 1946 bis 1949 ein erbitterter Bürgerkrieg zwischen Linken und Rechten. Die ehemalige Zwangsarbeiterin bleibt in der Tschechoslowakei, einem nun kommunistischen Land, und gilt automatisch selbst als Kommunistin. Eine Rückkehr nach Griechenland bleibt ihr und ihrem zweiten Ehemann, ebenfalls ein ehemaliger griechischer Zwangsarbeiter, verwehrt.

Europa wird geteilt, das eigene Leben, die Vorstellungen, Wünsche, Träume haben sich dem unterzuordnen. Die Frage nach der Heimat muss neu beantwortet werden. Oder geträumt. Was bekommt ein Kind davon mit, wenn es in einem Umfeld aufwächst, das es als völlig normal betrachtet? Ein Kind, das mit der Nostalgie der Eltern nicht viel anfangen kann? Für das die Rückkehr nach Griechenland im Jahr 1957, mitten im Kalten Krieg, eine erzwungene Migration ist? Denn seine Freunde, sein Haus, seine Wälder, seine Sprache – sie sind nicht in Athen. Sie sind in Pilsen. Ein Pilsen, das unerreichbar ist, denn eiserne Vorhänge versperren den Weg zurück. Vorhänge, Grenzen, Ideologien. Wenn man heute davon erzählt, von Pässen, Stempeln, Kontrollen, Sperren mitten in Europa, dann klingt es, als läge diese Zeit Jahrhunderte zurück. Dabei sind es nur ein paar Jahrzehnte.

Die Ironie der Geschichte will, dass ein deutscher Pfarrer der Mutter Arbeit gibt – in der deutschsprachigen Evangelischen Gemeinde Athens. Sieger und Besiegte stehen in einem neuen Verhältnis zueinander. Der Pfarrer hilft dem rebellischen Kind, nach Deutschland auszuwandern und eine Ausbildung zu beginnen. Denn Athen konnte für Georges nicht zur Heimat werden. Dann doch lieber weg. Wer weiß, vielleicht findet sich eines Tages der Ort, der das ersehnte Gefühl vermittelt, ein uneingeschränktes Zuhause zu sein.

Das Deutschland der sechziger Jahre kann es nur bedingt sein. Die Arbeit als Mechaniker bietet diesen Halt nicht. Die Suche geht weiter, bis nach Schweden. Doch wer keine gültigen Papiere hat, muss zurück. In ein Griechenland, in dem sich 1967 die Militärs an die Macht putschen. Will man aber die neuen politischen Verhältnisse nicht akzeptieren, dann ist man erneut gezwungen zu gehen, in der Hoffnung, dass es Länder geben wird, die einen aufnehmen: nun als Flüchtling, als Exilanten. Es gelingt in Deutschland. Politisches Asyl für einen Griechen: 1971 war das möglich und nötig. Heute ist dieser Grieche EU-Bürger. Die Diktatur fiel 1974, Griechenland ist seit 1981 Mitglied der Europäischen Union.

Reisen geht nun ohne große Mühe und Kontrollen. Zumindest in einem Teil Europas werden die Barrieren immer geringer. Es bieten sich neue Möglichkeiten, neue Perspektiven, neue Orte, die Heimat werden können. Die nichts mit Griechenland zu tun haben, dem nostalgischen Ort der Eltern, nichts mit Deutschland, dem zunächst erzwungenen Ort der Migration. Frankreich und die Provence bieten sich als Alternative an: Rückzug und Ausgleich zwischen den beiden Polen, deren Natur die Kompensation für den verklärten, immer noch heiß geliebten Ort der Kindheit ist, für Pilsen.

Doch dann, nach 1989, als einem erneuten Wechsel der Geschichte, einem Besuch Pil-

Doch dann, nach 1989, als einem erneuten Wechsel der Geschichte, einem Besuch Pilsens nichts mehr im Wege steht, weder Vorhänge noch Stacheldraht, folgt die Ernüchterung: ein Gefühl der Vertrautheit mag da sein, doch trotzdem bleibt Pilsen fremd. Heimat ist längst woanders, auch wenn sie sich nicht eindeutig auf einen Ort festlegen lässt.

Stuttgart? das kleine Dorf in der Provence? Athen? Europa? Eine Antwort würde eine Ausschließlichkeit bedeuten, die mit Georges Menelaos Nassos' Leben wenig zu tun hat. Sie würde sich zu sehr an Ländergrenzen orientieren, an vermeintlichen und tatsächlichen Mentalitäten, an Klischees und Vorurteilen. Wenn man aber unbedingt diese Frage stellen möchte, dann kann es nur eine Antwort geben: Heimat ist die Kunst, denn sie ist grenzenlos.

Anna Koktsidou

„Griechische Wäscheleine", ca. 300 cm x 600 cm, Ölfarben auf Eisen, 2010, Privatbesitz

Nachwort

Schuster, bleib deinen Leisten, heißt ein deutsches Sprichwort. Anfangs hatte ich mir das Projekt eines Buchs einfach vorgestellt. Doch es tauchten ungeahnte Schwierigkeiten auf. Um dieses Buch zu schreiben, musste ich etliche Barrieren überwinden. Das Erzählen einer Geschichte ist eine Sache, das Schreiben eine andere. Schon immer bedeutete das Schreiben für mich eine Überwindung; allein eine Postkarte kostete mich eine halbe Stunde Stirnrunzeln. Irgendwo in der Kindheit muss die Ursache liegen. Du bist ein Maler, lass' die Finger vom Schreiben, flüsterten kleine blaue Männchen in meinem Gehirn. Trotzdem wagte ich es. Ich versuchte es mit Worten statt mit Farben und ließ die kleinen blauen Männchen toben.

Etliche PC-Abstürze und einige, mit großer Mühe geschriebene mehrseitige Storys, die in der Parallelwelt der Algorithmen verschwanden – mit dem Resultat, die Story neu schreiben zu müssen – bereiteten mir schlaflose Nächte. Als mich schließlich im Sommer 2013 in Frankreich heftige Dreh-Schwindel-Attacken heimsuchten, war ich kurz davor aufzugeben. Die Diagnosen der Ärzte reichten von „tabagisme", also Erschöpfung und Dehydration durch übermäßigen Tabakkonsum, bis zu maladie imaginaire, kurz Hypochondrie. Freunde dagegen meinten, dass die Beschäftigung mit der Vergangenheit die Ursache sein könnte. Manche rieten mir sanft und sachlich zu einer Psychoanalyse oder einer Familienaufstellung. Jedenfalls war einige Monate lang an Schreiben nicht zu denken. Selbst der alljährliche Aquarellkurs im griechischen Artolithia Anfang September drohte wegen des Schwindels auszufallen. Eine vorangeschaltete Kur absoluten Nichtstuns schenkte mir dann jedoch die nötigen Kräfte. Alles in allem grenzt es an ein Wunder, dass Buch und Katalog fertig wurden. Die ersten Zeilen wurden im Dezember 2012 geschrieben, die letzten im Herbst 2015.

Die Kunstwerke sind nicht chronologisch abgebildet – durchaus mit Absicht. Verschiedene Phasen meiner Malerei wiederholten sich manchmal nach Jahren wieder; andere Ufer wurden mit den früheren Farben ausgekundschaftet, die damit in neuen Bildern Niederschlag fanden. Ich scheute jede Routine und wurde misstrauisch, wenn sich die Bilder gut verkauften.

Portrait von G. Nassos gemalt von der Künstlerin Daniela Rainer-Harbach, 42 cm x 15 cm, Mischtechnik auf Postkarte, 2002

Im Gegenteil: Anstatt dem kommerziellen Erfolg dankbar zu sein, malte ich gegen den Trend, bis auch aus dem neuen Stil ein „Verkaufsschlager" wurde. Francis Picabias Erkenntnis, dass der Kopf rund ist, damit das Denken die Richtung wechseln kann, gilt auch für die Malerei.

Was die Bilder angeht, gilt auch für die hier versammelten Erzählungen: Sie sind nur eine kleine Auswahl aus meinem Werk, meinem Leben. Vielleicht in einem nächsten Buch …

In Südfrankreich, Sommer 2004

DANKSAGUNG

Dieses Buch hat viele Paten. Sie kauften bei mir im Voraus Aquarelle; über hundert verschiedene Motive sind im Laufe von zwanzig Monaten entstanden. Lesungen aus einem ungedruckten „Buch" fanden bei Freunden, in der Galerie Pillango in Berlin und in meinem Stuttgarter Atelier statt. Mein Freund, der Büchermaniac Tilmann Eberhardt, schaute diesem Treiben eher verwundert als amüsiert zu. Und doch, oder vielleicht gerade deshalb, ermöglichte er den Kontakt zum Berliner Orlanda Verlag.

Der liebe Freund und Wortakrobat Ulrich Gruenwald alias Beka Herceg übernahm neben seiner anstrengenden Brotarbeit den größten Teil der Korrektur. Deshalb möchte ich mich an dieser Stelle ganz besonders bei ihm bedanken.

Gerd Achilles hat trotz seiner schweren Krankheit vor seinem Tod noch die letzten dreißig Seiten Korrektur gelesen. Möge er in Frieden ruhen. Bruni Graab hat den gesamten Text noch einmal unter die Lupe genommen. Un grand merci zudem an die Berliner Frauen Sabine Nehls und Megie Nilsson, die meine Texte in der Provence und in Berlin anschauten und mit professionellen Ratschlägen weiterhalfen. Für ihre Begleitung in der Anfangsphase der grafischen Planung, als das Buch noch den Arbeitstitel „Der Mann mit dem Koffer am Seil" trug, bedanke ich mich herzlich bei Ines Liebsch.

Dem großzügigen Dr. Thomas Nitschke, Apotheker in der Stuttgarter Schwabstrasse, der zweihundert Bücher im Voraus kaufte: thank you man!

Die Fliesenleger-Firma Alexander Hoffmann in Bonlanden und der schöne Stuttgarter Asienladen „Seidenstraße" in der Sofienstrasse schalteten Werbung für das Projekt. Danke!

Zu größtem Dank bin ich meinem Freund, dem Grafiker Otto Hablizel verpflichtet. Ohne ihn wäre das Buch nie fertig geworden. Als er mich am Anfang unserer Zusammenarbeit bat, den Seitenspiegel zu machen, war die Irritation perfekt. Was hat das Buch mit dem Spiegel am Auto zu tun?

Als ich endlich verstand, fabrizierte ich handschriftlich einen Spiegel von dreihundert Seiten. Der liebe Otto hatte große Mühe, ihn zu entziffern. Schön abstrakt, aber unlesbar, lautete das Urteil. Auch im hieroglyphischen Durcheinander des nächsten fand er keine Orientierung. Tagelang saßen wir in seinem Arbeitszimmer und stellten die Seiten mündlich zusammen ... Otto, danke für deine bemerkenswerte Geduld und für alles, was ich über den Jazz und die Typografie bei dir erfuhr. Du hast nicht nur Ordnung in das Buch gebracht, sondern auch die meisten Fotos meiner Kunstwerke gemacht. Über 340 Bilder und Objekte mussten von Stuttgart in dein Atelier gebracht werden, in dem sie professionell fotografiert und von dem sie wieder zurücktransportiert wurden. Auch dafür ein extra Dank, lieber Otto.

Einige der Fotos stammen aus dem Archiv meines Freundes, des Grafikers Markus Behlau: Vielen Dank für die freundliche Bereitstellung.

An die vielen Sammler meiner Kunst in vielen Kontinenten: Thank you, merci, danke, evcharisto, dekujem; sie ermöglichen mir

Mit Anton Stankowski, um 1980, Foto J. Strähle

das Leben, das ich jahrelang so sehr gewünscht habe.

Vielen Dank für die Textbeiträge von Emi von Gemmingen und Thomas Warnecke, dem guten Studienfreund, der mir ermöglichte, die Provence zu entdecken.

Dekujem Jardo Schwab, mein Freund aus glücklichen Kindertagen in Bezdružice/ Weseritz in der damaligen Tschechoslowakei. Merci mon ami philosophe et ami des beaux arts Phillippe Mengue, pour ton texte! Ein Dank an Mihai Tropa für seine Rede zur Vernissage im DGB-Haus im Herbst 2011. In schöner Erinnerung an die Ausstellung im Kunstverein Langenfeld und die wunderbare Gastfreundschaft, die mir dort gewährt wurde: Für die Einführung zur Vernissage von Beate Domday ein herzlicher Dank.

Auch der Leiterin des Kunstmuseums Kornwestheim, Dr. Irmgard Sedler, ein herzliches Dankeschön für ihre Einführung zur Ausstellung im Rathaus Kornwestheim, die hier abgedruckt ist. Sie hat meine Malerei sofort einordnen können und wunderbar auf den Punkt gebracht.

Die Schriftstellerin Dorothea Dieckmann übernahm zum Schluss das Lektorat für den Verlag. Welch ein Glück für das Buch!

Mit Mikis Theodorakis, Herbst 1971

Der Verlegerin Anna Mandalka ein Dank dafür, dass sie Ende August für vier Tage nach Preveza einflog, um das Buch in trockene Tücher zu legen.

Last but not least: Für ihre Geduld, die grammatikalische Beihilfe und das Ertragen meiner diversen Launen während des Schreibens gebührt meiner wunderbaren Ehefrau Daniela ein großes DANKE.

Ausstellungen (Auswahl)

(G)=Gruppenausstellung

1975	Kunstakademie Stuttgart (G) / Forum 3 Stuttgart
1976	Galerie Tangente Stuttgart / Württembergischer Kunstverein Stuttgart (G)
1976	Galerie chez Antoine, Rustrel / Galerie Welker, Heidelberg
1977	Kleines Kunstkabinett, Bernhausen / Kleine Galerie, Hamburg
1977	Cour de Nesle, Centre d'Art, Paris (G)
1978	Liberales Zentrum, Stuttgart / Galerie 3Fdesign Stuttgart / Biennale Frechen (G)
1979	Galerie Alex, Filderstadt / Galerie Spectrum, Heidelberg / Deutsche Evangelische Gesellschaft Athen (G)
1980	Württembergischer Kunstverein, Stuttgart (G)
1982	The Cannery, San Francisco / Galerie Chez Antoine, Rustrel
1983	Mairie de Rustrel (G)
1984	Galerie D14, Stuttgart
1985	Fresko in der Staatsgalerie Stuttgart / Galerie Lili Pawloff, L'Isle sur la Sorgue, Landesbank Stuttgart (G)
1986	Chez Antoine, Rustrel
1987	Artifices, Apt (G)
1988	Städtische Galerie Filderstadt
1989	Galerie Pascal Lainé, Gordes / Württembergische Landesbibliothek, Stuttgart
1990	Chapelle Baroque, Apt / Galerie Alfredo, Alajuela (Costa Rica)
1991	Univesitätsbibliothek Heidelberg / Stadtarchiv Würzburg / Galerie Mayer, Roussillon
1992	Rathaus Stuttgart / Donaufestival Heinburg (Österreich) / Villa Fayence, Saarbrücken
1993	Galerie Rahlfs, Stuttgart,
1994	Städtische Galerie Filderstadt
1995	Palais Hirsch, Schwetzingen / DKFZ Heidelberg / Galerie Fluxus, Stuttgart
1996	Galerie Nordwand, Stuttgart / Evangelische Akademie, Bad-Boll / Agrarbank von Griechenland
1997	Landratsamt Würzburg / Forum Waldknechtshof, Baiersbronn
1998	Galerie Ammo im D.U.M.B.O., New York / Galerie Tabaré Azcona, Mexiko City
1999	Museum Burg Lichtenfels / La Castellane, Rustrel / Zing-Lamprecht, Zürich / Kulturzentrum Garath, Düsseldorf
2000	Galerie Kanne, Neunkirchen
2001	Galerie Art-themis, Stuttgart
2006	Galerie Kunsthöfle, Stuttgart (mit Daniela Rainer-Harbach)
2007	Kunstverein Langenfeld / Galerie chez Jannis, Heimerdingen
2008	Galerie 2artig, Stuttgart
2009	Galerie Interart, Stuttgart
2010	Rathaus Stuttgart (G)
2011	Palais Hirsch, Schwetzingen / DGB-Haus, Stuttgart
2012	Galerie Pillango, Berlin
2015	Rathaus Kornwestheim
2016	Galerie Interart, Stuttgart

Arbeiten von G.M.Nassos befinden sich in privaten und öffentlichen Sammlungen.

Vita

Berlin 2014

Georges Menelaos Nassos wurde 1946 als Jiři Trdlička, Sohn einer griechischen Mutter und eines tschechischen Vaters, in Pilsen (ČSSR) geboren und drei Jahre später von Menelaos Nassos, dem zweiten Ehemann der Mutter, adoptiert. Im Jahr 1957 zog die Familie von Bezdružice nach Athen. Als knapp Vierzehnjähriger zog er im Juni 1960 nach Stuttgart, wo er in die Lehre ging und bis 1966 als Mechaniker arbeitete. Nach einem längeren Aufenthalt in Schweden wurde er in Griechenland zum Militärdienst eingezogen, dem er sich kurz vor dem Putsch im Jahr 1967 entzog. Die folgenden Jahre führten ihn wieder nach Stuttgart sowie nach London, Fulda, Utrecht und Heidelberg. Von 1970 bis 1975 studierte er an der Stuttgarter Kunstakademie bei Hugo Peters und KRH Sonderborg. Seine Werke wurden in Deutschland, Frankreich, Griechenland, den USA, Costa Rica und Mexiko ausgestellt. Er lebt in Stuttgart und in der Provence.

Rechte Seite:
Teil des Seitenspiegels für dieses Buch von Georg
für den Layouter Otto Hablizel

6 Aquarelle, ohne Titel, 20 cm x 20 cm, 2015

Handwritten layout/storyboard notes (rotated 90°). Approximate transcription of each sketched frame:

138 / 140
Foam + LONDON + 4 Seiten / 1

137
BILD — IMG 3356 — 80x80cm — ö/Lw — "Fragbegeisterung" Induced 2007

138
BILD — IMG 3573 — ö/Lw — "Der Transkriptions Deo" 2007

139
BILD — 80x60 cm — ö/Lw 2011 — Hedonistische Migrations

40 / 10 Seiten
WOHNEN! Refl. Arthotheks Bernhausen — FOTOS

144 / 145
FULDA LONDON Text — #3 / #2

146
BILD 3470 — 100cm x 80cm ö/Lw — "Himmels vagabunden" 2013

147
BILD 3508 — Das Bild von Evangelos — Goyas Bild 200cm x 180cm 2014 ö/Lw — "Leuchtende trunkenheit Köpfe über Ikaria" P.B.

148
BILDING 2979 — Der Traum des Augusts — Homer cabau cluesta ö/Lw 220 x 150 cm 2012

Die EINIGKEIT DES SEINS FASSUNG □

149
BILD VON MARKUS — PLAKAT 100x80cm "Sternen Matrosen" ö/Lw 2010

150
Bild (kein foto) 100 x 90 cm 2010

Titel tauschen

151
Text

152
Bild° → Die

Bild° 2:1

153
in Fulda

5
Text FULDA

materialisierte Gedanken suchen Gleisgeronnte

Diese Menschen haben dazu beigetragen, dass dieses Buch gedruckt wurde:

Anna Ioannidou (Stuttgart), Ioanna Heimann (Stuttgart), Iordana Vogiatzi (Bietigheim), Megie Nilsson (Berlin), Elke Büttner (Berlin), Sabine Nehls (Berlin), Hildburg Vormbrock-Thies (Berlin), Dr. Ralf Dzingel (Stuttgart)

Sabine Witteborg (Stuttgart), Reinhilt Reclam (Stuttgart), Christel Steegmüller (Stuttgart), Familie Hoffmann (Bonlanden), Familie Krienitz- Reinhard (Stuttgart), Jürgen Schneider (Stuttgart), Mia Rieken (Stuttgart), PROLAB (Stuttgart)

Christina Rudlaff (Stuttgart), Dres. Christine und Robert Rudolph (Kirchheim/Teck)

Conny Kirschnick (Berlin), Marianne Kruzilek (Berlin), Klaus Adam (Saarbrücken), Reinhard Nake (Berlin), Julia Partenheimer (Berlin), Alexandra Metz (Leonberg), Familie Saenger (Stuttgart), Gabi Zimmermann (Stuttgart), Angelika Kautz (Spreewald).

Alfons Breuer-Kolo (Düsseldorf), Ulrich Gruenwald (Stuttgart), Roland Panther (Hannover)

Peter Brück (München), Familie Schillinger (Lossburg), Dr. Christine Queneau (Apt), Silvie Dedieu (La Foumerasse), Hanna Adam (Rustrel), Eberhard Wentzler (Stuttgart), Karin Kikelhayn (Stuttgart), Dr. Karin Jäckel (Oberkirch), Dimitrios Giannadakis (Stuttgart), Elisabeth RICCI (Petits Clements)

Familie Zayer (Stuttgart), Armin Albrecht (Stuttgart), Giannis (Heimerdingen)

Silvio Brunetti, GOLDONI (Stuttgart), Nikiforos Michailidis (Stuttgart), Sabine Thomsen (Stuttgart), Dr. Elisabeth Bohr (Stuttgart), Familie Steingrueber (Stuttgart), Babis, ODYSSEIA (Stuttgart), Silke Barton (Stuttgart), Dr. Marie- Luise Baude (Dieburg), Dr. Felix Rudolph (Stuttgart), Chris Jäckel (Stuttgart)

Evangelos Charitos (Stuttgart), Emi von Gemmingen, SEIDENSTRASSE (Stuttgart), Dr. Thomas Nitschke (Stuttgart)

Dr. Ulrike Grüninger (Kirchheim/Teck), Karin Pflüger (Kirchheim Teck), Dr. Martin Bopp (Kirchhein/Teck)

Dr. Maria Bolla (Stuttgart), Horst Borges (Langenfeld), Silvia Schäfstoß (Stuttgart), Evangelos Gouros (Heilbronn)

Silvia Schabath (Stuttgart), JULIETTE PÉCHENARD (Dublin), Mona Brandes (Hünxe), Maria Emde (Berlin)

Monika Albrecht- Fischer (Bonlanden)

Dr.Irmgard Sedler (Kornwestheim), Manfred Bischof (Baiersbronn), Jutta Glöckle (Besigheim)

Adelheid Mall (Herrenberg)

Prof. Chr. Schminck-Gustavus (Bremen), Anna Koktsidou (Stuttgart)
Roman Kleiner (Ravensburg)

Familie Maniatis (Osterode), Familie Gaul (Hattenhofen), Dr. Volker Nilgens (Düsseldorf)

Achim Kalinovski (Berlin), Uschi Brandt (Stuttgart)

Familie Saenger (Herzebrock), Jutta Ast und Dr. Walter Lechler (Aichtal)

Mechthild Woyceck (Waiblingen), Gabi Visintin (Bonlanden)

Beate Hillebrand (Stuttgart), Dagmar Werneke (Stuttgart), Dr. Heinz Möller (Stuttgart)

Conrad Hinterberger (Filderstadt), Dr. Luise Münst (Stuttgart), Andreas Digel (Sielmingen), Familie Karas (San Francisco), Ursula Kleemann (Stuttgart)

Ulrich Graf von Saurma (Hamburg), Konstantinos Romanos (Athen)

Sofia (Maastricht). Veronika Weidauer (Berlin), Savvas Tsentemeidis (Berlin/Rhodos),

Daniela Rainer-Harbach (Stuttgart),

Petra und Stelios Mbugiouklidis (Stuttgart), Tilmann Eberhardt (Stuttgart)

Jochen Kuhn (Ludwigsburg), Jeannine Bonnefoy (Vaucluse)

Familie Vogiatzis (Waiblingen), Antoine Brault (Vaucluse), Diane Bertrand (Paris)

Ursula Kleemann (Stuttgart), Familie Warnecke (Wüstenrot)

Helena Bruegel-Fojtu (Stuttgart), Jaroslav Svab (Pilsen CZ), Dr. Philippe Mengue (Buoux, Vaucluse), Jodok Erb (Stuttgart), Ulrike Krauth (Stuttgart), Ulrike von Gemmingen (Stuttgart)

Ilse Kafoussias (Saarlouis), Bruni Graab (Stuttgart), Barbara Schürer (Stuttgart), Lukas Menuzzi (Stuttgart), Susanne Brändle (Starzach),

Iz Anadere (Stuttgart), Dr.mcd. Incs Fleger (Schwieberdingen)

Annemone Ackermann (Oberkirch), Dr.med. Irmgard Winter (Stuttgart)

Constanze Bollinger (Fellbach)

Michael Snurawa, (Vaucluse).

Sybille Meyer-Miethke (Stuttgart)

georgnassos@web.de

Südfrankreich 2014

*rechte Seite
„Bildfragmente",
Mischtechnik
auf Papier,
1974*

252

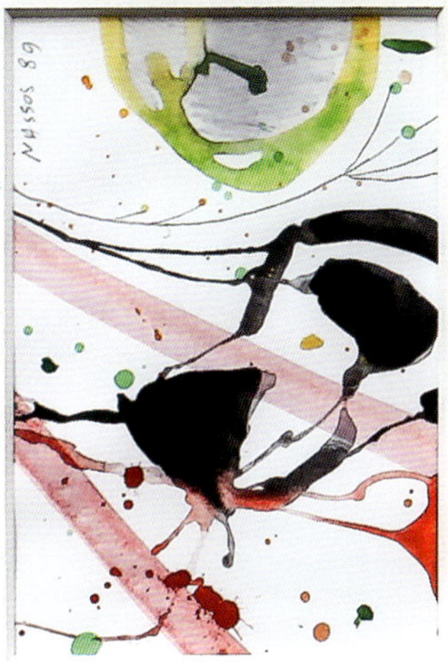
NASSOS 89
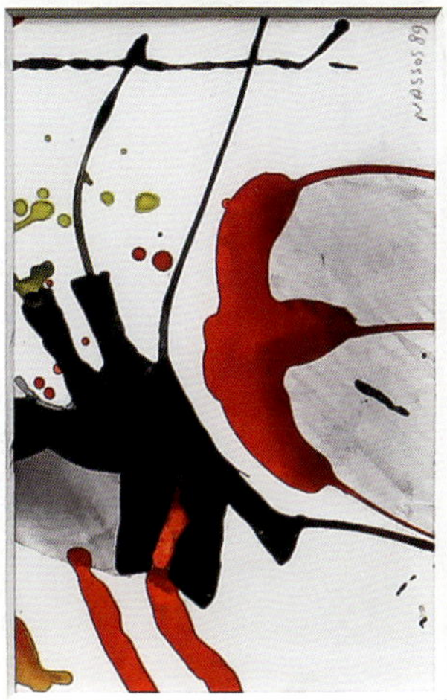
NASSOS 89
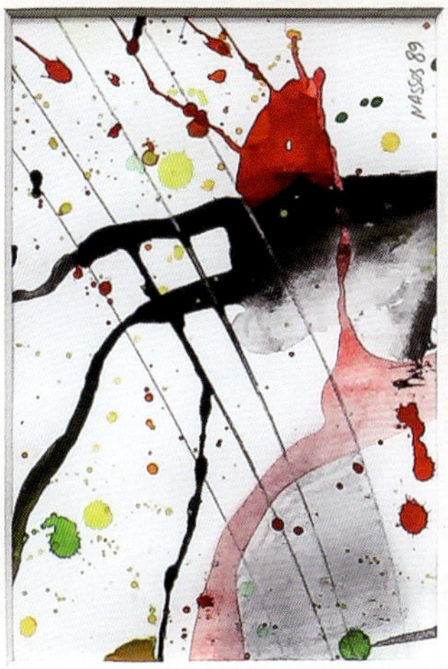
NASSOS 89
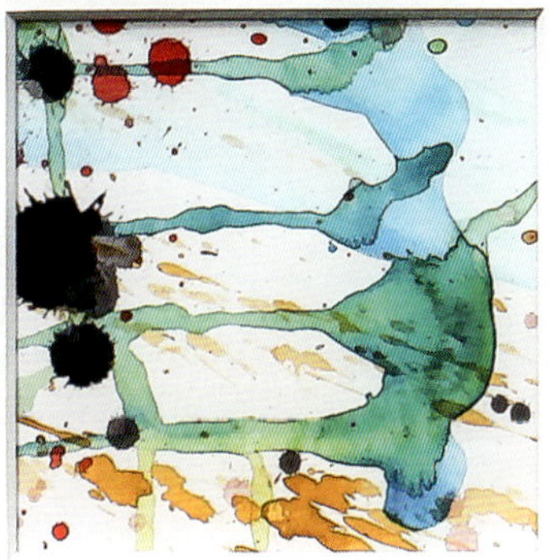
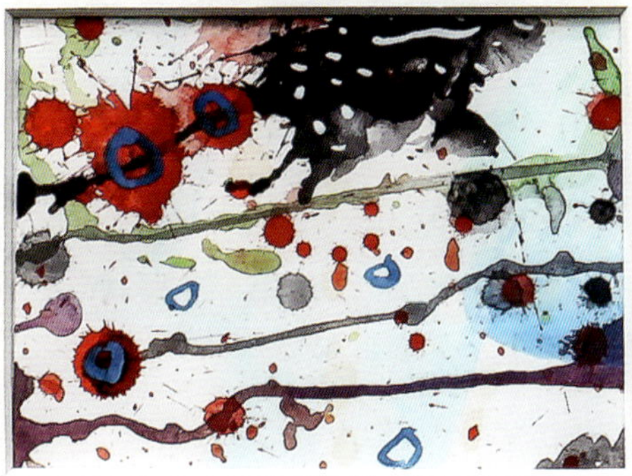
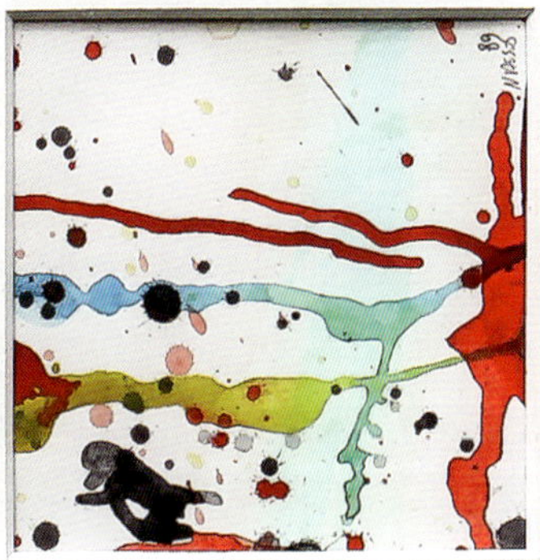
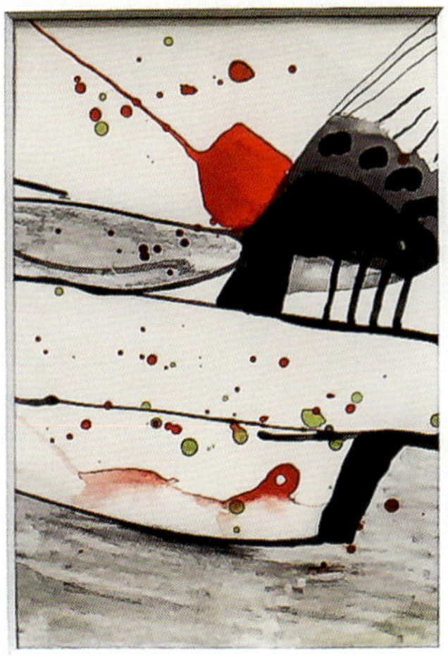
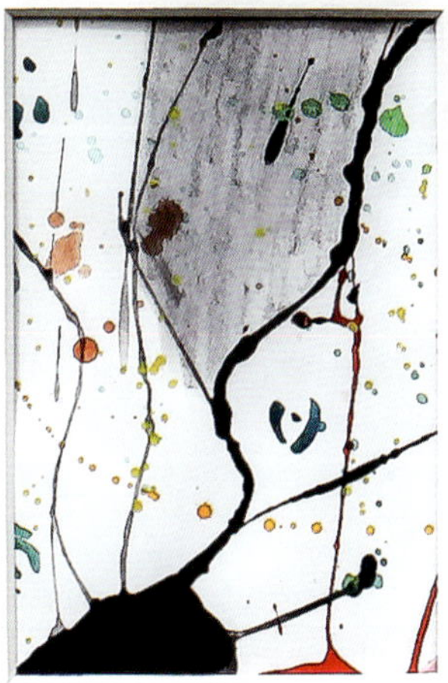
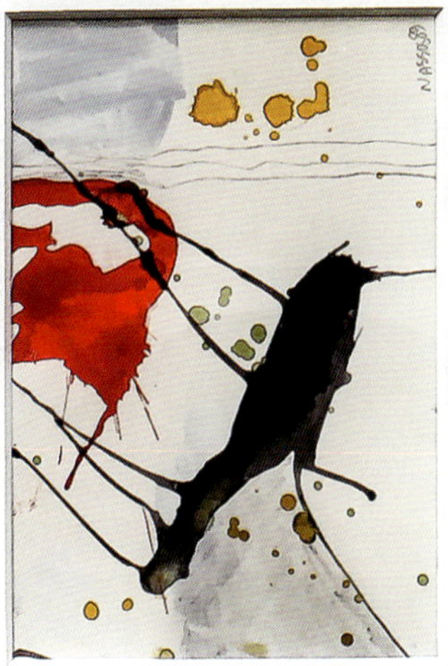
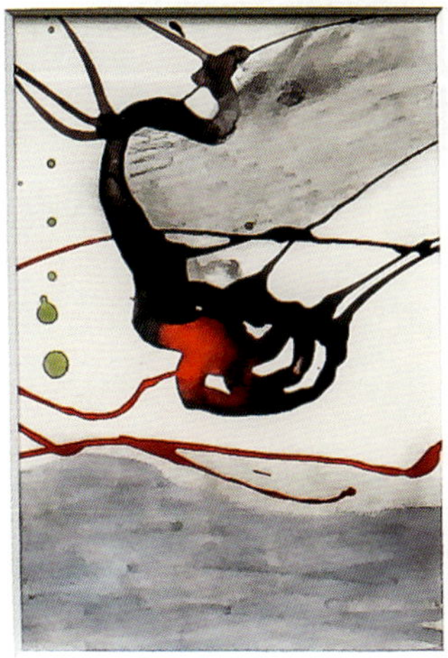
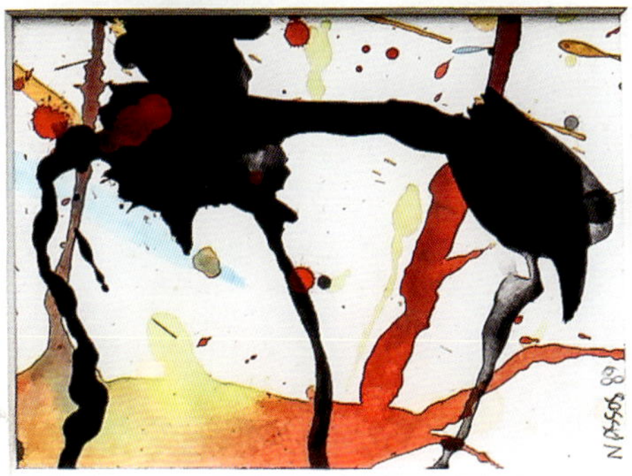
NASSOS 89
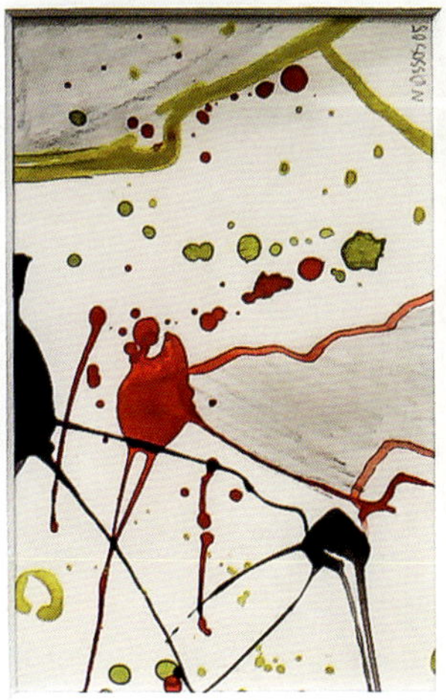

Impressum

Die Deutsche Bibliothek – CIP-Einheitsaufnahme

Georges Menelaos Nassos: Das Blau vom Himmel

Georges Menelaos Nassos. – Berlin : Orlanda, 2016

ISBN 978-3-944666-24-2

1. Auflage 2016

© 2016 Georges Menelaos Nassos, Stuttgart

Alle Rechte vorbehalten, auch des auszugsweisen Nachdrucks und der fotomechanischen oder sonstiger Wiedergabe.

Lektorat: Dorothea Dieckmann

Konzeption Georg Nassos, Otto Hablizel, Layout Otto Hablizel

Fotos: Privat: Seiten 9, 35, 40, 45, 46, 106, 148, 149, V. Weidauer: Seiten 17, 19, Ulrike von Gemmingen: Seite 169, Markus Behlau: Seiten 52, 61, 65, 75, 88, 93, 99, 103, 135, 137, 144, 145, 194, 199, 200, 203, 225, 226. G. Nassos: Seiten 10, 11, 12, 66, 67, 69, 79, 90, 91, 102, 103, 122, 138, 139, 141, 142, 150, 151, 160, 164, 146 (nur Foto Cabanon), 197, 198, 206, 207, 208, 239, 241, 243, 245, 248. Alle anderen Fotos: Otto Hablizel

Druck: Henkel GmbH Druckerei, Stuttgart

Gutes Handwerk ist auch eine Kunst!

Meisterbetrieb · Verkauf & Verlegung · Große Ausstellung

hoffmann
fliesen · mosaik · naturstein

Fabrikstr. 7 · 70794 Filderstadt-Bonlanden · Tel. 07 11/ 7 82 43 50 · www.ahoffmann-fliesen.de

Seidenstrasse Wohnkulturen
Sophienstraße 18
70178 Stuttgart
- im Gerberviertel -
0711 / 6450330
info@die-seidenstrasse.de
www.die-seidenstrasse.de
(facebook) Die-Seidenstrasse-Stuttgart

APOTHEKE 55

Schwabstraße 55 info@apotheke55.com
70197 Stuttgart www.apotheke55.com
FREECALL 0800 / 656 797 3